The Collection of Hitchcock´s Stories

世界悬念惊悚大师
希区柯克故事集

［美］阿尔弗莱德·希区柯克　著

杨建峰　编译

百花洲文艺出版社

图书在版编目（CIP）数据

世界悬念惊悚大师希区柯克故事集 /（美）阿尔弗莱
德·希区柯克著；杨建峰编译. —南昌：百花洲文艺
出版社，2018.2

ISBN 978－7－5500－2637－7

Ⅰ. ①世… Ⅱ. ①阿… ②杨… Ⅲ. ①故事－作品集
－美国－现代 Ⅳ. ①I712.45

中国版本图书馆 CIP 数据核字（2018）第 003422 号

世界悬念惊悚大师希区柯克故事集

[美]阿尔弗莱德·希区柯克 著　杨建峰 编译

出 版 人　姚雪雪
出 品 人　杨建峰
责任编辑　赵　霞
美术编辑　松　雪　王　进
制　　作　陈美林
出版发行　百花洲文艺出版社
社　　址　南昌市红谷滩世贸路 898 号博能中心 A 座 20 楼
邮　　编　330038
经　　销　全国新华书店
印　　刷　河北鹏润印刷有限公司
开　　本　880mm×1230mm　1/32　印张 12
版　　次　2018 年 2 月第 1 版第 1 次印刷
字　　数　260 千字
书　　号　ISBN 978－7－5500－2637－7
定　　价　32.00 元

赣版权登字 05－2018－11

邮购联系　0791－86895108
网　　址　http://www.bhzwy.com
图书若有印装错误，影响阅读，可向承印厂联系调换。

前　言

　　阿尔弗莱德·希区柯克是举世公认的"悬念大师"。对于什么是悬念，他曾经下过这样一个定义：如果你要表现一群人围着一张桌子玩牌，然后突然一声爆炸，那么你便只能拍到一个十分呆板的炸后一惊的场面。如果换一种方式，虽然你仍是表现这同一场面，但是在打牌开始之前，先给观众点明桌子下面有定时炸弹，那么你就造成了悬念，并由此牵动观众的心。

　　正是因为深谙悬念的本质，希区柯克在自己的作品中所营造出的紧张、恐惧、神秘、惊奇、怀疑、焦虑等气氛，无不对悬念进行了个性化和最大化的诠释，其效果和成就可以说至今无人能出其右。他一生拍摄了64部电影（包括未完成的作品）、300多部电视系列剧，绝大多数都以人的情感冲突为叙事主题，设置悬念。故事情节惊险曲折，引人入胜，令人拍案叫绝。他在电影中通过声、光、影结合所呈现出来的场面，已经成为同类型电影的楷模和经典范例。

　　希区柯克之所以对悬念有如此深刻的认识，据说和他童年的经历密切相关：当他只有五六岁时，整天撵鸡逐狗，淘气得出奇。

他的父亲想出了一个办法来惩治他。他写了一封信，然后让小希区柯克送到警察局去。警长看了信之后，立即将他拘禁了五分钟，并且对小希区柯克说，他们就是这样惩罚那些淘气包的。不仅如此，他的父亲还把小希区柯克送进圣依格那休公学——一所教会学校就读。那里对淘气学生的处罚也让希区柯克终生难忘——学生每犯一次错误，就要被打六次手板，左右手各三下。受罚学生可以自己决定挨打的时间，分为早、中、晚三次。因为怕疼，大多数孩子总是尽量向后拖延受罚的时间，结果因为紧张害怕，一整天手心里都是湿漉漉的。处罚的痛苦通过想象被放大了很多倍。希区柯克后来回忆起这段经历，说："我真是怕死体罚了。"

儿时的经历使得焦虑、紧张的情绪深深地影响了希区柯克的个性。即使在他功成名就之后，他也不时会担惊受怕——比如，担心自己的经济收入，担心自己在电影界的地位，担心被解雇的演员的报复……更怕警察，怕挨揍等，诸如此类的事情。希区柯克七十多岁拍《家庭阴谋》时，曾有人问他，如果让他选择剧中的台词做墓志铭，他将采用哪一句。希区柯克的回答是："如果你不是个乖孩子，你就会看到你可能出什么事。"

希区柯克走上影视之路后，有了更多机会探索人性深处中那些疑虑、神秘、恐惧的侧面。他在电影中呈现出来的可以说就是生与死、罪与罚、理性与疯狂、纯真与诱惑、压制与抗争的矛盾统一体，直指人心的阴暗面。

希区柯克认为，在电影中，营造悬念的关键在于让观众事先就知道主人公正处于极度危险之中，激起观众强烈的不确定性和焦虑感。 他曾把"惊吓"和"悬念"做过比较：惊吓可以使观众惶恐地跳起来，但悬念则使观众一直处于一种怀疑、焦虑的状态。 在他的电影中，主人公大多是和观众一样的平常人。 但是，随着故事的展开，不可思议的事情就会发生。 他正是通过将不同寻常的事件放在人们所熟悉的生活场景之中，从而产生了一种鲜明的对比效果。

同样，希区柯克的悬念故事也正如他的电影一样，形成了一种独特的风格和文体，人称"希区柯克模式"：故事以人性的冲突为出发点，情节安排巧妙，结尾曲折惊险，出人意料，其中又不乏黑色幽默式的场面。

本书选辑了希区柯克的三十多篇经典悬疑惊悚作品，以其中心主题为依据，分为"连环布局""头脑较量""杀机惊魂""出人意料""钩心斗角"五个部分。 书中几乎包括了最能代表希氏风格的经典篇目，情节跌宕起伏，悬念设置出人意料。 对于喜欢悬疑的读者和希区柯克迷而言，本书中的每一篇故事都尽得希氏的悬念精髓，值得读者们再三捧读。

2018 年 2 月

目　录

连环布局

连环套

　　尽管餐厅里是昏暗的灯光，坐在我对面的埃尔莎脸上露出的笑容，还是被我看到了。

　　她轻声说："我敢打赌，你又想出了什么好主意，对不对？不然的话，你才不会约我在这里见面的，对不对？"

　　我点点头，说："你说得对，我的确有一个好办法，我们又有大生意可以做了，相信我。只要你愿意乔装一下。"

　　"乔装一下？这太刺激了！"埃尔莎兴奋地说，"乔装成什么？"

　　"乔装成一位心理有问题的女人。"

　　"你要我装疯子？"埃尔莎顿时冷了下来。

　　"不，不，埃尔莎，不是装疯子。"我安慰她说，"只是装成的这个女人有盗窃癖而已。"

　　"哦，那可以，"埃尔莎耸耸肩说，"装成有盗窃癖的人，那就是要偷东西了？这我能做到。"说着，她便乖乖地坐着，聆听我的计划。

　　第二天下午三点，我终于接到了一个电话，这个电话我等了许久。

　　"喂——"我装模作样地说。

　　"请问是杜拉克先生吗？"一个男人的声音问道。

　　"是我。"我回答说。

"我叫亚丁，我是大世界百货公司的保安部主任。"

"有什么事？ 亚丁先生。"城里最大的百货公司就是大世界了。

"有位女士在我们这里，她说她是你太太，我们的一位保安人员抓到了她，她在这里偷东西。"

"什么？"我的声音嘶哑而充满着愤怒，"可怜的伊莎，"我停了一下，又满怀希望地问，"你确定她是我太太吗？"

"她身上没有带身份证，不过我打的这个号码是她给的，现在就在我的办公室。 她身高五英尺六英寸，一头金发，穿着绿色套装，身材苗条，蓝色眼睛，戴着一副大太阳镜，很爱哭，你的太太是不是这样的？"

把金色假发戴上头顶，再配上蓝色隐形眼镜，埃尔莎就是这个样子。 "的确是伊莎，"我长叹一声，"亚丁先生，她偷了什么东西？"

"一条意大利丝巾。 她把它偷偷藏进包里，然后就要离开商店，我的一位部下在外面拦住她，搜出丝巾，把她带到我这儿。丝巾价值十五美元，她说愿意买下这条丝巾，并用现金支付，请求我们不要声张。 只是我们公司没有这条规定，所以她在这里痛哭流涕，请求你来救救她。"

"听我说，亚丁先生，"我严肃地说，"我真不知如何表达对你的谢意。 几年前，我们在纽约的时候，医生让她提前出院，说她的病全好了，现在看来，这位医生的诊断错了。"

亚丁先生在电话中叹了口气："杜拉克先生，你太太有盗窃癖的症状吗？"

"是的，她平常很纯真、很诚实。 不过偶尔会偷东西，偷的一般都是小东西，类似丝巾那样。她明明知道，我买得起任何她喜欢的东西，可是毛病一旦发作起来，她就控制不住自己，所以我不让她带信用卡，只让她带现金。当然，除了我陪她的时候。"

"你的意思我不太明白。"亚丁先生说。

"如果一位可以签字记账的顾客偷东西被你们抓到，对他的处理方式是什么呢？"

"把他的记账户头立刻取消。"

"我妻子有那个毛病，所以我们的记账户头会被很快取消的。"

"你的意思是说，她在我们公司开有记账的户头？"

"是的，我有户头，亚丁先生。公园大道 1020 号，这是我的住址，我信用卡的号码是 3616690—41—1。如果你把这个号码输入电脑，你就会发现，我这个客户很守信用的。亚丁先生，我马上赶到你的办公室，请你等我。"

当我开车去大世界百货公司时，我觉得非常高兴，这一切都让我难以置信的顺利。

在青年会的存物间，我捡到杜拉克先生的皮夹，这种好运气简直让人无法想象，有了这么好的运气，幸运之神总会垂青我们的。

那天，我打完手球，一边用毛巾擦着身子，一边从沐浴室转出来，在一个长凳下，我发现一个黑色皮夹，我可以听见隔壁游泳池里传来的声音，不过当时，只有我一个人在存物间里。我发现皮夹里有一百二十一块钱的现金，接着我发现，里面有好几张信用卡，所有信用卡的名字都是杜拉克，住址是我们那儿的高级住宅区公园大道 1020 号。还有两张是汽车执照，一张是林肯，另一张是卡迪拉克。剩余两张是大学俱乐部和乡村俱乐部的会员卡。此外，还有好几张本地各家大商店的记账卡。 在这些卡片中还夹杂着一张破旧的名片，我从这里了解到杜拉克是一家石油公司的董事长，还有一张大照片放在里面，照片上有一位五十多岁的女人和两个孩子，背景是一个私人游泳池，照片后面写着："伊莎、狄克和道尔"。

一般的青年会会员根本不可能拥有这些东西。

我曾想带走信用卡和现金，但是我意识到，那是不行的。 因为杜拉克一发现皮夹丢失，他名下的一切信用卡都会被挂失，那么我用那些信用卡便是很冒险的做法。

最后，我放回去了卡片和现金，只留下两样东西：一张驾照，本州的驾照不贴照片，另一样就是大世界百货公司的记账卡。 我估计最少得过几天，杜拉克先生才会发现这两样东西丢了。 我把皮夹放回长凳下，穿好衣服，离开时很是匆忙。 我觉得很奇怪，杜拉克先生为什么要到青年会这种地方来游泳呢？

后来我才知道，他是青年会的董事之一。

我和大世界百货公司的亚丁先生，以及记账部的经理足足聊了二十分钟，然后，走出百货公司，回到汽车上，埃尔莎坐在汽车的前座上等着我。

"你把他们骗过了吗？"

我曾要她先下楼到汽车里等我，我给亚丁和记账部经理阐述的理由是，她很敏感，不能当着埃尔莎的面谈她的问题。

"她的确很敏感。"亚丁先生说，护送埃尔莎下楼的保安便是原先抓她的那位。 亚丁先生介绍说亨利是那个保安的名字。

亨利很魁梧，估计得有六英尺的身高，一对棕色的眼睛非常警觉，穿着褪色的牛仔裤和皱巴巴的 T 恤衫，把他想象成大学生或者嬉皮士毫不为过。 我阅历这么丰富，都没有看出他是公司的保安。

"我当然骗过了他们。"我得意地说，随后把汽车发动了。

"太好了，"她笑嘻嘻地问，"告诉我，你是怎么说的？"

"好吧，"我说起来，"你装得非常像，骗过了所有大世界的人。 当然，杜拉克的驾照更证明了我们的身份。 我们在公司的记账记录，对我们是没有限制的记账顾客身份的最好说明，那正是我希望的。 这次事件，杜拉克在大世界的记账户头并没有受到影响。 我到达时，他们已经查过记录，各大银行杜拉克都曾开过户。 当然，我告诉他们，你的医生曾经私下里警告我，如果在公开场合说你有盗窃癖，那可能会把你的病情加重……治疗你的病的最好办法，就是对你的盗窃行为视而不见。 我向他们解释说，你的病情已经有两三年没有发作了，这是第一次。 然后我暗示我是某俱乐部的会员，最近也捐了很多基金给本地的图书馆，然后，亚丁和记账部经理就完全同意了我的要求。"

"究竟是什么要求？"

我小心翼翼地开车，从一位傲慢的交警面前驶过。 "同意你在公司的所有行为，要什么就拿什么，"我说，"你偷大世界公司的任何东西，都记在我的账上。 我的财力雄厚，对你在公司偷窃的任何东西都愿意支付。 因此，他们答应你愿意拿什么，就拿什么……就当是帮助你进行心理治疗……反正账都记在我的户头，即杜拉克的记账户头。"

"这么说，"埃尔莎高兴地说，"我可以在大世界百货公司，想偷什么就拿什么？"

"是的，一些昂贵的东西你甚至也可以随便拿。 那个今天抓到你的年轻人，会监视你，跟踪你，把你偷的任何东西的价格都记录下来，再记在杜拉克先生的账户上，这不是很妙吗？”

“这真是太好了，”埃尔莎兴高采烈地说，“我太高兴了。”

她真是太高兴了。

我知道她喜欢昂贵的东西，因此也没有特别的指示给她，随便她到大世界百货公司爱偷什么就偷什么。

我的工作是销赃，将埃尔莎偷来的东西脱手，当然得通过我熟悉的门路。虽然脱手物品的价格只有原价的一半或三分之一，但几天来，我们也赚了很大一笔钱。

我们下手的第五天，也就是星期天，埃尔莎到我的公寓时已经天黑，带着当天偷来的六个玻璃杯和一长串珍珠。我称赞她有眼光，并分给她应得的钱，然后警告她说：“大世界百货公司星期一就要寄出本月的账单，所以我们明天做完就得停手。当杜拉克收到这个月的账单时，一定会大吃一惊，大世界百货公司是他必找的对象。当然，你我必须销声匿迹。”

埃尔莎点点头。

“我们暂时离开这里，出去避风头。”我建议她说，“我们俩可以分头出去度假。”我们俩是搭档，但没有肉体关系。

“好吧，”埃尔莎说，“这么说的话，明天便值得让我珍惜了，我会尽量使它成为值得回忆的一天。”

她说到做到。第二天黄昏，当她走进我的公寓时，我简直认为我的眼睛出现了幻觉。那是八月的一天，非常炎热，埃尔莎的手上却拿着一件毛皮大衣。

“这是什么？”我指着毛皮大衣问。

“这看上去像什么？”她说，在我的沙发上扔下了毛皮大衣，

"这是一件毛皮大衣，傻子都能看出来。 这是我从大世界百货公司的模特身上剥下来的，他们正在做夏季特卖。"

"这看上去不太值钱，"我说，"这么长的毛，既不是貂皮，也不是黑貂。 体积小，价格高的东西没有在你的挑选范围吗？"

埃尔莎对我调皮地一笑。 "看看衣服上的价格吧。"她说。

我看了看。 "啊，对不起，埃尔莎，两万四千美元。 什么毛皮这么贵重？"

"俄国的山猫皮，"埃尔莎笑着说，她摸摸背包，"还有其他的哦。"

她掏出一条手链和一对耳环，两者上面都镶着钻石，那两样东西的标价：一个是三十五万美元，一个是二十三万美元。

"今天真是值得回忆，埃尔莎。"我称赞她说，"我真不知该怎么……"

"等等，"埃尔莎打断我的话，神色肃穆起来，"这些是好消息，可是还有坏消息。"

"坏消息？"这让我大惊失色。

她点点头。

"什么坏消息？"

"我们完了。 我对你很抱歉。"

我惊得一句话都说不出来，最后好不容易问了一句："埃尔莎，这话是什么意思？"

"你还记得大世界里那个叫亨利的警卫吗？ 就是第一次抓我的那个人，后来他一直跟着我，你记得他吗？"

这次我只能木然地点点头。

"他知道我不是杜拉克太太。"

"他怎么会知道？"

"因为他的姑母便是杜拉克太太。"埃尔莎说，"他知道我是假冒的。"

"是亨利自己说的这些吗？"

"是的。"

"他也可能在骗你。"

"我可不这么想，他比我们知道更多杜拉克家的事情，有些事是编不出来的。"她瞥了我一眼，"这些信息也不可能在皮夹里找到。比如说，他表兄弟们上哪个学校，大世界百货公司给杜拉克家装修花了多少钱，我觉得他没有骗我。"

"也许他说的话是事实，"我说，"但是，如果是这样的话，那位亨利先生为什么允许我们偷了一周的东西，他对我们为什么没有揭穿呢？这不是很奇怪吗？"

埃尔莎说："我问过了，事实是，亨利讨厌他的姑母，他说她是个笨蛋，是条母狗。同时，他更讨厌他的姑父。我猜亨利家很穷，他并不在乎我们挖大世界公司和杜拉克家的钱。"

我仍然迷惑不解："埃尔莎，他对你为什么说这些事情呢？"

"他要和我们分赃，"埃尔莎说，"这便是我带回来的坏消息。"

这的确是坏消息，不过至少我们还没有彻底以失败告终。

我说："即便有一半的利润能让我们拿到也很好啦，一半总比没有强。不过话又说回来，我们为什么要给别人一半的利润呢？我们可以马上乘飞机到外面去避避风头。埃尔莎，我们可以在去机场的路上，处理掉这件毛皮大衣和这些珠宝，换成现金。我可以剃掉胡子，带上假发，乔装打扮，谁也认不出。你可以烧掉假发，摘下蓝色隐形眼镜，然后……"

埃尔莎摇摇头："没有用的，亨利就在楼下休息室等我，十五分钟，这是他给我们的时限，否则就要揭穿我们。"

我看看手表："从后门溜走，赶到机场，我们应该来得及——"我突然愣住了，"天啊，他怎么会坐在楼下休息室？"

"他从大世界百货公司跟踪我到这里，我们甚至还聊了一会，就在停车场。"埃尔莎回答，"我还没有告诉你，他还有要求呢。"

"别的要求？"我叹了口气。

"他已经约了我晚上吃饭。"埃尔莎说。

"吃饭？为什么？"

"他认为我很可爱。"埃尔莎说话的时候脸都红了。

我简直惊呆了。她已经不是化装后的埃尔莎，她的本来面目已经暴露。我严肃地说："你没有打算和那个勒索的家伙共进晚餐吧？"

"为什么不呢？"埃尔莎把金色的头发捋了捋，说，"他也很可爱。"

丘比特公司

窗外吹进来的一阵风把哈利放在桌上的好几张照片吹落到了地板上，那些照片是一个死者的。"这个星期真是倒霉透了。"哈利自言自语道。

事情是从星期一开始的。 一位叫华生的年轻警探被上面派给他当助手，两人一起出去逮捕一名盗窃犯，那个盗窃犯拒捕，华生缺乏经验，使得哈利的右脸被那个盗窃犯打了一拳，一个锯齿形的伤口留在了脸上，疼得不得了，眼睛也肿得眯起来。 哈利本来长得就不是很好，这一下活像一个恶魔。 星期二，一个叫麦琪的少妇被掐死在她的公寓，二十四小时过去后，哈利仍然找不到一点线索。 麦琪二十二岁，独居，没有什么朋友，是一家律师事务所的秘书。 在她住的那幢花园式的公寓里，连看见什么或听见什么的人都没有。

现在，星期三，又有一个女人被掐死，人手短缺的组长又把这个案子交给哈利来办。 因为他曾经在公园那一带工作过，而发现尸体的地点就是公园边的一条路上。 有证据表明，尸体是从一辆汽车上扔下的，很少有人走公园的那条路，深夜里更是渺无人迹，路边没有车轮的痕迹，这种情况让哈利有些棘手。 哈利拉下窗户，对桌上的照片进行重新整理，看着照片，他心想，这一个比另一个更糟，我们都不知道她的名字。

他打量着照片，这个女人暂时被他们叫作玛丽。 从外表上看，她和麦琪有许多相似之处，两人都是年轻女人，一头长而直的金发，两人都不是很漂亮。 哈利觉得，这两桩谋杀案应该是有联系的。 对玛丽的初步报告中指出，她被杀害的手法和麦琪的很像。

圆脸上挂着微笑的华生，手里拎着一只女用皮包走了进来，他小心翼翼地把皮包放在照片上。 "瞧，这是他们在公园找到的。"

哈利说："是在尸体附近找到的吗？"

"大约半里路外的田野上，好像也是从汽车上扔出来的。"哈利问："检查过皮包了？"

"没有检查，也许会有指纹留在皮包上，要不要送到化验室？"

"现在就送，"哈利低声说，"我可不想在这儿把皮包打开。"

化验室的沙特只花了几分钟，就把一个清楚的指纹找到了。"即使有了，也没什么用，"他说，"在法庭上用不上这个。"

"我不觉得意外，"哈利说，"我们找一找，看皮包的主人是谁。"

沙特戴上一副手套，把皮包里的东西倒在桌子上。里面除了一些妇女常用的东西，还有一只塑料的身份证，显示出主人是中心城百货公司的职员，还有一个钱包。

沙特小心地捡起职员证："如果这是属于玛丽的话，那么安妮是她的真实姓名。"说着又把皮夹里面的东西检查了一下，"这不是抢劫，钱包里的钱还在。"

"身份证在钱包里吗？"华生问，沙特点点头，"安妮，住在南 12 街 127 号。"

"那个地方我知道，"哈利说，"一家卖熟食的店铺，楼上有公寓。"

"你认为我们的玛丽小姐住在那里吗？"华生问。

"肯定是她的。我们拿张照片对比一下。"

"我把标签贴在这些东西上，找一下指纹。"沙特说。

"查的时候要仔细，我们需要所有的指纹。"

关于那个住址，哈利说对了。那幢房子很旧，在一个车库和一家旅馆之间有一个熟食店，走道上的一个信箱上面有"安妮"二字，从那里可以知道，那女人在后栋二楼居住。

他们发现熟食店的老板正站在柜台那里。

"老板，你好！"哈利挥挥手说。

老板是个驼背的老人，他含笑说："你好！好久不见，哈利先生，谁把你的脸打成这样？"

"说来话长。"哈利把华生介绍给了他，然后掏出照片问，"这是你的房客吗？"

"这是安妮小姐，"老板肯定地说，"她死了？"

"是的，也许你可以到停尸间指认一下。"

"不，"老板说，"我很愿意帮忙，可你得理解我实在走不开。她是怎么死的？"

哈利告诉他。

老人摇摇头，叹了口气："哈利先生，你们一定要把凶手抓到，她是个好女孩。"

"她有其他的亲人或朋友吗？"

"有几个朋友，都是和她一样大的女孩。没有男人。我不太清楚有没有亲戚。"

"你昨天晚上看见她没有？"

"没有，不过她没回家也很可能。平常回家之前，她总到店里来买点东西，昨晚没有来买。"

"我们想看一下她住的房子。"华生说。

哈利想了一下，决定支开华生。"公寓我来检查，你开车去她工作的地方，看看她的人事记录。同时，看看能不能把她的朋友找到。我们仍然需要来认尸的人，如果你能找到自愿者，就带他回办公室。"

华生点点头："我会认真去做的。"

公寓很小：一个客厅、卧室、浴室和小厨房，里面有一些可能是二手货的家具，可以看出用了很久了。

安妮想把她的个性从公寓的装饰中显示出来，但没有成功。窗子上的窗帘，墙壁上的印花毫无特色可言，只显得很俗气。

哈利心中一动，这个公寓和麦琪的公寓差不多。 孤单的少妇一定有相同的生活方式，单调的公寓也在一定程度上显示了她们的生活方式。

他走进卧室，这是一间收拾得很整洁的屋子。 哈利打开衣橱，用手摸摸衣服，卧室里什么也没有。

他在浴室和厨房各停留了不到一分钟的时间。 大体说来，安妮是个整洁的人。

回到客厅，他不自觉地摸一下受伤的脸，疼得他不禁低叫一声。 如果说能在公寓里找到什么线索的话，一定是在这里。

沿着一面墙，有一张破旧的沙发，一张安乐椅正对着一台小型电视机，靠另一面墙，有一套音响，角落有一张小写字桌。 写字桌旁边有一个摆满了小说和杂志的书架。 哈利心想，另一个相似之处：麦琪的公寓里，读物也很多。

哈利走到书桌前，桌子有两个抽屉。 上面的抽屉里，一个没有锁的现金柜放在那里，里面除了一本银行存折和一本支票簿，什么都没有。 哈利翻翻支票簿的存根。 支票都是签付房租和日用品，有几张是开给百货公司的，几张是兑换现金用的。 哈利对其中的一张感到很迷惑，一张二十五元的注明"丘比特"的支票。看完他把支票放在一旁。

从存折看来，每星期存二十元是安妮的习惯。

哈利咬咬嘴唇，这些东西几乎与他在另一个公寓里发现的相同。私人支票，有少量的余额，一本存折，有固定的存款。他对这相似的情况感到很不安。这两个遇害的女人，她们之间几乎没有什么不同，就好像是两个互相认识的人，决定共同遵守某种约定一样。

他合上存折，打开下面的抽屉，里面有一个装满作废的支票的档案袋，没有什么新线索，只有一点，那张注明"丘比特"的支票还没有回来。哈利把银行和支票号码记了下来。他关上抽屉，希望在邻居那里能找到有用的线索。

调查邻居的时间花得不多。有个老女人住在安妮对面，她和安妮是点头之交。前天夜里，她没看见什么，也没听见什么。哈利看了一下手表，决定以后让华生再来查一遍。

下午天气变坏了，他脸上的伤口被冷风吹着，非常疼。

哈利决定走回总局。当他经过安妮小姐开户的银行时，支票存根上注明的"丘比特"忽然进入了他的脑海。他走进去，见到一位非常合作的副经理，他马上打电话到银行的记录室。

"它是开给一个叫丘比特的公司的。"副经理说。

"从来没有听说过。"哈利皱皱眉。

副经理微笑着说："据我所知，丘比特是一家利用电脑给人选择配偶的公司，男人和女人寄出申请表，付了费用，公司就选择符合你的资料的对象。现在这种电脑择偶很盛行，城里有好几家公司都有这类的服务。"

哈利把名字记了下来："这张支票被兑现了吗？"

"三个星期前就兑现了。"

哈利向他道谢，心想，一定是个很寂寞的安妮小姐，所以才会花二十五块，请公司代为择偶。

当他回到办公室门前时，突然停下脚，心想自己真是个傻瓜。

坐在办公桌边的华生正和一位美丽的少妇谈话。"这位是朱莉亚，安妮小姐的朋友，她已经去停尸间认尸。"

哈利对朱莉亚笑笑。她看起来好像从没停止过哭泣，眼睛又红又肿。"你和安妮小姐很熟吗？"

"我们是关系很熟的同事。"

"她昨天晚上去哪儿了，你知道吗？"

"她提到什么约会，但男人的名字没提起。她很兴奋，因为她不常出去。"

"她说了关于那位男士的什么？"

"她没有什么好说的，因为她还与对方还不认识呢。"

"她是被他从公寓接走的吗？"

"不，她是和他下班后在'老鹰'那儿见面。"

哈利知道，在安妮小姐工作的百货公司的一楼中央，一个铜制的老鹰站在那里，那是一个约会的地点。多年以来，在那里约会的有无数人，购物的人很多，没有人会注意的。

"你知不知道这个约会是谁安排的？"

"她没有说。"她回答说。

"丘比特公司她提到过吗？"

"没有提到过。"

别的什么她也说不出来了，哈利有一种碰壁的感觉。

他看着她走出去，办公室的男士们都目不转睛地看着他。他心想，至少她找对象不需要别人帮助。

"你在百货公司还找到了其他的东西没有？"他问华生。
"在她的人事记录卡上有一个亲戚的名字，她有一位姑妈住在州北，我已经请人通知她了。你呢？"

哈利说发现了一个丘比特公司。

"你认为她那个约会是这个公司安排的？"

"应该查一下，看一下地址，我们去瞧瞧。"

丘比特公司的地址是市中心一幢新办公大厦的十五层。

当他们走出电梯时，华生扬起两道眉毛："寂寞这么值钱是我没想到的。"

哈利咧嘴一笑："这是一个大城市，老死不相往来的人很多。"说着，亮出警徽给接待小姐看。"请让你们的负责人来见我。"

"出了什么事？"她问。

哈利突然变得很不耐烦，说："你让他来见我就行了。"

女接待的笑容消失了，她打过一个电话后，对哈利他们说："鲁斯先生一会儿就出来。"

对于鲁斯先生，漂亮整洁是哈利唯一能形容的，他看上去就像从橱窗里走出来的模特一样。

"有何贵干？"鲁斯彬彬有礼地问。

哈利解释说："你有个叫安妮的顾客吗？"

鲁斯请他们走进里面的办公室。"我必须查一下。"他把办公桌上的对讲机按了一下，另一个女孩进来，他告诉她要找什么，那女孩就出去了。

"你是怎么进行服务工作的？"华生问。

鲁斯微微一笑："很简单，人们提出申请，填写资料，我们将译成电码的资料送进电脑贮存，然后用电脑打出性格、条件和你相似的异性的姓名和住址，就是这样。"

"对那些不符合条件的人呢？"哈利问，"你们会接到精神病患者的申请书吗？"

"我们的申请书是经过科学设计的，可以把那类人排除。"鲁斯说。

"我相信你们可以做到。"哈利干巴巴地说。 这时，刚刚出去的女孩又走进来，把一张卡片递给了鲁斯。

"给安妮小姐介绍的是一位名叫华莱士的人。"鲁斯说。

"华莱士得到她的名字了？"哈利问。

"是的，我们的工作程序就是那样。 我们把一个名字给参加者，以后的交往就看他们自己了。"

"我想请你拿出华莱士的卡片来。"哈利小心地说。

鲁斯盯着他："你能说一下你的吗？"

"可以。"

鲁斯示意那个女孩离开了。 "我们的资料应该保密的。"鲁斯说。

"我很容易取得法院的许可。"哈利说，"不过，这样对大家都方便。"

"我希望能把你要的东西找到。"

哈利耸耸肩："看情况再说。"

女孩回来时带着另一张卡片。

鲁斯看了一眼说："我们把三个名字给了华莱士先生，一个叫麦琪，一个就是安妮小姐，还有一个叫苏菲。"

华生一听，轻轻吹了一声口哨。 哈利则觉得线索找到了。

"你们把要找的东西找到了吗？"鲁斯问。

"那三个女人中，被掐死的有两个。"哈利说，"这未免太巧了。"

鲁斯往椅子背上一靠："是有些不正常。"

"我们需要华莱士和苏菲的住址。"哈利说。

"我想我是无路可走了。"鲁斯说。

"你说对了。"哈利严肃地说。

"华莱士先生的住址是，第7街和南街交汇处的新月旅馆。洛比亚街1417号是苏菲小姐的住址。"华生把两地址写下来，他说："我很奇怪，为什么把三个小姐介绍给了这位华莱士，而只把一位男士介绍给了安妮小姐？"

"当然是费用问题。"鲁斯说，他的声音和态度都很僵硬，"付钱多的是华莱士先生，女孩付的钱少。"

"你们是不是也把这三个女人介绍给其他的男士？"

鲁斯很不情愿地说："那么复杂是大可不必的，你们知道电脑是……"

哈利已经走向了门口。

华生追上哈利："你这样结束太匆忙了。"

"那个人我受不了。"哈利平静地说，"那个狡猾的家伙一直想告诉我们的是，这是科学，而且是合法的，可我宁愿去找乡下的媒婆。不过，他至少知道跟他打交道的是谁，没有开口要预付金。我总觉得，他们这样做有不对劲的地方。"

"现在我们去哪儿？"

"旅馆，如果今晚华莱士真的约了苏菲小姐，现在时间还早，她可能要五点才下班。"

"对这位华莱士，至少有一件事我们是可以确定的，"华生说，"如果他住在新月旅馆的话，那么他不会很富有。"

"现在下结论还有点早，也许住址对他并不重要。"

新月旅馆的总台服务员是个窄肩膀的小矮个儿，头发又黑又短，戴着一副厚厚的眼镜。他正在阅读一本封面很不雅的廉价的书籍，柜台上有一个证明他叫鲍勃的牌子。

哈利问他华莱士是不是住在这里。

鲍勃把手中的书放下，有些犹豫，他摘下眼镜，慢慢地擦着："华莱士先生已经不住在这儿了，他今天把账结了，走了。"

"真糟糕。"华生说。

"他有没有把地址留下？"哈利问。

"住这儿的人从不把地址留下。"鲍勃含笑说。

华生把笔记本拿了出来，问："他长得什么样？"

鲍勃把眼镜挂在耳朵上："那不好说。"

"你不是见过他吗？"

"只见过几次，我的意思是说，这位华莱士先生普普通通，和大部分男人没什么两样的。""不用评论，说他长什么样就行了。"哈利说。

"中等身材，"鲍勃急急忙忙地说，"他有一头棕色的头发，年龄在二十五岁上下，宽肩膀，有些像运动员。"

"眼睛的颜色是什么样的？"

鲍勃微笑着说："男人眼睛的颜色我是不注意的。"

哈利笑着说："你记得他身上有什么和别人不一样的地方吗？"

"没有，我跟你说过，他很平常，一点也不突出，像大部分其他男人一样。"

"他有自己的车还是租车？"哈利说。

鲍勃摇摇头："爱看书是我这个人最大的嗜好，如果客人不到我的柜台来，我什么也看不见。"他指指眼镜，"我不戴眼镜就看不见任何事物。"

"也许我会再来找你的。"哈利说，"你下班是什么时候？"

"五点，我就在旅馆里住，我很乐意帮忙。"

华生熟练地驾着车。"今晚也许是她第一次和他约会，也许不是第一次。"

"那样的话，她就能把他长得什么样告诉我们，不过，我想他们没有约会过，如果约会过了，她恐怕已经死了。他一连约会另外两个女的，我相信，他今晚一定会约第三个的。他从旅馆搬出来，可能是想离开此地，这倒是很聪明。"

"如果他就是凶手的话，那么他计划得很好。你认为，他是第一次干这个吗？"

"谁知道呢？他似乎对某种类型的年轻女子充满了憎恨。这个丘比特公司刚好向他提供了便利。"

华生看看手表："如果苏菲小姐五点下班的话，现在去她家，是早了点儿。"

"她也可能把家搬了。"哈利说。

洛比亚街铺着鹅卵石，街面不宽，这里从前很时髦，现在已经破落了。两层的房子改成了公寓，苏菲就在二楼住。

哈利按了门铃，没有人回答。他想，她今天可能不回来。

他又把一楼的门铃按了一下。

一位瘦削的少女把门打开了一条缝，从门缝里小心地向外窥探。

哈利把警徽给她看了一下："我们在找苏菲小姐。"

"我听见你们在按门铃，她回来得很晚。"

哈利紧张起来："知道她去哪儿了吗？"

"好像她到哪儿跟人约会。"

哈利看看手表，差不多快五点了。"你知道她上班的地方吗？"

少女说知道。

"你能为我们给她打个电话吗？"

"不行，"少女怀疑地说，"我不能让人进来。"

"你可能会给苏菲小姐帮一个大忙。"

"在这儿等等。"少女说着把大门关上了。

"她可真信任警察。"华生讽刺地说。

"我们没有穿制服，"哈利说，"这个警徽也许不是真的，我现在的这个样子，换了你，你相信吗？"

少女再次把门打开后说："她已经下班了。"

"你真不知道在哪儿能找到她吗？"哈利问，"好好想想，她有没有提到在哪儿约会？"

少女摇摇头："我跟你说过，我不知道。"

"跟我们说说，她长得什么样子？"华生说。

"她比我高一点儿，脑后梳个马尾辫。"

"金色、棕色，还是红色？"

"金色，眼睛是棕色的。"

哈利哼了一声，心想，早该知道这些了。"她今天穿什么衣服？"

"她出去时我没看见。"

哈利谢过她以后，示意华生上车。

"现在我们做什么？"华生问。

"如果你是那个华莱士，你会约她在哪儿见面？"

"这个城市很大，再说，我们还不知道，她是不是去和华莱士约会。"

"你想不想冒个险？"

"不想。"华生承认说，"我认为，找到她是我们现在首先应该做的，问题是怎么找到她。他可能在某个预订了座位的餐厅和她见面。"

"我认为，引人注目是他不想要的。"哈利慢吞吞地说，"他会和她在某个不引人注意的地方见面的。如果这是第一次约会，他首先得认出她来。"

华生没说什么。

"难不成又是老鹰？"华生终于开口道。

哈利微微一笑："我想是的，那个地方被他利用过，它符合他的作案方式。"

百货公司很大，那只青铜色的老鹰就在一楼大厅的中央端坐着，周围的空间很大，挤满了人，有些路过的，有些则是等人的。

哈利看看四周，一个低低的回廊在二楼，有一部分改成了廉价书店。他和华生一起走了上去，穿过一排排的书架，来到栏杆边，从那里，下面的情况他们一目了然，既不会引起人们的注意，也可以随时跑下去，把嫌疑犯拦住。

他们对下面的人群仔细打量着，等候着。

"我想我们来得正是时候。"华生说，用手一指，"瞧，那个穿紫色外套的。"

哈利仔细打量着那个女人，她很像安妮。"我想是的。"

"我们可以下去和她谈谈。"

"这没有什么好处。如果他在暗中注意的话，我们只会把他吓走。"

"这事情真是荒唐，"华生说，"一位我们认为是苏菲的女人正在被我们监视，而她在等候一位我们没有见过的人到来。"

哈利哼了一声："我们不会总犯错误吧。"

"假如我们错了，今天晚上可能又会有个女人死掉。"

"我和你一样清楚。"哈利说，"把你的好办法告诉我。"

华生眼睛不看哈利，目光却在书店那里停了下来。他碰碰哈利的手肘："瞧，谁在那儿？"

哈利转身一看，发现新月旅馆的鲍勃在那里。他整个人几乎躲在书架后面，正在看一本书的目录。

哈利看看下面的空地，又把鲍勃打量了一会儿，然后迈大步走过去。"你在这儿干什么？"

鲍勃手里的书差点儿掉到地上："我在找书看，这里有全市最好的书。"

哈利紧紧抓住他的手臂："你可以帮我们找到华莱士，你见过他，我们没有。"鲍勃试图摆脱他，"我不想被卷进去。"

"你已经卷入了。"哈利指着下面对鲍勃说："你要做的就是，当你看到他的时候，就告诉我们哪一个是他。"

鲍勃扶扶眼镜，看看下面："我看不太清楚。"

"仔细看。"哈利严厉地说。

那位留马尾辫、穿紫色外衣的女人，从老鹰的这一边走到那一边，显得很不耐烦。哈利看看手表，他们来这儿已经半小时了，没发现想要接近她的人。

一位宽肩膀，穿茶色外套的年轻人在老鹰的另一边站着，偶尔瞄那女人一眼。

哈利把那人指给鲍勃："那是华莱士吗？"

"那么远，我看不清楚。"鲍勃抱怨说。

哈利再次把他的手臂抓住："那么我们走近去看看。"

他领着鲍勃走下楼梯，来到下面大厅，在那个宽肩男士的附近站住了："你现在能不能看见？"鲍勃眯着眼睛："有点像他，这儿的光线不太好。"

宽肩膀的男人慢慢向那个女人靠近。

"这儿光线很好，"哈利压低声音恶狠狠地说，"你给我看仔细了。"

"他戴着帽子，"鲍勃怀疑地说，"他带帽子我还从来没见过。"

哈利犹豫不决。那男人正和那个那女人说话。

"我们怎么办？"华生问，"他们一旦出去了，我们可能就找不着他们了。"

哈利做出决定："应该就是华莱士了，除了他，还有谁会走近她。"说着，两人一起向那个年轻人走了过去。

哈利把警徽举起来："苏菲小姐吗？"女孩点点头，一脸茫然。松了一口气的哈利，转向那位年轻人："你叫华莱士？"

年轻人把头摇了摇："什么事？"

哈利对那女孩说："华莱士是不是你要等的人？"她一脸惊讶地点点头。

"你以前和他见过面吗？"

她摇摇头。

"那么你知道这位是华莱士先生吗？"

她睁大两眼："也许是他。"

年轻人想摆脱华生："把你的手放开!"

"别紧张。"哈利训斥道，"你有大麻烦了。"

"为什么？ 我只不过有几句话想和她说。"

"这个不是唯一的原因，华莱士。"

"我不叫华莱士。"

"瞧，"哈利说，"她今晚约一位没见过面的华莱士先生，而你出现了，开始和她说话，然后，你又说你不是华莱士，你解释解释好吗？"

"没有什么好解释的。 看见她在那里站着，我心想，能套就套上，套不上也没什么关系，这有什么不对的？"

"如果你说的是真话，这的确没什么错，不过，你得证明你说的是真的。"

"如果他是华莱士，"苏菲说，"那又怎么了？ 我们有约。"

"不，我们没有!"那个年轻人叫了起来，"以前我从来没有和你见过面!"

她眼含泪水，对哈利说："瞧，这就是你们干的好事。"

哈利看看围观的人群，叹了口气。 "我们不认为这里是解决问题的地方，我们到局里去谈。"他对华生说，"把鲍勃找来，他得跟我们一起回局里。"

华生在人群中寻找："他不见了。"

一种可怕的感觉笼罩了哈利，觉得事情又搞错了。他凝视着华生："我们一回到局里，立刻通知将他逮捕。"

那个年轻人在两个小时后仍然坚持说，他不是华莱士，他要找律师，他在报纸上读到过麦琪和安妮的事，他没有向丘比特公司申请择偶。他有星期一和星期二的晚上不在场的证明。哈利把找华莱士的原因向苏菲解释了，就放她回家了。不过，苏菲很不高兴，她觉得哈利毁了她一个晚上。她说华莱士给她打过电话，他有低沉悦耳的声音。

"他的谈吐很文雅，应该受过教育。"她说。

这显然与眼前这位年轻人不符，所以，当华生把那个年轻人的哥哥带回来时，哈利并不觉得意外。

送走年轻人和他的哥哥后，哈利很气愤地坐着，凝视着窗外，他的头和脸又疼起来。华生把一杯咖啡递给了他："我们一整天什么都没吃。"

"我不饿，不想吃。"

"至少我们救了苏菲的命。"华生安慰他说，"我们可能仍然去抓华莱士。"

"我们本该把他抓住。"哈利说。

"他可能再也不会出现了。"

哈利摇摇头："我想他会出现的，他一定目睹了那个场面，趁着人多，溜走了，我们动作太快了点儿，如果我们稍等一会儿，等苏菲发现那年轻人不是华莱士，就会把他打发走。"

"那个险我们不能冒。"华生说，"鲍勃应该更帮忙才对，真遗憾，他的眼睛不好。"

"我越想越奇怪，瞧他看书的样子，他不该有那么糟糕的视力。"哈利板着脸说，"你还没有找到他？"

"旅馆里没有，我已经派人四处找他去了。"

"他真是个奇怪的人。"哈利说。 两人互相望着。

"咱俩想的一样？"华生问。

"他可能用华莱士的名字和旅馆的地址，因为他自己拿着信。"哈利慢慢地说。

"哪有这么巧的事，华莱士要出现的时候，他恰巧也在百货公司里。"

"华莱士可能就是那个矮个儿。"哈利说。

华生站起来："问题是，他现在去了哪里呢？ 你认为他会出城吗？"

"没有理由出城，就他所知，我们并没有怀疑他是华莱士，他还没必要离开。"

"他可能正躲在哪里嘲笑我们。"

"不会的，他是个没有幽默感的人，他一定觉得很沮丧，因为我们破坏了他和苏菲小姐的好事。 对他来讲，那件事还没做完。"

"我记得从前有个案子跟这个类似，"华生说，"他那种人，总是一条道走到底，事情没有办好，他绝对不死心的，他一定会再找机会的。"

"说不定这个也是这样。"哈利说着，把椅子往后一踢，"我们现在就去苏菲小姐那里看看。"

洛比亚街晚上安静得出奇，安静得有点荒凉。

哈利按了按苏菲公寓的门铃，虽然有昏暗的灯光从窗户里放射出来，但没有人回答。 他轻轻地把她的门推开了，一个楼梯通到二楼，楼梯口有很暗的灯光，哈利快步上楼，来到一道门前，他转动门把手向里一推，门开了。

他看到有两个人在昏暗的房中。

苏菲瞪大眼睛，绝望地盯着哈利，她的嘴正被一双大手捂住，男人的另一只手，横抱着她的腰，她的头挡住了他的半边脸。她用力挣扎，踢翻了茶几上的一盏灯，屋里顿时一片漆黑。

哈利向旁边一闪，但因为动作慢了一步，脸上还是挨了一拳，疼得他差点叫出声。他身后的华生喊了一声。

哈利用右拳对那个男人的腹部猛击，紧接着是一记左勾拳，那一拳用尽全力，把他三天来的怨气都打出来了。当他的拳头击中对方时，一阵火辣辣的疼痛感涌了上来。那个男人跌倒在走廊上。

华生打开了电灯。

哈利靠在墙上，握住麻木的左手，那个男人倒在地上，哈利仔细看了一下，才发现原来是丘比特公司的鲁斯。

苏菲全身发抖地走过来："他说就退费的事和我谈谈，我不知道……"

"另外两个女孩也不知道。"哈利说。华生看看他，"我们也不很聪明。"

哈利和华生两人在一切办妥之后，坐下来吃当天的第一顿饭，哈利的食欲大增，他的左手包扎着，右脸肿得更厉害了，眼睛也眯起来了。哈利坐在那儿，凝视着女服务员为他送来的牛排。

"怎么了？"华生问。

"我认为我的运气已经变了，我点的是三明治，结果牛排被送来了。"

"退回去？"

"算了。"

"我们干得不错，"华生说，"我们抓到了凶手，而且及时把一位少女解救了。"

"世界上最伟大的侦探就是我们。"哈利讽刺地说，"我一点也没有怀疑鲁斯，他坐在办公室里，可以接近每一个申请择偶的女人，谁都可以选择。"

"我还是不明白，"华生说，"一个那样的男人……"

"算了，"哈利说，"抓到就行了，别对他们进行分析，不然你会发疯的。"

"奇怪的是，三个介绍给华莱士的女人被他选中了。"

"这并不奇怪，他利用华莱士作掩护，结果我们相信了。 他不知道的一件事是根本没有华莱士这个人，那名字被鲍勃用来择偶，因为他认为，华莱士这个名字要比他的本名浪漫。 当然，丘比特公司从来没有把女人介绍给他，鲁斯没有把那些材料寄出去。"

"鲁斯的胆子也太大了，我们在找华莱士和苏菲小姐他是知道的，可是他还是照样到老鹰那儿去，如果我们没有去，他成功约会的话，苏菲小姐就死定了。"

"我告诉过你，这些人有着和我们不一样的思维。"哈利切着牛排，"我太忙了，没有空去了解那些人。 不过，鲍勃是在哪儿找到的？"

华生笑着说："他是在图书馆被我找到的。 他坦白说，当我们去找华莱士时，他差点吓晕了，所以他跟我们说了一遍书上人物的长相，后来，当我们在百货公司要他指认华莱士的时候，他只能说视力不好，一有机会就溜了，因为华莱士这个人是根本不存在的。"

哈利痛苦地嚼着牛排："我想苏菲小姐已经受够了丘比特公司，她可能会当一辈子的老小姐。"

"别那么说，也许那个电脑生效了，我最后见她时，鲍勃正和她手拉着手在讨论书呢，我没见过那么不般配的夫妇。"

哈利叹了口气，推开了盘子，绑纱布的左手，连切牛排也很碍事，而嚼牛排又搞得他右脸非常疼，这真是不好过的三天。

"不常发生这种事。"哈利说。

"什么事？"华生问。

"苏菲虽然差点受到了伤害，但最终却收获了自己的爱情，这也算是因祸得福呢。"

头颅的价格

克里斯托弗·亚历山大·帕内特长着一部红色的络腮胡子，嗜酒如命。他是个除了名字和一身棉布衣服以外一无所有的人。他时刻都在保护自己的名字，同时也在努力保护他的衣服，因为这身衣服不但可以穿，晚上睡觉时它就成了帕内特的卧室。在这个除非只有与众不同才能得到朋友的时代，连友善的美拉尼西亚岛也是如此，天知道帕内特是怎么得到一个朋友的。他的这个朋友叫卡来卡，在商船上做苦力。卡来卡对帕内特很是照顾，而且是不求回报的。在福浮堤海滩上，没人知道其中的原因是什么。

帕内特是个与世无争的人，他从不和别人动粗。显然他也从没认识到一个白人的脚随时都有把一个土著踢到一边的权力。 除了自己和那个中国混血儿，帕内特甚至没骂过任何人，因为那个中国混血儿卖给他的糖果糟得没法吃。

除了这些，帕内特没什么明显的优点。 长期以来，他早就忘了热血沸腾的感觉，甚至连乞讨也不会了。 他不笑，不跳舞，哪怕一点简单的怪癖他也从不显示出来，从而得到人们一点宽容。这个在世界的其他任何地方可能都会经常挨揍的帕内特，命运使他漂泊到这个生活像唱歌儿那样轻松的海滩，甚至还给了他一个朋友。 于是他天天喝个烂醉。 他从来不干除此之外的任何事情，活像泡在酒精里的一堆潮乎乎的肉。

他的朋友卡来卡是个巴格维勒群岛的异教徒，吃人肉是他的家乡的风俗，有时那些尸体还被熏好，储备起来留着以后用。

不过在福浮堤，卡来卡尽管是个美拉尼西亚黑人，但他和别人也没什么两样。 他严肃、能干、个子矮小、眼窝深陷；头发像一把刷子似的，总在腰上围一条棉布头巾，鼻子上还穿着个铜环，平时很难在他脸上看出什么来。

卡来卡被他的酋长弄到了福浮堤的贸易公司，替他签了三年合同，还吞掉了他的工资、面包和烟草。 三年后，卡来卡依旧什么也没有，并且还会被送回到八百英里以外的巴格维勒。 当地人都这么过来的，不过，说不定卡来卡也有自己的什么打算。

南太平洋的黑人极少会有值得让人尊敬的地方。 忠诚、谦恭都只能来自那些肤色介于黄色和巧克力的人种，这些在黑人身上可找不到。 卡来卡把这个一文不名的帕内特当作自己的朋友让福浮堤的人感到非常吃惊，他们还以为自己对这些"黑鬼"多少有一点了解呢。

"嘿，你好。"莫·杰克，那个中国混血儿叫道，"你最好把这个又喝多了的乡巴佬弄走。"

正待在干椰肉小棚的阴影里等着捡掉下来的椰肉的卡来卡，站起身来，腋下夹着那些椰肉跑向了海滩。

站在门槛上的莫·杰克冷冷地看着卡来卡，说："我说，你干吗便宜那醉鬼，把珍珠卖给我，价钱会好很多，怎么样？"

莫·杰克一直心烦，因为要想得到帕内特的那些珍珠，他得拿酒换，然后帕内特就喝个烂醉。而他知道是卡来卡从礁湖里把这些珍珠捞上来交给帕内特的。他和帕内特的交易并不坏，但他想：如果用烟草直接和卡来卡交易会赚到更多的钱。

"你为什么把珍珠交给那个该死的乡巴佬？"莫·杰克气势汹汹地问，"他狗屁不值，早晚死掉。"

卡来卡没吭声，只盯了他一眼。有那么一刻，一种奇特的亮光在他灰暗的眼珠里闪动着，活像十尺深的海底里鲨鱼跟你眨眼。混血儿的调子立刻被小声咕哝代替了。

卡来卡背着他的朋友走向一个小草棚，那是他的家。他小心地把帕内特放到席子上，把他的头枕好，然后用凉水给他洗干净，弄掉他头上和胡子上的脏东西。帕内特的胡子是真正的连腮胡，反射着太阳光，就像亮闪闪的红铜。卡来卡梳好这些胡子，然后在他旁边坐下来，用一把扇子赶走在帕内特周围转来转去的苍蝇……正午过后一点，卡来卡忽然跑到空地上抬头看了看天空。几个星期以来他对天气的变化一直非常注意，他知道有些变化表示贸易风会越来越强，直到把那些和平的顺风完全取代。现在他看到一片片阴影让沙滩模糊了，太阳也被云彩遮挡起来了。

整个福浮堤都在午睡，阳台上有打呼噜的侍者；商务代表在他的吊床上做梦，梦见大堆的椰肉装船运走，然后大把的金钱向他飞来；莫·杰克则趴在他的小店里。 没人会疯到在午睡时跑到船上去。 没有人，除了卡来卡。 午睡或美梦不是这个不驯的黑人所关心的。 他奔来忙去，海浪拍打礁石的轰轰声淹没了他轻轻的脚步声。

活像个无声无息的鬼魂，在福浮堤的梦乡里依然忙碌着。

有两件重要的事早就被卡来卡打听出来了，一是储存室的钥匙放在哪儿，还有一件是哪儿有步枪和弹药。 他把储存室打开，挑了三匹土耳其红布，几把刀，两桶烟叶还有一把小巧的斧子。 可拿的东西还有不少，但卡来卡并不是那种贪得无厌的人。

接着他用斧子把步枪柜劈开了，拿了一把温切斯特牌步枪以及一大盒弹药。 之后卡来卡要干的就是把船棚里的一条大船和两条小划子的底劈穿，这样就好多天都不能用它们了。 那真是一把好斧子，一把真正的战斧，它锋利的刃口让卡来卡觉得干活真是一件有趣的事。

一条大独木船在海滩上，是巴格维勒群岛上卡来卡族人用的那种，船头和船尾高高翘起，就像一弯新月。 它是被上个季节的风刮到岸边的，奉贸易代表本人的命令，卡来卡修好了它。 现在这条船被他弄到海里，再把他的战利品装上去。

所带的食物都是他仔细挑选的，包括大米，甜土豆，还有三大桶可可豆，此外还有一大桶水和一盒饼干。 他在搜索贸易代表的柜子时看到有白兰地，一共十二瓶，它们都很珍贵，尽管他知道它们很值钱，但只看了看，没有拿。

后来莫·杰克和人谈起这事时，他记起有种亮光在卡来卡的眼睛里闪动着，他断言没有人能把活着的卡来卡抓到。

把一切准备好之后，卡来卡回到他的小棚子。 叫醒帕内特：
"伙计，跟我走。"

帕内特先是坐了起来，看了他一眼，就像精神病人看到有个幻影在自己的脑海里，然后说："太晚了，商店都关门了。 我说，跟那帮混混儿说我要，我要睡觉了。"然而他又像块木板一样倒在床上。 "别睡了，别睡了！"卡来卡不停地晃着他，"嘿，别睡了，醒醒。 啊！ 朗姆酒，你的朗姆酒来了，真的，快看看。"

但帕内特还是沉沉地睡着，像聋子一样，连这句平时最管用的咒语也听不见。

卡来卡弯下腰，像扛个大肉袋一样把他扛到肩上。 二百五十磅是帕内特的体重，而卡来卡还不到一百磅。 但这个小个子黑人扛起他来时是那样灵巧，让他脚拖着地，向海滩走去，把他放到船里。 卡来卡划起了独木舟，然后离开了福浮堤的岸边。

整个福浮堤都在睡着，没人看见他们离开。 当贸易代表从午睡中醒来，暴跳如雷的时候，他们早已在贸易风里消失了。

第一天，卡来卡努力让船顶风前进，灰蒙蒙的海上，一阵阵浪头随着大风涌来，只要卡来卡稍一疏忽，船里就会灌进海水。 卡来卡是个不懂指南针、更不懂经纬度的异教徒，但他的先祖曾靠人力和浅底小船完成了远航，这使得哥伦布的远航简直有些不值一提了。 现在他用锅把水舀到船外，用席子和桨坚持航行，值得高兴的是，船一直都在前进。

直到第二天日出，帕内特才从酒醉中醒了过来，但只看了眼四周便又呻吟着躺下了。 停了一会，他又试了试，还是徒劳，于是他转过头，对着蹲在船尾、浑身都是海水的卡来卡喊道："酒！"

卡来卡摇摇头，帕内特的眼里开始闪现出渴望的目光："给我酒，一点就行。"他继续哀求着……后来的两天，他就一直迷迷糊糊的，不停地自言自语说什么。 一分钟之内同一条船如何变换了四十七种航行方式，还说这是他的重大发现，革命会在航海史上出现……直到第三天他才清醒了一点，肚子里什么也没有，身体很虚弱只是精神还不错。 这时，风已经小了，卡来卡在静静地准备吃的。 帕内特给自己来了两杯白兰地，喝了一口才知道是可可奶，于是又叫起来："我不要可可奶，不，给我朗姆酒。"

没人回答他，他四处打量，只有长长的水平线，他终于感到有点不对劲，问道："我怎么在这儿？"

"风，"卡来卡说，"风把我们送来的。"

他的话，帕内特却还没心思听，也没留意他们被吹到这儿并不是钓鱼时迷了路。 别的东西充满了他的脑子，一些粉红色、紫色，带条纹像彩虹一样花里胡哨的东西，这些东西真是给他带来了无穷的乐趣。

把一个在酒里足足泡了两年的人和酒精完全分开实在是很难。

船在变得平静的海面上轻快地滑行。 帕内特的手脚都绑在船板上，他就不停地动他的嘴，颠三倒四地背小时候学的诗。 可惜只有卡来卡一个听众。 他可不关心诗的韵脚，只是偶尔在帕内特头上泼点儿海水，或者给他盖上席子挡住阳光，或者喂他几口可可奶，当然，每天还替他把胡子梳梳。

他们平静地航行，但越来越强的贸易风使得船走得越来越慢，卡来卡只好冒险向东航行。 这时帕内特的脸色也渐渐开始正常了而不再像腐烂的海藻。

一有机会卡来卡就登上一些小岛，把一些土豆和米饭在锅里煮熟，但这是很危险的。 有一次划着小艇的两个白人把他们截住了，卡来卡来不及隐藏逃亡黑奴的痕迹，他也没这样做，只是在对方划到五十码左右的时候用步枪表明了自己的身份。 把对方其中的一个打死了，而且打沉了他们的船。

"我这边有个弹孔，你最好堵上它。"帕内特叫道。

卡来卡解开他的绳子，把那个弹孔堵上了。 帕内特伸了伸胳膊，好奇地东看西看。

"你不是幻影，是个真人。"帕内特瞪着卡来卡说，"我说，你是真的，不是个幻影。 看来我快好了。"

停了一会，他又问："咱们这是到哪儿去？"

"芭比。"卡来卡回答，这个名称是巴格维勒的土语。

帕内特吹了声口哨，驾驶这种连篷都没有的船是很难跑八百英里的。 他不禁对卡来卡肃然起敬，这真是个能干的小个子。

"那么，你家在芭比那里？"帕内特问。 "是的。"

"好吧，船长，"帕内特说，"继续前进，我不知道你带我到这儿来的原因是什么，但我想以后我会明白的。"

起初帕内特还很虚弱，但卡来卡的可可豆和甜土豆使他的力气和神志开始恢复了。 后来他品着海水的咸味居然能把酒忘掉好几个小时。 而且奇怪的是，当酒精在他体内渐渐消失，福浮堤的经历也消失在他的记忆中了。 这真是两个古怪的水手，一个土著，另一个是正在康复的病人，但他们相处得非常好。

第三周时，帕内特注意到卡来卡一整天什么也没吃，他们的食物吃光了。

"嘿，不能这样。"他叫道，"你把最后一点可可豆也给我了，你得留点给自己。"

"我讨厌吃那东西。"卡来卡简单地回答说。

天海之间只有海水拍打船底和船板的咚吱声。有好几个小时的时间，帕内特一直在想，想了很多事，有时脸上显出很痛苦的表情。的确，思考并非总是旅途良伴，尤其被拉回过去的记忆不见得那么好受。但帕内特现在却不得不对他荒唐的过去进行回忆，他一次次地想逃离它们，但他现在觉得无处可逃，他想自己只有面对过去，然后把他们击倒。

在第二十九天上，他们就剩一点点水了。卡来卡用可可豆壳舀上这点水，让帕内特喝下去。现在，这个异教徒又把照料帕内特的责任承担了起来，直到他把桶板上的最后一点水刮到刀刃上，让帕内特咽了下去。

在第三十六天，他们看见了咯塞尔岛，那岛就像是从水平线上冒出来的一堵绿墙。卡来卡可以松一口气了，六百英里是他过去这段时间的航程，而且用的是这条没什么航海装备，甚至连海图也没有的船。这个成就确实了不起，但他们并没停留多久，很快他们又出发了。

风在中午停了。海水变得像油一样稠，空气让人发闷，卡来卡知道风暴就快来了，但他别无选择，继续前进是他唯一能做的。

前进。他在船上绑住了所有东西，然后集中力量划桨。不久，他看见前面有一个带白色沙滩的小岛。最后，风暴在还差两英里上岛时来了，尽管如此，他们已经算走运的了。

这时卡来卡瘦得只剩皮包骨头，帕内特也只能勉强抬起胳膊，而不断涌起的海浪，一个接一个没完没了地打向他们的船。没人知道卡来卡是怎么干的，但他最后还是靠岸了。

反正好像是命中注定，他一次次把那个白人救下来，直到最后他又把帕内特带回岸边。当他们上岸时都快晕过去了，不过都还活着，而且帕内特的衣角一直被卡来卡紧紧抓着。

一个星期过去了。 帕内特用岛上无穷无尽的可可豆把自己养胖。 卡来卡则在修补他的船。 船严重进水了，但他的货物没受到丝毫损害，而且更重要的是，他们的磨难就要结束了，巴格维勒岛——卡来卡的家乡。

"芭比就在那边？"帕内特问。

"是的。"卡来卡回答。

"上帝哟！ 太好了。"帕内特叫道，"大英帝国只能管到这儿了。 老伙计，他们只能到这儿，不能再远了。"

这一点卡来卡也很清楚，如果世上有一件事让他害怕，那就是斐济高等法庭的治安法官，他有权制裁任何违法的行为。

卡来卡在海峡这边还会因为偷窃而被起诉，但到此为止，卡来卡知道，在巴格维勒岛，他可以干任何事而不会受到惩罚。

至于克里斯托弗·亚历山大·帕内特，他慢慢恢复了身体的健康，而且洗得干干净净，甚至把他灵魂中那些邪恶的东西都洗掉了。 湿润的空气和温暖的阳光使他重新充满活力，使他有力气到水里游泳或者帮卡来卡修船。 没事的时候，几个小时可以被他用来在沙滩上挖坑，或者欣赏小海贝壳的古怪花纹，要不就在海滩上游荡，唱着歌，享受他从前很少留意到的生活的美好之处。

卡来卡是唯一让他感到迷惑的，不过这并没让他感到什么不安，他像孩子一样对此一笑了之。 他想到的是，卡来卡为他做了这么多事，他不知道该怎样报答。 最后，帕内特还是开始猜想卡来卡带他到这儿来的目的是什么。 为了友谊？ 一定是这样的。想到这里，帕内特把头转向了卡来卡。

“嘿，卡来卡，你是怕因为偷窃被他们起诉？ 别理他们。 你这老家伙。 如果他们敢找你麻烦，我一定跟他们干一架，我甚至可以告诉他们是我偷了东西。”

卡来卡没答话，只是埋头擦他的步枪，安静得就像个哑巴。

“不，他没听见，”帕内特咕哝着，“你脑袋里在想什么，我真想知道。 老家伙，你活像只猫独来独往。 上帝证明，我不是个忘恩负义的家伙，我想——”他一下子跳了起来。

“卡来卡，你是怕自己逃跑把我连累了，你是怕一个奴隶逃走会把他的朋友连累了才带上我，是这样吗？ 对吧？”

“嗯。”卡来卡回答得很含糊，看了一眼帕内特，又看了一眼对面的巴格维勒岛，然后低下头继续擦他的枪。 这个海岛土著真像是个谜一样。

他们在两天后到达巴格维勒岛。

他们在绚烂的朝霞中把船开进了一个小小的海湾，这时海岛还在睡梦中，缓缓地一呼一吸。 帕内特跳下船跑到一块大石头上，看着眼前壮丽的景色，感到美极了。 这时小个子卡来卡一直在有条不紊地做自己的事。 他卸下布，小刀，还有烟草，然后是子弹盒，步枪，以及他的小斧头。 这些东西微微受了点潮，但擦过的那些武器在清晨的阳光里闪闪发亮。

帕内特还在喋喋不休地试图把他看到的景色描写出来，直到一串串脚步声在他身后停下来。 他转过身，惊讶地看到自己的背后站着卡来卡，背着枪，还拿着斧子。

“嘿！”帕内特叫道，显得很快活，“老伙计，你想干什么？”

“我想，”卡来卡慢慢地说，莫·杰克先前见过的古怪的光又在他的眼里闪过——就像鲨鱼冲你眨眼——"我想把你的头颅拿下来。"

"什么？头颅？谁的？我的？""是的。"卡来卡回答得很简短。

事实就是如此，所有谜团的答案就是这个。这个土著迷上了这个流浪汉的脑袋。克里斯托弗·亚历山大·帕内特的红胡子出卖了他自己。在卡来卡的家乡，一个白人的头颅，熏好的头颅，是一笔连钱财，土地，酋长的荣誉和姑娘的爱情都比不上的。所以这个土著制定了计划，耐心地等待，使用各种方法，甚至甘愿做这个白人的保姆，给他喂食，给他梳胡子。他所做的就是要把帕内特平安、健康地带到这儿，然后安全、从容地把他的胜利果实摘取下来。

这一切帕内特很快就明白了，这些是如此惊人，几乎没有白人曾想到过。但他现在正清醒地身处事中。帕内特在想什么？没人知道。他突然爆发出一阵大笑。笑声从人的胸腔深处发出，就像一个大大的笑话刚刚被它们的主人听到了。笑声穿透隆隆的海浪声，把海鸟从峭壁上的巢中惊起，绕着阳光久久地飞翔。最后，修正的克里斯托弗·亚历山大·帕内特的财产清单为：名字、一身破衣烂衫、一部漂亮的红胡子，此外，一个灵魂也得算上，这个灵魂在他唯一的朋友的帮助下恢复了健康和活力。

很快，帕内特就平静下来了，他对卡来卡说："要我的脑袋？那就拿去吧！不过，我的脑袋也太不值钱了！"

以牙还牙

做事有条有理是我的习惯，但对没把握的事，我会感到很烦。之所以要跟踪尼尔森，是因为我知道，谁都应该对自己所做的事负责。

一年前，尼尔森把我的妻子黛安娜给杀了，没有人能证明这件事，即使是最好的律师也不能把这场官司打赢，因为没有证据。尼尔森在下手之前，曾作过周密安排。 黛安娜和他私通的事，越来越使他感到棘手，而且对他的婚姻也造成了威胁，由于经济上的原因，尼尔森不想再发生那种事，所以经过精心安排，把黛安娜掐死了，并使证人发誓说，事情发生的时候，他根本就不在场。

但我知道事情的真相，因为那天晚上我跟踪黛安娜，看见她和尼尔森约会。 他杀害她，我要亲眼看到他得到报应。 喔，她是和他私通，可我是她的丈夫，他确实把她杀了。 一个人应该对自己的妻子充满爱。

我现在跟踪尼尔森到了丹佛，他因为工作需要，要在全国各地旅行，我用我的积蓄到处跟踪他。 我知道他就要走进鸡尾酒厅，那种地方是他常去的。

我进入鸡尾酒厅，在一个可以看见他的座位上坐了下来。 他坐在吧台前的座位上，他知道我在那儿，我总是小心地让他看见我。 当他在镜子里面看到我时，他英俊结实的脸孔微微泛红。 最近，我的跟踪让他感到很烦。

也许尼尔森想和我谈谈，把事情和盘托出。但是，我不会让我们的谈话成为他解除压力的方法。我知道使他烦心的是什么，他有真正的理由感到害怕。

现在，他手里端着酒站在我身旁，虽然他腹部凸出，但在黑色的西裤和合身的外套下，有着运动员般的健壮，很能吸引女人。

"帕尼，你为什么不放弃？"

"我想你现在该知道，尼尔森，我永远不会放弃。"他一直很不高兴我直呼其名。

我没有邀他坐下，他却在我的对面坐了下来："我一点都不懂，你这样到处跟踪我，到底结果会是什么？"

我很平静地说："你把我太太杀了，应当偿命。"

"可是，你太太不是我杀的！"尼尔森既生气又迷惑，"再说，就警方来说，那案子已结束，我只是遭到怀疑，但这件事不是我干的。"

"可那毕竟是就警方来说，而我不是这样说的。"

他发出一声长笑："管用的还是警方的结果，伙计，我是清白的，你没有办法。"他举起杯子，喝了一大口酒，"你我之间，黛安娜迟早是要离开你的，为什么你还要浪费时间去为憎恨你的已死的女人感到难过？"

"你不懂。"

"哦，是吗？我不懂的是，整个事情都过去了，就算你跟踪我到死，事情也不会再有所改变。假如你恐吓我，并且企图伤害我，我就会报警，假如你把我杀了，你也会完蛋。"

"我知道。"尼尔森早告诉过我，他曾经给他的律师留了一封信，以便在他死亡时拆阅，信中把我一直跟踪他、骂他是凶手的事说得很清楚。 除此之外，我有一个动机，认为他把黛安娜杀死并不是秘密。

"你不能证明任何事情，"尼尔森说，"这你是知道的。"

"不能吗？"我缓缓地呷了口酒，"尼尔森，我觉得你应该被抓起来关进监狱，我认为你杀害了黛安娜，你应该尝尝等死的滋味，那时候你查日子，算岁数，数分钟后你会走进死亡室，我想，当他们把金属帽子罩在你头上的时候，你会数秒。"

"去你的！"尼尔森汗流满面，抓酒杯的手在颤抖。

我耸了耸肩："就如你所观察的，任何事情我都证明不了。"

他黑色的眉毛拧成了结，目光凌厉地看着我："那么，你还一直跟踪我干什么？"

"我只是恰巧遇到你而已。"

他咬紧嘴唇，死死地看了我一会儿，然后站起来，走了出去。我等了一会儿，也站了起来，在他后面跟着。

尼尔森是对的，他杀了黛安娜这件事我不能证明。 不过，我仍知道有法子使他受到惩罚。 正义要求凶手要承担他们的恶行的后果。

我和尼尔森住在同一家旅馆，我这样做的目的是盯住他。 现在我再不需要如此了，现在，他连试都懒得试着躲开我，他知道，就算他千方百计把我甩掉了，我也会在下一站跟上他。 我知道他的所有的顾客，如果现实情况不如我想象得那样好，那么，我也可以在他家旁边等，直到他出现，然后再开始跟踪，但这种事还没有出现过。

当我跟踪尼尔森回到旅馆的时候，我想到了信的问题。 我给他写了信这一点深信不疑，并且知道他把信留在了他律师那里。

他认为那样可以使他的安全得到保证，从某种程度上讲，那是有效的。 当我跟在他身后进入旅馆时，我笑了。 反正我不会想方设法谋害他，那是犯法的。

那个月，我们到过圣路易、印第安波利、芝加哥，最后是底特律。 他的路线我太清楚了，清楚得我可以先乘飞机到那里等他。那样会把我的目的破坏了，所以我在他身边逗留，几乎总是在他的视野之内，我在等候他的崩溃！ 这一刻就快要到了。

在印第安波利的时候，他在酒吧里说要揍我一顿，于是，我告诉侍者，请他打电话给警局，这一招让他变得冷静了。

这一刻，尼尔森就在离我很近的地方。 当我听到尼尔森在休息厅打电话订飞往迈阿密的机票时，我并不感到意外，我这个人不容易激动，但我的心中仍怦然一动，因为他的巡回路线上没有迈阿密。

我给同一家航空公司打了电话，订同一班机。 通常我都那样做，我喜欢坐在他前面，让他看见我的后脑勺，我们都明白，在飞机上，他躲不开我。

尼尔森在迈阿密的机场租了部车，在城边一座相当高级的旅馆停了下来，但这一次我没有住在他住的旅馆。 我在最大旅馆里住了下来，它有私用海滩和娱乐区，这家旅馆挤满了人，我要了一个中层可以看见热闹街市的房间。 这个小房间布置得相当不错，静静的，但周围却非常热闹，太好了！

我打电话去骚扰尼尔森，告诉他我在哪一家旅馆住宿后便坐下来等。

正如我所预料的，尼尔森那天晚上来了，他浪费不起时间。当我开门时，他似乎准备强行进入，当我微笑着迎接他，退后让他进入时，他颇觉意外。

"我太荣幸了！"我说。

他看看四周，好像在检查房间，窗帘全部垂落着，他把一把手枪从他那个有特色的西装口袋里掏了出来。

"我猜你准备把我杀了。"我说。

"对了。"尼尔森说，他的嘴咧得更大了，但仇恨充满了他的双眼，"你自己找的，这是唯一不再让你跟踪我的办法。"

"可是，你不怕被抓起来吗？"

"争论救不了你，"尼尔森说，"我化名旅行到这里来，今晚我回去时会用同样的方式，我来到迈阿密没人会注意到，即使他们怀疑的话，我在底特律已买通了一位不在场的证人，现在，我正在那边玩扑克牌。"

"黛安娜被杀的时候，你在赛马场，不是吗？"

"当然，"尼尔森说，"甚至有撕下的票根做我的证明。"

"聪明。"我称赞道。

"对你是太聪明了，小子，这回你可要为自己的聪明付出代价了，你像一只平常有规律的鸽子飞到这里，你急急飞来，甚至你的行踪没人知道，为什么？等到他们发现你的尸首，我已经回到了底特律。就警方而言，最好的是，我根本没有杀你的动机。"

"有一件事，"我说，"假如我诱使你到这来把我杀死的呢？"

尼尔森脸色突然变白，然后用力镇定下来，"我的一根毫毛你都伤不到，小子，记得那封信吗？"

我点点头。

"进卧室去！"现在他提高了声音，因为他要付诸行动。

"你会坐牢的。"当他把我的后背用枪顶住，推我进入卧室时，我说，"你会数最后那几秒。"

"把你的话收回，小子。"他拿起手枪用枕头包住。

当我感觉到我的胸膛有子弹进入时，我连枪声都没有听见。我仰躺在床上，我打赌，他一定奇怪，为什么我死时面带微笑，这一点会让他疑惑很久……

我的口袋里有录音机，而且来之前我在律师那里留了一封信，把一切都说得清清楚楚的，这些他都不知道。

失去记忆的人

威利斯太太为人敏感。 这会儿她的脑子里在想很多事情，想她向别人炫耀过无数次的幸福的婚姻生活等等。 可现在，她清楚地意识到他们的婚姻已经出现问题了，以后的生活该怎么办呢？她有些茫然了。

外边传来了汽车的刹车声，那是丈夫回来了。

果不其然，奥利弗·威利斯急匆匆地推门进来。 这么多年了，他还是那么年轻，依旧那么英俊挺拔，看起来只有三十来岁。

一进门，他看见正坐在沙发上等他吃晚饭的妻子，忙解释说："真抱歉，又回来晚了，办公室里有点儿事，刚把它们解决掉。"

"我没事，只是柯娜不喜欢每天晚上都等这么晚。"

"我知道了。"

他直接走到吧台，把威士忌倒在杯子里。 "你要不要来一杯？"他问道。 妻子摇了摇头。 他只好自己端着酒在她对面的沙发上坐下来自己喝着。

丈夫的脸被壁炉的火光映照得发红，她看了他一眼，不紧不慢地说："你发现了吗？ 柯娜最近一直不太高兴。"

"她是对我不满吗？"

"不是，她父亲今天又来信说自己病了，希望她回去看看，可她一直没有时间。 要不这个周末我们放她几天假，让她回雪菲尔去看看，好吗？"

"这事你拿主意就行了。"

"我是想让你自己告诉她。"

"为什么？"

"你不是说你觉得她有点儿讨厌你吗？ 你把这件事告诉她，她肯定会特别感激你的。"

"这倒是个好办法，不过，周末我们的家务事正多，而且，谁做饭呢？"

"不用担心，我来做家务，饭的问题嘛……"她想了一会儿说，"我们正好可以利用这个机会去外面吃，反正我们已经很长时间没在外面吃饭了。 明天晚上我们去，好吗？"

奥利弗皱起了眉头，一副心事重重的样子："明天晚上恐怕不行，办公室里可能有事。"

"明天可是星期六呀，不休息吗？"

"明天晚上还有几个要解决的问题，是关于塞斯的几笔产业。"

"你们多长时间才能谈好？"

"5 点半开始，也许时间会很长。"

"那我们晚饭可以吃晚点儿。"

这时，一个穿着制服、系着围裙的女人走了过来，说晚饭准备好了。

"等一等。"威利斯先生说，"我听说你父亲病了，我想这肯定让你很担心吧？"

"对，先生。"

"我可以放你几天假，让你回去看看，你也就不用一直担心了。"

"真的？那可太好了。您放我几天假？"柯娜高兴得几乎要跳起来。

"如果必要的话，你今天晚上就可以离开伦敦，不过，你星期一上午一定要回来。"

"谢谢你，先生，不过……"她把目光转向威利斯太太，"太太，您觉得可以吗？"

"当然，我很赞成威利斯先生的意见，路上千万要小心点儿，回去好好照顾你父亲几天。"

"太感谢你了，太太，我一定会的。"

"柯娜。"奥利弗说，"在你回去之前，我还想送你一点算做旅费的小礼物。"

"先生，太感谢你了。"柯娜笑着说。

"不用老是说感谢，这没什么。"

威利斯夫妇互相微笑着对视了一下，然后他们就到餐厅去吃晚饭了。

"这下柯娜对你的好感肯定会增加不少，看到了吗，她冲你笑的时候有多甜。"

“我对这些没什么兴趣。明天晚上7点钟怎么样？7点钟之前我尽量赶回来。”

“7点钟也行，不过你一定要回来，我们已经很长时间没在外面吃饭了。明天我等着你。”

奥利弗和太太谈话时小心翼翼地，因为他所说的办公室有事只不过是个托辞。

第二天晚上，他在一个小酒店里，看到墙上的钟已经指到6点40分了。他有点坐卧不安，太太还在家等着他。而现在，他还不能回家，梅丽丝不停地唠叨着，而他只能洗耳恭听。

“奥利弗，不要怪我自私，这样的生活我不想再过下去了，我每天都在想着你，却只能偷空在这种地方和你见一会儿。”

“我也想和你在一起，但现在还不行，我只敢在这里和你见面，这里没有人认识我，目前，这是我们唯一能做的。”

“你今天晚上陪我吗？我们会很快乐的。”

“不行，这会让安吉起疑心的。”

“你可以给太太打个电话，说你要请一位顾客吃晚饭，晚上不回去了。”

“但是，梅丽丝，我已经答应她要在7点之前赶回去和她一起吃饭。”

“你总是这样。”梅丽丝撅着嘴说，“在她面前，你就像一只老鼠，一点儿也不考虑我的感受。”

“别这样，看我给你准备的礼物是什么？”说着，他从上衣口袋里掏出一个装饰精美的珠宝盒，放到梅丽丝手里，“看看喜欢吗？”

“什么礼物？”梅丽丝问。

"打开看看。"

她打开了那个盒子，顿时眼睛兴奋得发亮："你真是太好了。你怎么知道我正想要一个手链？真是太漂亮了，我真想吻你！"

梅丽丝把手链从盒子里拿出来，仔细地端详着。

"我的名字还在上面！"她说。

"这是我特意为你定做的。"

"我很满意！"她说，"只是……我们老是这么偷偷摸摸地幽会，总不是个办法呀？"

"你放心，我会尽快想办法。再等等，好吗？"

"你总是这么说，我已经等了两年了。对了，你怎么想起和太太一起吃晚饭了？"

"是她提出来的，今天晚上保姆不在，她提议我们一起到外面吃顿饭，我不好断然拒绝她。不过，我会尽快想办法结束这种生活，然后我们就可以光明正大地在一起了。"

"这件事你今晚会向她提起吗？"梅丽丝问。

"会的，就在今天晚上。"

"这样会不会伤害你太太？"

"伤害？当然，这是早晚都会发生的事，是免不了伤害的。"

"不是，我指的不是那个。"

"那你说的是什么？"

"我的意思是……谋害。"她自己都害怕说出这两个字。

"我可没说谋害！"话说出来他才意识到说话太大声了，因为正在他身旁经过的服务员回头看了看他。

"别生气，奥利弗，是我多想了。"

"不，不，是我太激动了。 我该回家了，我会带给你好消息的。"

"我们明天还能再见面吗？"梅丽丝带着一种祈求的眼光询问。

"恐怕不能，下周一我才有空。"

他又看了一眼壁钟，差 5 分钟 7 点。 "现在我得回家了。"

梅丽丝只好和他说再见，看得出，她很不高兴。

奥利弗在马莱街自己的公寓前把车停下来，看了一下手表，刚好 7 点，他可以心安理得地去见太太了，这会让太太很高兴。

可是，当他把门打开进去的时候，屋里一片漆黑。

这样的事以前从未发生过，每次他回来，不管回来多晚，太太都会等着他。

"安吉，安吉，你在家吗？"他把墙上的电灯开关打开，朝屋里喊道。

没有人回答。

书房、起居室里都没有安吉的影子，楼上楼下，他一间一间地打开灯，一间一间地查看，都看不到她。

她会去哪儿了呢？ 他想，家里一切都是原来的样子，不像是出事了。 如果她有事出去的话，应该留张说明她去哪儿的字条。而且，她一直盼望着能和他出去吃饭，怎么会轻易把这个机会放弃呢？

他给自己倒了一大杯威士忌，边喝边想，不知什么时候，他竟然睡着了。

第二天，他一直等了一天，安吉还是没有回来。

星期一快中午时，他听见门前有一辆车停下了，急忙跑到窗前去看，可惜不是安吉。

是柯娜回来了，也许可以从她那儿得到安吉的消息。

他在起居室里走来走去，等着柯娜上来。 一听到她上楼来的脚步声，他便喊道："柯娜，你过来一下。"

出现在门口的柯娜满面春风，看得出她父亲的境况好像好多了。

"奥利弗先生。"她说，"我没有想到你会在家，今天不上班呀？"

"安吉不见了。"

"什么？"

"你先说是否听太太说过周末要去哪儿？"

"没有。"

"在你回家之前，是否觉得她哪些地方不对劲儿？"

"没有，和平常没什么两样的，出什么事了？"

"我也不知道怎么回事，自从星期六我下班到现在，我就一直没见到她。"

"你们吵架了吗？"

"没有，我们星期六晚上还准备一起出去吃饭呢！可是我回来却见不到她了。"

"真的？"看她的表情，似乎还不太相信。

"当然是真的。"奥利弗说，"我回来时，她不在，我找遍了家里的每个地方，都没有她的影子。 我都等了两天两夜了，可她还是没回来。"

柯娜听了他的话，所表现出来的不仅是吃惊，其中害怕的成分更大一些。

"我……我有些不明白。"她有些语无伦次，"但我现在有些明白了。"

"明白什么了？"

"是你说可以给我放几天假，让我回家看望父亲。"

"对！我正想问问你父亲怎么样了？"

"而且，你还送礼物给我，我很奇怪。"

"为什么会奇怪，你怀疑我送你礼物有什么目的？"

"是的，你从来没有送过我礼物，可你这次却送礼物给我。"

"我想帮你，让你高兴，消除你对我的成见。"

"不，你是想支开我。"她有些激动。

"你这么想是为什么？"

"你肯定与太太的失踪有关，是你对她做了什么事，是你故意让我离开的。"说着，她转身就跑，还扔下一句话，"我很害怕你。"

"柯娜！回来！柯娜……"

奥利弗不想让她这么看自己，但是，他没有机会跟她解释，很快，她的脚步声消失了。

他一屁股坐在沙发上，觉得有些莫名其妙。也许烦恼可以由喝酒来减轻一些，当他正要起身去喝杯威士忌的时候，电话机一下子进入了他的视线，于是他改变了主意。

"喂，梅丽丝吗？"他是给梅丽丝打的电话，"我是奥利弗。"

"你终于肯给我打电话了。"梅丽丝高兴地说。

"你听我说，安吉失踪了。"

"什么？"

"那天我们分手以后，我就直接回家了，可是，当我到家时，发现她不在，没有留下字条，任何说明她去向的东西也没留下，我……"

"别太担心，或许她是走亲戚去了。"

"不对，我们约好一起吃晚饭的。再说，她只有一个在伯明翰的哥哥，如果她去那儿的话，应该会跟我说一声的。"

"去问问你们的保姆，她说不定知道。"

"我问过了，她根本不知道。"

"问过安吉的朋友们了吗？"

"她朋友不多。"

"这可就奇怪了，我可以帮你做什么吗？"

"我不知道该做什么，只好一直在家等着。"

"或许你应该报警！"她建议道。

"噢。"奥利弗顿有所悟，"我可以报警。"

"那就这样，奥利弗，我等你的消息。"

"我会再打电话给你的，不过，你别打电话到家里来。"

"我知道，你已经说了很多遍了。"

"梅丽丝，我爱你，我会处理好这件事的。"

"你还不放心我吗，一切顺利。"

电话挂断了，一想到警方，他就害怕。这甚至让他觉得自己的屋子都变得陌生了。但是，除了报警，其他办法也没有。

奥利弗又拿起电话，接通后，他声音颤抖着说："我要报警，我家发生了一件奇怪的事……"

"你在家里等着，我们马上会派人去调查此事。"警局的值班人员把奥利弗的地址问清楚后，很负责任地说。

一会儿工夫，警探琼斯来到奥利弗的公寓，对事情的经过进行了详细了解，又询问了几个问题，便着手对这件事进行调查。

　　按他的分析，伯明翰的哥哥家是安吉最有可能去的地方，并立即和她的哥哥麦克白通了电话。麦克白不清楚妹妹去了哪里，却向琼斯警探提供了一个情况：威利斯太太在最近给他去的几封信上，都说他们夫妇经常吵架，还说这让她很难过。

　　琼斯警探在向奥利弗求证这件事时，他却完全否认了。

　　琼斯正想着该相信谁的话时，一个警察走了进来，说有些可疑的东西在后花园里被找到了。

　　奥利弗对此非常吃惊，忙问："你们在花园里发现了什么？"

　　"一个沾着泥土的手帕。"那警察说着递给了琼斯一条手帕。

　　"什么？"奥利弗站了起来，非常吃惊，"手帕？"

　　"给我看一下。"琼斯对那个警察说。

　　琼斯仔细端详着手中的手帕："这是女人用的东西。"他转过头问奥利弗，"上面还有两个字母。你太太的名字是什么？"

　　"安吉，怎么了？"

　　"安吉——A. G，这手帕一定是你太太的。还有一个结婚戒指。"

　　"是她的。"奥利弗看着手帕上的字母和手帕里的东西，"那戒指是我结婚时送给她的。"

　　"这些也是吗？"琼斯指着首饰和眼镜问。

　　"这些东西都是我太太的。"

　　"你确定吗？"

　　"是的。"奥利弗说。

　　"你是怎么看待这些情况的？"

"我说不清楚，但我希望你能帮我搞清楚这件事。"

"当然，我有责任这样做。 你得先帮我去警局协助调查，你是这件事的第一嫌疑人。"

"我？ 你们搞错了吧？"

琼斯把奥利弗带到了警察局。

他说不出任何对警方有价值的线索，也无法把自己的嫌疑洗脱，他只得把一切希望寄托在他的律师身上。

"你认为这是怎么回事？"他对律师说，"我太太总不会不明不白地在这个城市里消失吧。"

"这很难说，在没有搞清楚之前任何推测都有可能。"

"我该怎么办，自己的太太失踪了，却成天被关在警察局里，我想赶快把她找到。"

"警方也正在努力找她，但他们一致怀疑你的妻子是被你谋害的，然后又毁尸灭迹。"

"我知道他们那么想，但我能怎么办？"奥利弗无奈地把视线转移到窗外。

"你是不是清白的只有你自己知道，我希望你能把实情告诉我。"

奥利弗一惊，看着他的律师说："你这么说是什么意思？ 我告诉你的都是实情，真想不到你也那么认为。"

"全部实情你都说了吗？"

"当然是全部了，我还想让你帮我，你知道吗？"

"威利斯先生，请不要激动，我只希望可以把事情的真相尽快查明，法律是公正的，但法庭上只相信事实，如果事实对你不利的话，没人能救得了你。"

几天之后就开庭审理这件案子了，法庭上，所有的证词都是在指控奥利弗，但他认为，不做亏心事，不怕鬼敲门，法庭上的陪审团肯定不相信安吉是他杀的，而且他自己也是受害者，所以对审理过程根本就没注意。

意识到后果的严重性的是他的律师。

柯娜以及安吉的哥哥麦克白都一致认为，威利斯先生和安吉结婚是因为贪恋她的钱财。这就基本确定了威利斯是有可能杀妻灭尸的。

警方还找到了珠宝店老板做证人，他说："威利斯先生经常光顾我们的珠宝店，最近，他还买了一条手链，这是条不便宜的手链。"

"他说过买那条手链是送给太太的吗？"检察官一语中的。

"没有，不过大概可以确定他不打算送给太太。"

"为什么？"

"因为他以前买什么珠宝首饰的时候，总是把 A. G 两个字母刻在上面，他还解释说这两个字母是他太太的姓名缩写，可这次他让我们刻上的却是另外的字母。"

"字母是什么你还记得吗？"

"当然记得，因为我们为他采用了最新引进的先进工艺，刻的是 MLS，用的是豪华的花体字。"

检察官问奥利弗手链的去向，他只好把实情说了出来，承认是送给梅丽丝了。

这件事，梅丽丝也承认了。

"奥利弗是什么时候把手链送给你的？"检察官问。

"我们在酒吧喝酒的时候，就是威利斯太太失踪的那天晚上，威利斯本来那天晚上要和太太一起去吃晚饭，送给我手链后他就走了。"

"他为什么要送手链给你？你也接受了他那么贵重的礼物。"

"我们关系很好，两三年了，他经常买礼物送给我。"

奥利弗特别在意梅丽丝说的话，虽说很多东西都被她遮掩过去了，但她的证词对奥利弗也是十分不利的。

酒吧里的女招待的证词更让奥利弗感到恐惧。

她说："那天我经过他们桌边的时候，听见他们正在谈论'谋害'之类的事，后来，我在报纸上看到威利斯太太失踪了，才知道他们的谈话意思是……"

奥利弗有些害怕了，法庭上的面孔都是冷冰冰的，再想想如果陪审团相信他们的证词的话，那后果简直糟透了。

休庭期间，奥利弗又见到了自己的律师。

"事情有什么进展吗？"奥利弗问，"那些证人真让我受不了，他们竟然无视事实，信口胡说。"

"事实是你有间别墅在布莱顿，可你并没有告诉我。"律师有些生气。

"我是有间别墅在布莱顿和哈夫之间的海滨。那是几年前我太太买的，这跟案子有什么关系吗？"

"当然有关系了。"律师说，"我曾经恳求你把全部实情都告诉我，而你却隐瞒了这些。"

"你说的话我不懂。"奥利弗有些迷惑不解。

"告诉我你最近到那里去过吗？都干了些什么？"

"我最近一次去那儿也是在半年前的一个周末，我和太太一起开车把家具送过去的。"

"你知道我说的不是半年前，而是你太太失踪的那个周末，你去过吗？"

"没有。"

"没有？"

"我都跟你说了，那时我一直在马莱街的家里，从星期六晚上一直到星期一上午。"

"可是别说我不相信你的话了，法官更不会相信。"

"可是事实就是这样！"

"但你一无证据，二无证人……"

"这很重要吗？"奥利弗问，"我不明白你死揪住这个问题不放是为什么？"

"警方在别墅附近的湖水中发现一具女尸，已经看不出本来的面目了。"

"别跟我说那就是安吉！"奥利弗有些冲动。

"尸首什么都没穿，确认不出来。"律师说，"但据化验的人员说：'尸首在水中泡的时间和你太太失踪的时间差不多，也是褐色的头发………'"

"那肯定不是安吉！"

"你不要冲动，通过对尸首的检验再加上麦克白的指认，警方已确定那就是你太太。"

"她是怎么死的？"

"据验尸人员说，她是被人谋害后推入水的。"

"我不相信。"奥利弗腾地从椅子上立起来，激动地说："请相信我，我妻子不是我杀的，我没干那件事，我说的都是实话，你们为什么不相信我？我可以在上帝面前发誓，我是无辜的。"

"你这么说我帮不了你。"律师说。

"那我该怎么说？"

"说出全部事实！"

"我已经说了，事实就是这些。"

"和你争吵是没用的，法庭是公正的，我已经尽力了。"

很快，判决书就在法庭上被法官庄严地宣读了："奥利弗·威利斯涉嫌一桩失踪案，陪审团在经过认真细致的讨论之后，现判决如下：奥利弗·威利斯的谋杀罪名成立，依法判处死刑，先在临时监狱关押，10 月 12 日执行死刑……"

听到判决结果的威利斯，疯狂地大声喊："冤枉！我是无辜的！冤枉……"

这样的结果是他的辩护律师早就料到的，他一声不响地回到他的办公室阅读其他文件。

正在这时，他的办公室响起了敲门声。

"请进。"自己在的时候把门锁上，他不习惯，却总要先看一眼来者是谁。门开了，进来一位中年女性，她穿的套装很朴素，却很合体，戴着一顶白色的没有任何装饰的帽子，帽子下面露出乌黑的头发，脸色很红润，戴着一副黑色镶金边儿眼镜，给人一种深沉得并不完美的感觉。

"你找我有事吗？"律师说。

"请允许我介绍一下自己，"她好像早有准备，"我是安吉·威利斯，也就是威利斯太太。"

"你冒充威利斯太太是为了什么，她已经死了。"

"我知道你不会相信，但我会让你相信的。"说着，她把身份证从手提袋里取了出来，还有几份能证明自己身份的文件，递给律师。

"看来你说的是真的。"在仔细看过她递来的文件后，律师说，"可是威利斯太太，这么多天，你怎么一直没有消息呢？"

"我患了失忆症，记不清自己是谁，家在哪里。我好像一直在伊斯特本居住，直到我看到了报刊上我和威利斯的结婚照片，我的记忆才被唤醒了，才记起我是谁，直到上星期，我才知道我皮包里的钥匙是做什么用的，于是今天我把能证明我真实身份的文件从马莱街的房子里取出来，过来找你。"

"你上个星期为什么不来找我？那时你能救你丈夫一条命！"律师对此极不理解。

"我想我丈夫的死会让我有所震动，会帮助我恢复记忆，我需要证实自己是不是真的恢复记忆了。"

"用他的死，代价也太大了吧！"

"也许是大了点，所以我现在来找你，希望能得到你的帮助，让大家都相信我所说的，至于律师费，我会让您满意的。"

"威利斯太太，我想你不会得到人们的信任的。"

"为什么？"

"你想想，"律师说，"是你的失踪使得威利斯先生接受了这么久的调查和审判；他被判处死刑也是因为你晚出现了一个星期。你让人们怎么相信你和这件事没有一点关系？"

"难道法律的公正和法庭的庄严不值得相信吗？他是经过法庭的审判、定罪，再按照法律被判刑的，这和我有什么关系？"

"你怎么解释你留下对他十分不利的证据呢？"

"什么证据？"

"比如说那些被你埋在马莱街的珠宝，你的眼镜和结婚戒指。"

"一个失忆的人做那样的事是不需要理由的吧？ 也许是我想埋葬过去吧！"

"你这么说能得到别人的信任吗？"

"为什么不相信？"威利斯太太好像很有把握，"别忘了，陪审团给奥利弗定罪的原因不是这个，两件与我无关的事才是原因。一个是在我们别墅附近出现的那具女尸，他们确认那就是我跟我有什么关系；还有那个叫梅丽丝的女人，我根本就不知道她是奥利弗的情妇，法庭以此作为他的杀人动机，关我什么事？"

"就算你真的失忆了，为什么这么多天来，没有人把你认出来？ 我们在报纸上刊登了大量的寻人信息，电台上也对这件事进行了连续报道。"

"因为我在失忆时模样也变了，染了头发，名字也和现在不同，伊斯特本的旅馆里有我登记的名字，你可以去查，现在能理解了吗？"说着，她站起身，"我该走了，假如你愿意帮助我的话，可以去我家找我，我随时恭候。"

"你还在那儿住吗？"律师问。

"至少最近还在那儿住，也许不久以后，我会把那幢房子和布莱顿的那座别墅统统卖掉，人活在不愉快的回忆里会非常痛苦。再见了，律师先生。"

"等一等，我想知道你一手策划这么多可怕的事究竟是什么目的？"

威利斯太太犹豫了一下，回答说："很抱歉，我不明白你是什么意思。"然后就开门离开了。 她走得很从容轻快，好像刚刚干成了一件什么大事。

偷梁换柱

我给家电公司的老板打电话说："你们究竟是怎么回事，怎么还没把我订的立体电唱机送来？"因为等得时间太长了，我很生气，"马上送过来，我不想再等了！"

"对不起，先生，送货的车已经在路上了，请您再稍等一会儿。"

我又等了一会儿，果然，一辆送货车在公寓楼前停下来了，两个送货员从车上下来，一个四五十岁年纪，长得胖胖的，另一个是二十岁左右的年轻人。

"麻烦你们给我抬上去吧，3楼往左拐。"我说。

他们两个人抬着一台又大又笨重的立体电唱机，过道非常狭窄，走了一会儿便累得气喘吁吁，艰难地抬到了3楼。

我把门打开，一只手撑住门，一只手把屋子里一片靠墙的空地指给他们看："把它放在那里，千万别碰坏了！"

他们把唱机放在我指定的地方，开始接电线插头，对唱机进行调试。

我随手把没有放上的电话听筒拿起来说："亲爱的，我现在正忙着呢，人们刚把电唱机送来，正在调试，过会儿我再给你打电话好吗？"

我挂上电话，回过身来看送货员忙活。年纪大的那个正打开唱机的顶盖，准备试试唱机的各个部分好用不好用。

"多长时间才能把唱机调试好？"我问。

"5分钟就差不多了吧。"年轻的说，"史密斯可是老行家了。"

史密斯看着我说："马上就好。"

我看看手表说："不着急，我还有时间，你们要不要来罐啤酒？"

他们俩互相看了一眼，高兴地笑了。

"那好，你们先坐下歇会儿，我去拿冰镇的啤酒来！"说着，我转身进了厨房，从冰箱里把两罐啤酒拿了出来，"用杯子还是用罐子？"我问他们。

"用罐子就行了，我们平常就是这么喝的。"

我递给他们啤酒："慢慢喝，喝完了我再去拿。"

"够了，够了，喝一罐正好，两罐就多了。"史密斯说。

"你们干这活儿也真够累的。"我看着他们喝酒说。

"就是啊！"史密斯说，"如果每天都像今天这样，就把我们累死了，我们的车上还有14台要送的电视机、电唱机，而且大部分要送到郊区去，肯定要累个半死。"

"干得多挣得就多了嘛！"我说。

"也对，生存嘛！"史密斯见我一直看他们喝酒，说，"你怎么不来点儿啤酒呢？"

"我一会儿还得去值班，纪律规定是不能喝酒的。"

"你是干什么的？"

"你猜呢？"

史密斯一边喝酒，一边盯着我看："你这个人看起来精明又干练，依我猜你不是军人就是警察，我猜对了吧？"

"真准……"我笑着说，"我是警察，在诈骗组里。"

年轻的也高兴地在一旁插话说："那你认识布鲁斯吗？"

"布鲁斯？ 好像听说过，原来在麻醉组里，后来由于受贿被送到惩戒会去了？"

"唉——"年轻的叹了一口气说，"布鲁斯是我叔叔，就为了一件该死的貂皮大衣把一生的前程都毁了。"

"当警察也不容易，你的工作上边有人监视，下边又有人拉你下水，一不小心就犯点错误，倒霉的还是自己。 就说我买的这台电唱机吧，没准儿就有人怀疑呢。"说着，我看了一眼电唱机，的确很漂亮，而且其价格之高是一般收入的警察无法承担的。

他们俩好像也意识到这一点，都保持着沉默。

我说："你们得把怎么用告诉我。"

"当然，这么贵重的东西不能只当个摆设。 等我喝完啤酒马上告诉你。"

"不着急，你们慢慢喝。" 我看了看手表，"时间还来得及。"

年轻的说："其实你们当警察的挺让人羡慕的，如果不是我身材不够标准，说不定咱们已经是同行了。"

"当警察最重要的不是身材，"我说，"还有品行和智力，真正的好警察还要具备一种与生俱来的天赋。"

史密斯把啤酒喝完，又去对唱机进行调试了，同时问我："警官，你是便衣，还是穿制服的？"

"这得根据工作需要来说，像我们在办理诈骗案时，制服一般是不穿的，即使是穿便衣我也栽过好几次跟头，那些罪犯实在太狡猾了！"

"这种案子是不是不好办？"

"难度是在技巧方面，但法网恢恢，疏而不漏，再狡猾的罪犯也总会留下一些蛛丝马迹，不可能永远逍遥法外。所谓明枪易躲，暗箭难防，人最怕的是遭人暗算。"

"说得也对。"年轻的人说。

"我想也许你叔叔就是被人暗算了，我听说他是个好人，跳进了人家设的陷阱。比如说，有人为了感谢他，把一件貂皮大衣送给了他，然后，转身又去惩戒会告发他，人赃俱获，谁也没有办法，这种事常有。"

一会儿工夫，史密斯把电唱机调试好了，转身对我说："我们该走了，警官。"

"别着急，你还没有告诉我怎么使用这东西呢。"

史密斯指着各个控制器，同时把其功用、电源开关、音量大小、改换唱片等都解释了一遍，人约用了5分钟。

"我还是有些不懂，"我说，"再给我解释一下行吗？"

他又给我说明了一次，拖延了大约5分钟。最后，他干脆把电源直接关掉，站起来说："如果你还有不明白的地方，可以看看说明书，上面写得非常详细。"

"那好吧。"我说。

"还得麻烦您签字。"说着，他把送货单从口袋里掏出来递给我。

我签了字，把外套穿上，说："我也该去值班了。"

我们一起下了楼，我正要走向我的汽车，史密斯突然高声大叫："不好了，警官！"

"怎么了？"我朝他们的卡车走过去。

"我们车上的 14 台电唱机、电视机不翼而飞了。"

卡车里确实什么也没有，我问他们："这肯定是你们的车吗？"

"车肯定是我们的，但车上的东西不见了。"

"不要慌！"我一边安慰他们，一边把街头四下查看了一遍，一点儿可疑的行迹都没有，我说，"他们带着这么沉重的东西走不了多远，你们留一个在这里保护现场的人，另一个跟我上楼去，马上报警。"

史密斯跟我迅速跑回三楼，一进屋，我马上奔到了电话旁边，拨通之后，说："我是费侬警官，请立即派人过来，我这出了点事……"我把事情的经过简单叙述了一下并告诉他们出事地点。

"好了。"我把电话挂上，对史密斯说，"你先回车上等，警车已经派出来了，马上就到。噢，对了，你最好先打电话告诉你们老板这件事，看看他有什么办法。"

史密斯哆嗦着双手把老板的电话拨通了，语无伦次地向老板报告了这件事，最后，还补充说："我已经报案了。"

等他把电话挂上，我说："你到卡车上等吧，警车应该快到了。"

等他走出房门后，我立刻又拨了一个电话。

"威理蒙售货公司。"传来一个女孩子的声音。

"请找一下迈克。"

"请稍等。"

"我是迈克。"

"迈克，我成功了，十四台电视机、电唱机全部弄到手，他们已经上路了。"

"好的，干得很好，我会给你高价钱。"

"我知道你会的，不过，这下费依警官可要受苦了。"

"是两年前送你坐牢的那个费依警官吗？"

"是的，我现在正在他的公寓里打电话，而且我还把一台昂贵的电唱机留给了他，算是对他的报答吧！"

"你这招可真绝。"迈克笑着说，"你把栽赃、陷害全用上了，费依警官只能留在惩戒会里接受调查了。不过，你千万别留下任何线索给警方。"

"放心吧。"

我挂掉电话，擦掉听筒上的指纹，又对整个房间进行了仔细检查，我唯一碰过的东西就是啤酒罐。

锁上房门，我拿着两个空罐子，下楼朝我的汽车走去。

当我开车走时，那两个傻瓜还坐在卡车上等警方的车到来，我向他们挥了挥手，示意他们耐心点。

我暗自得意地笑了：这两个蠢家伙，就让他们等下去吧，也许警车永远也不会来！

罗宾汉的故事

我叫巴卫，正在和路易丝、吉姆围坐在"罗斯山丘"公寓的餐桌旁边吃边聊。

当然，"除恶社团"的生意是我们聊天的中心话题。不过，我们边聊边品尝浸汁螃蟹、生菜沙拉、新鲜法国面包和特选的白葡萄酒。 我的仆人福特准备的这些东西。 福特平时只服侍我一人，因为我至今还是单身一人。

福特穿着时髦的衣服，笑容可掬地展现着他那菲律宾人的黑脸。 "饭菜味道还好吧？"

"好极了，"吉姆以他特有的低音说，"你的烹饪技术越来越高超了。"

"不错吧，嗯？"

"绝对的不错。"路易丝表示同意，同时点点她那满头金发的头。

福特急急返回厨房。 那种冲劲，令我确信正有情妇在等他。 知道他有约会，所以，我把饭后的白兰地倒好，然后说："好，路易丝，你说。"

她在经常携带的精致烟嘴里塞了一根纸烟。

个子高大、四肢瘦长的吉姆，有着一张粗犷的脸和一堆灰褐的头发——用一只银质打火机为她点烟。 然后她开始透露我们社团分会调查后，她所得到的消息。

她说："一连串的骗局，有很多寿险和醉鬼被牵涉进来。"

吉姆摇摇大脑袋，显出一副痛心的表情，那种表情在他平时看见某人缺乏道德时才会显现出来。 "不是那种受益人的事吧？"

"是受益人的事。"路易丝说。

她和吉姆都是事业有成的人，她是个时装设计师兼艺术家，而吉姆是位律师，我呢，是位投资公司的老板。 然而当她执行"除恶社团"的任务时，即使有可人的微笑在脸上挂着，她对欲除掉的恶徒所显露的憎恨，却冷酷如美洲的大毒蛇一般。

"为了几瓶酒，"我说，"供酒人就成为酒鬼保险单上的新受益人。 然后，供酒人查出保险费有人继续支付，确定保险单仍有效后，那位酒鬼就完蛋了。"

"正确地说，"路易丝说，"事情在这类案子里显得更残酷。每一位受害人都想办法把保险单从家中悄悄地偷出来，纵然他们早就弃家不顾，只顾喝酒。 在这些案子里，受害人的妻子被蒙在鼓里，保险金是一直缴纳的。 可是，有多少人是常拿保险单来检查的？况且每一位受害人死在下一次缴费之前，而每一位未亡人都不知道保险单不见了，保险金落入别人手里，等知道时根本就来不及了。"

吉姆摇了摇头，一副厌恶的表情："多少人？"

"五个，" 她说话时很平静，"都是醉倒在路旁时被打死的。"

吉姆重重地用拳击打了一下桌面，义愤填膺，他不信一个人对另 个人会是如此残忍。

"警方查到什么没有？"我问。

"我们查到的他们还没查到。"

"那么，快说说。"吉姆直率地说，棕色的两眼生动地闪着光芒。

路易丝啜着酒，然后说："五人全是五十岁左右的男性，每一个都弃家不顾，任妻小自生自灭。 目前他们中有两个需要特别的医药治疗的小孩；有一个大孩子，资质不错，却因为母亲有病，不得不把学业放弃了，挣钱养家。 造成这一切的原因都是因为所有的保险金落入了一个人手中。"

"哪个人？"吉姆粗暴地问。

"这个人名叫利思，他在街上开一家酒店。"

"他一知道受益人是自己了，就索性等候他们死亡或遇害。对不对？"吉姆问。

路易丝再次微笑，她有着一双孩子似的碧绿的眼睛："我们调查人员的看法可不同。"

"你的意思是说，他自己亲自动手？"吉姆怒不可遏，他真快受不了了。

路易丝耸耸肩："在他们死亡前的一个月里，人寿险的受益人都被换成了利思。现在，他们全死了，在同一个月里被殴打致死，警方不知道的是，利思是这些案子的受益人。当然，他们不久就会查出，但是——"

"同时，"我打岔，"我们必须赶在他们花钱之前，把那笔钱取回，还给那些死者的家属。"

"是的！"吉姆又是暴跳如雷，"可是我们该怎么做？"

两人都注视着我，因为我的责任是作结语。

我坐着沉思，就像我要做一项股票投资一样，在几个策略中选择最明确的，然后把怎么回事告诉他们。

吉姆注视着我，眼中满是吃惊的神色——他怎么也不能习惯，一位经常穿灰色西服的股票炒家，实际上是世界上最大胆的赌徒——但是末了，他坚定地表示同意。

个性粗鲁蛮干的路易丝转身吻我的面颊，讪讪地说："巴卫，你太厉害了！"

第二天晚上，路易丝在天黑之后开车把我们俩送到第三街附近的停车场。吉姆和我坐在后座，路易丝开车很小心，不敢违规。

假如她有什么意外被阻拦的话，别人就会发现我们伪装的样子，无疑的，我们就会上报，成为新闻人物。我们总是做些冒险的事。

停车场是我们事先选择的，当我们抵达时，停车场半空着，有些暗，而且场地尽头附近躺着一个黑影，很明显是昏睡了。空气中有雾气，因此，街灯和汽车灯都模糊不清。

"我们走吧！"吉姆说。

"路易丝，把车门锁住，以防万一——"

"我会做个鬼脸，用嘘声赶。"她说着，就笑了起来，声音就像音乐一般。

我微笑着和吉姆下车，心中很清楚，路易丝的勇气是非常值得佩服的。

"做好准备了吗？"我问吉姆。

吉姆身上穿的夹克脏兮兮的，而且他还戏剧化地粘了假胡子，由于我们早先点了药水眼睛呈红色。他先做了一个要回答的样子，突然，就像喝醉了酒一样，从停车场歪歪斜斜地走上人行道，到一街灯处，摇摇晃晃地："来呀，老朋友！"他喊我的声音是含糊不清的。

我的着装打扮和吉姆一样，两个人看起来就是街头的醉鬼，我追过去的步态很怪异。

五分钟之后，我们进入利思的酒店，叮叮当当的铃声向店主宣布了我们的进入，那种铃声是门被打开碰到铃时发出的。

房间里有着过强的灯光，为的是防止小偷窃酒。

利思不信任地站在柜台后面，他矮矮的，秃头，近视眼镜的镜片厚厚的，镜片与头顶的日光灯辉映，他正在用镜片后面的眼睛凝视我们。

利思以一种高而烦躁的声音喝道："把一瓶酒打碎，你就得坐牢！”

吉姆及时抓住柜台角，使自己稳住了，然后站在那儿怒视利思。

“把你要的说出来，付了钱，滚出去！”利思命令。

“酒！”我说。

“先付钱。”利思说话时很平静。

我们开始和他争论付钱的事，但他如同我们所预料的，固执己见，绝不妥协。最后，吉姆倚身向前，在他身边耳语了一番。

利思的那双近视眼立刻在那对厚镜片后面猛眨。他回答说：“那个主意是谁给你的？”

“丹仁，”吉姆含糊地把路易丝告诉我的一个名字说了出来，“老丹仁，最近没有看见他，不过他告诉我，你为他办，你也为我们办，是吧？”

“多少？”利思低声问道。

“一万。”

“人寿险要哪一种？”

“普通的。”

“你们两个都要普通的？”

“是的。”我说。

利思把他的名字在纸上写了下来，将字条塞进吉姆肮脏的夹克的胸前口袋：“记住你口袋中的名字，到保险公司去改，我看到单据才会相信。现在，滚出去！”

第二天晚上，我们回到那儿，陪我们前往的还有路易丝，她的扮相是那一带最贱的女人。她戴一顶鲜红的假发，嘴唇涂着浓厚的橘色唇膏，碧眼上涂着黑黑的睫毛膏。她身材修长，但有东西在红色的毛衣下垫着，使上身看起来怪怪的，很是肥大，黑色裤在膝处略显破烂。

她在我们之前进入灯火耀眼的酒店，将她的胳膊戏剧化地摇摆着。

利思凝望她，很明显地，正在对她的职业进行判断。

然后，吉姆把两张伪造的保险单塞给了他，那是"社团"为我们准备的。于是，他便把路易丝忘了。当吉姆相信自己已经成为两张假保险单的新受益人时，他点了点头，显得很突兀，然后把柜台上两瓶烈酒推开了，如果是前一天晚上的话，他会卖给我们。

"这酒不错！"吉姆说。

利思一边诅咒，一边把两瓶廉价的波恩酒取来，放在柜台上。

吉姆和我各取一瓶，在一旁的路易丝看着酒，垂涎欲滴。当我们摇晃着向前门走时，利思已经走向后面的储藏室。

吉姆把门打开，使门摇响门铃。等了一会儿，再关上门，让门铃再摇响一次，然后锁上门。我把窗户上的牌子翻转过来，亮在玻璃上的是"打烊"两字。

然后我们三人悄然而快速地进入后面的房间，利思正在一只看似牢固的小保险箱前跪着，我们等候着，一直到他转动密码盘，把门拉开。

这时，吉姆以特有的男低音说："现在别动，没我们的命令，你就别动！"

利思一下子愣住了。

吉姆和我走到他旁边，我说："站起来，转身。"

利思按照我们说的去做了，镜片后的两只眼瞪得老大，充满惊异的光芒。他眨了一下眼睛，然后低头看保险箱，好像准备用脚关上保险箱。

"假如我是你，那样的事我不会做。"路易丝甜甜地说，一支小手枪指着利思。

他眼睛注视那把手枪，嘴里数着数，叫道："歹徒!"

"走开!"吉姆粗声说。 利思向右挪了几步以后，吉姆弯身取出里面的钞票。 他数一数，点点头："总共只有一半，不过，剩下的我们会找到的。"

"那钱是我的!"利思说，现在他的声音发抖了。

"你是怎么弄到这些钱的?"我问。

"这是我赚的!"

"也许可以说是你赚得的，"我说，"毕竟这活儿也不好干。"

"我听不懂你说的。"

"丹仁，"我不再拐弯抹角了，"莫里斯、亨伍、哈德、逊斯。"

他的眼睛又开始眨了。

"你想用同样的诡计干掉我们。"我说，"只是这次不成了，因为我们给你的是假保险单，是我们社团提供的。 五个人使你成为受益人，然后你都杀掉他们。"

"胡说!"

我看看路易丝，说："用他的电话，叫车来把他带去关起来。"我把手枪从腋下的枪套中取出来，指着利思。

路易丝走向放在前面柜台的电话机，但是利思尖声叫道："他们不是我杀的!"

"那是谁杀了他们?"吉姆威胁他。

"我……我不能跟你们说。"

"那么，你准备单独承受谋害五条人命的惩罚吧，谋财害命，罪可不轻，路易丝，"我对路易丝说，"去打电话。"

"不!"利思说，同时悲凄地摇头，"如果我跟你们说了，即使人坐在牢里，也会被杀，他们能够互相联系……"

我看看吉姆手中的钞票："两万五千，五万才对，剩下的去哪里了? 人家为你下手杀人，和你对分的是什么人?"

利思不停地摇头，始终不肯回答。

吉姆和路易丝在我的示意下走到房间末端，我手中的枪一直对着利思，他则恐惧地回瞪着我们。

"我有个主意，"我说，当我把计划向他们说明之后，我补充道，"有些冒险，所以，若是你不——"

路易丝温柔地微笑："那就实行我们的计划吧!"

"吉姆，你觉得怎么样?"我问。

他点头同意，我们转向利思，我对他说："有个条件我们得和你说说。"

"条件?"

"给你朋友打电话，说你又安排了两个活儿，告诉他，我们刚刚离开你的酒店，还有方向，等他要下手时，我们来'料理'他。"

"可是那对我没有好处呀!"利思抗议，"他会知道是我安排的这一切，而你们仍说我是共犯，或者说我雇人下手的，或者随便把一些罪名加在我身上。 那对我根本没有好处!"

"下手害人的是谁才是我们关心的，"我说，"假如我们能逮到他的话，他就是我们要惩罚要治罪的人，他不能让你死。 现在，即使说你要坐一阵子牢——不错，是要坐一阵，但是，如果你肯跟我们合作，坐牢时间不会很长。"

"可是如果我把这笔钱留下来，我可以把它藏起来——"

"证据！利思。"吉姆微笑着将钱装进了口袋。

"可是，你们连选择的机会都不给我！"他狂叫。

"可以给你一个选择。"我说着，指指前面的电话机。

他的眼睛又开始眨了。然后，镜片后面的两眼更明亮了。

"你们抓他要用什么方法？"

"从你的后门出去，向南，上第三街。"我说。

他点头，走到前面的电话机。我持枪跟随在后，在储藏室的门边站住了。

他拨电话，低语一阵，聆听一会儿，再低语一阵，然后把电话挂了。我示意他回储藏室。

"把他的外貌描绘一下。"

"高大，"利思说，"总是穿一件黑色皮夹克，不戴帽子，头发是金色的，有一道疤痕在面颊上。"

"他用的武器是什么？"吉姆问。

"棍子。"利思回答。

"看住他，"我对路易丝说，"而且要看仔细了。"

她微笑着，手枪对准利思。她说："我来仔细地看守他。"

吉姆和我各带一瓶酒，走出后门。我们摇摇晃晃地向前走着，故意发出醉后那种怪笑，但是我们的知觉灵敏而清醒，清楚周围的每个风吹草动。沿途我们遇到六次有人要酒喝，但是那些人很容易推开，因为我们清醒着，但他们没有。

最后，我们进入一条没有灯的巷子，在一个水泥门阶上坐了下来，半躺在那儿、呢呢喃喃、说说笑笑地等候一位高大、头发是金色的、身穿黑色皮夹克、面颊有疤痕的人。

各色各样的人，稀稀落落地在巷口经过。

然后，一位白色的头发很乱、戴墨镜、一只手拿着白色的手杖、另一手牵狗的妇人出现了。绳子末端的狗是一条法国牧羊犬。妇人的脚上穿着一双破鞋子。她佝偻着走路，好像半身不遂一样，撅起来的嘴巴很丑陋。

她差不多经过巷口时，就把牵狗的绳子放掉了，摘掉墨镜，放进她褴褛的毛衣口袋。她身躯不再佝偻，而是向我们跑过来，活像个矫健的运动员。牧羊犬跟随在后，它的金色眼睛里有愉快和聪慧的光芒闪烁着。

妇人把手杖高高举起来，凶恶地向吉姆头顶落下来。

但吉姆早已急速地滚开，我倏地站立，把手枪从夹克下面掏了出来。

当她看见手枪时，顿时睁大了两眼，转过身，企图逃走，但是我挡住了她，伸出手臂阻止她。牧羊犬站在那儿，金色的眼睛忽闪忽闪的，摇尾注视着这场行动。

吉姆站起来，亮亮皮夹，把"社团"为我们准备的警察身份证明拿给她看。

"我知道这——"她的强辩要开始了。

"丹仁、莫里斯、亨伍、哈德、逊斯，都是被这根拐杖杀死的，它是专门订制的，用来把工作完成。"我说。

她不再看我，目光转到吉姆，再又转回，眼中露出惊恐："怎么——"

"利思，"我说，"他被我们从保险金支付处找到了，证据确凿，他招供了。"

"可是，我刚刚和他谈……"她感到很是迷惑。

"他打电话时我们正在监视着他，现在他还在受监视中，走吧！"

"你们带我坐牢？"她说，丑陋的嘴不停地颤抖着。

"对，"吉姆说，"不过我们先要看看你的住所。"

她的手抓紧手杖，因为憎恨，两眼阴暗下来。

"你胆敢再用那东西的话，"我说，"我就用枪把你的眼打穿了，走吧！"

附近的一家旅馆就是她所谓的"家"，当我们把她夹在中间进入休息室的走廊时，那高大、浑身横肉的柜台账房定定地看着我们，眼里充满了怀疑。

我的手枪隔着口袋对准她，相信那份压力她能感觉得出。她又重戴上眼镜，身子倚着拐杖，那头性情温驯的牧羊犬被她牵在另一只手里。

"曼蒂，你还好吧？"账房关心地问她。

"没有事的，洪斯，"她说，"这是我的两个朋友。"

他又看了我们一眼，摇摇头，继续看他的廉价小说。

我们乘电梯上二楼，和她一起走进房间，里面凌乱不堪，全是废品，而且有怪气味。曼蒂在那堆凌乱的东西中间站着，看起来有些垂头丧气。

她摘下眼镜，放在一个灰尘密布的柜顶，又把狗链放开了，准备要大哭一场。

"你们认为的那些事我并没有做，"她说，"我看见你们在小巷里，我身上带了点钱，我怕你们跟踪我，把我的钱抢走。我顶多是想敲诈一下你们，我只是个可怜的老妇人……"

"假盲，"我说，"假佝偻、假跛脚……我估计你实际比现在年轻多了，不错，你是一位好老太太，不过，你却是别人雇佣的一个杀手，不是吗？吉姆，去找。"

吉姆开始在那些东西中寻找。

曼蒂再次把那根特制的手杖握紧了，因为用力紧握，所以指节变白。她开始诅咒，说出的字眼难以入耳。

她对那只牧羊犬喊道："阻止他！"

狗只是摇了摇尾巴，用明亮、可爱的眼睛看着吉姆。

然后，曼蒂又一次把那根特制的手杖紧握住了，因为用力紧握，所以提起的速度很快，想打吉姆。

我出手切她手腕，把手杖打飞了。

她又开始诅咒，但是这时候已经把要找的东西找到了，吉姆正数出两万多元的钞票，那些钱在她住处的每一个角落藏着。吉姆把钱塞进口袋。

"你们不能拿！"曼蒂柔和地叫道，泪水开始滚落。

"我们就是要拿走它。"吉姆说。

"然后我还要被你们送去坐牢！"她说，泪水哗哗而下。

"不，我不送你坐牢，曼蒂，"我说，"我们会给你一个小机会，我的朋友和我要把钱留下，明白吗？"

"可是——你们分明在抢劫！"她哀求说。

她已恢复原来小妇人的角色，我怀疑她太长时间都在扮演这个角色，以致时常让人相信那就是她本来的面目。

"也许，"吉姆说，"不过，我们会为自己开脱的，不是吗？我们可以用这个方法留下钱，你也能得到机会。"

"我能得到什么机会？"

"逃走，"吉姆说，"那对我们来说都够好了，我们给你一个高尚的开始。"他咧嘴笑笑，然后弯腰，把墙上的电话线扯断了。

下楼进入休息室时，那个高大、名叫洪斯的账房看着我们，很是仔细。

我进入电话亭时有些醉意，然后开始拨电话。

过了一会儿，我听见路易丝说："喂？"

"凶手已被我们盯牢了，路易丝，我们一会儿就过来。 所以，你不要试我们谈过的法子，我不想——""对不起，"她说，"放弃不是我们应该做的。"说着，她挂了电话。

我步出电话亭，正巧遇见一位警察急急进入休息室，他打量我们时的眼光是如此警觉、老练，问账房："洪斯，什么事？"

"曼蒂，这柜台上面就是她的房间，这两人和她上楼后，上面就像地狱一样，什么声响都有，杰克警员，你最好上去瞧瞧，我打不通她的电话。"

警员看看吉姆和我，命令说："你们留在这儿，哪儿也别去。"

"他们都喝醉了，"洪斯从柜台后面说，"跑不远的。"

警员表示同意他的看法，然后进了电梯。

账房投给我一丝不怀好意的微笑，他说："你们要是敢伤害曼蒂，你们就麻烦大了。 曼蒂是位甜蜜的妇人，这个，我的朋友们都知道的。"

"你说得对，"吉姆说着，歪歪斜斜地向柜台走去，"甜蜜的小妇人。"然后挥起一个大拳头，打在洪斯的下巴尖。

高大的账房眼露惊异之色，然后身躯慢慢在柜台后面消失了。

吉姆和我急忙从那儿离开了，上了街，绕到酒店后面。

后门没关。

我们进入里面，看见路易丝面部向下，在地板上躺着。

我一边诅咒着，一边急忙和吉姆赶过去。

"路易丝……"我叫着她的名字，看她的脸。

睁开了一只眼睛，她在挤眼睛。

"嘿，该死!"吉姆生气地说道，"我们以为——"

我们把她扶起来时，她说："对不起，我得肯定是你们来了，而不是利思。""你做了什么?"我问。

"当我挂上电话时，告诉他在我看得见的地方站着，但是之后，我故意跌倒，让手枪滑落，这一会儿，他抓到机会，就像恶鬼扑向面包一样抓起手枪，向我连开四枪。 相信我，和他之间有些距离真让我感到高兴，枪虽然装了空包弹，可是近距离还是会疼。不过我没有受伤，而且装死装得挺像。 老实说，我很会表演吧?"

"你必定是疯了，路易丝，"我动情地说，"绝对是疯了。不过，我还是认为你演得很好。"

我在她的面颊上亲吻着。

她带着使人目眩的光彩微笑着："快告诉我那杀人凶手是……"

"女凶手，"吉姆说，"是个矮小的老妇人，但她有杀人的本能。"

"妇人?"路易丝吃惊地说。

"嗯，不，她不是什么妇人，"我说，"她是个凶手，没错。大部分的保险金我们都找到了，我们可以直接分给那些应得的人。""可是，怎么处理那个妇人?"路易丝问。

"逃!"吉姆很肯定。

"利思呢?"她接着问道。

"他以为把你杀死了,"我说,"因此,他会将凶器扔掉,然后想办法寻找我们。 你知道,他以为我们已经死了,又有两万五千元揣在身上。 毕竟曼蒂以前从未失手。 但当他找不到我们的时候,他也会选择逃跑的。"

路易丝点点头,显出很愉快的样子。

"这就是全部,对不对?"

"除了一件事。"吉姆说。

我们跟随他到前面,他开始打电话。

过了一会儿,他对着电话说:

"把这件事记录下来,而且要正确记录。 一连串醉倒在路旁遇害的五件命案,那五人是丹仁、莫里斯、亨伍、哈德、逊斯。利思是他们五人的人寿险受益人。 利思在街上开一家酒铺,他矮矮的,秃顶,戴近视眼镜。 专门为他下手行凶的是个叫曼蒂的老妇人。 她一直假装盲人,她戴着墨镜,手里拿着白色手杖,还牵一条用来导盲的牧羊犬,那狗有对金色眼睛,性情非常好。 或者她打扮起来,变得不瞎了,把她的白色手杖和导盲犬扔掉。 她的房间在'亚加士旅馆'。

"他们俩已经被吓坏了,正要离城逃走。 现在一切可能性都交由你们去调查,去逮捕他们。"

他顿一顿,又说:"我是谁?"他笑着说,"就当我是罗宾汉吧。"

等吉姆打完了电话,我、吉姆,还有路易丝一块从酒店离开了。

头脑较量

可怕的枪声

　　福特家的房子在松树林边，坐落在山脚处，很是偏僻，和公路的连通全靠一条泥土路，路边有两户人家，算是邻居。 然而一到冬天，大雪纷飞，这里却得天独厚地成为滑雪区，从城镇里来的人络绎不绝。

　　现在是十一月，秋风飒飒，叶子纷纷凋落。 因为还没到滑雪季节，所以镇上很冷清，许多商人都出门度假、享受休闲时光去了。

　　"真希望我也能去度假。"那天早晨，福特按掉吵闹不休的闹钟，坐在床上，呆呆地望着外面，这句话脱口而出。 他收回目光，垂头看看妻子，心想，刚刚睡醒的人，都不怎么雅观。

　　"我说……"他又开口道。

　　"我听着呢。"福特太太打了个哈欠，含糊地说。

　　"真希望能有个长假，理查一家昨天到佛罗里达度假去了，要去一个月呢。"

　　理查就是他们的两位邻居之一。 另一位邻居已经搬走了，房子还空着，所以这里只剩下福特一家。

　　"整整一个月啊，"福特说，打了个哈欠，"他前天去了银行，跟我打了招呼，说他要申请关掉煤气、电和电话，东西收拾好了就走，他运气真好。"

　　"你应该起床了，"福特太太说，"孩子们也该起了，你去催一催。"

福特下了床，走到窗前，漫无目的地扫视一番。 他正要转身离开，突然看到松树林里好像有什么东西移动。 福特微微眯了眯眼，想看清楚一点。

"我好像看到了一头鹿。"他说。

"那一定是一头疯鹿，"福特太太说，"可怜的，这是打猎的好时候。"

他继续向松林眺望，想看看那东西是否还在移动，但是，他只看到一片死寂的松林。 站了几分钟后，他说："也许是只鹿。"

"福特，"他妻子说，仍然趴在枕头上，"去叫孩子们起床吧，要不送过去也迟到了。"

"然后打开银行的门，坐在办公桌后面，对所有人微笑。嘿，今早我好像见到了一只鹿，多有意思。"

"别犯傻了，福特!"

"谁犯傻了?"他喃喃道，离开窗户。

他披上睡袍，穿过走廊，走到七岁女儿房门口，推开门，听听她轻微的鼾声。 然后走到床前，注视着熟睡中稚嫩的脸庞。 福特触碰她的双肩，轻轻摇摇。 她翻了个身，一脸不耐烦的样子。

"珍妮。"他说。

她睁开双眼，茫然地看着他。

"起床了，宝贝。"他轻声说。

她伸伸懒腰，打了个哈欠。

"起床吧。"他说。

"好吧。"

接着，他走到儿子的房间，儿子比女儿大一岁，已经起床了。

"我做了一个梦，爸爸。"福特走进去时，儿子说。

"回头再告诉我，先穿衣服。"

福特回到卧室的窗前，再次向外眺望，脸上浮现出迷惑的神情。现在，福特太太已经完全清醒了，但未起身，还在床上看着他。

"我好像看见一头鹿。"福特说，仔细扫视那片松林，那里仍然是一片寂静。

"也许是个猎人。"福特太太说。

"树林里设有岗哨。"

"岗哨拦得住他们吗？"

"嗯，"福特说，"我不喜欢，还是别过来的好。"

他洗了脸，刮完胡子，穿好衣服，和家人一起吃早饭。福特注意到，女儿和儿子直打哈欠，没有食欲，也不说话。

福特太太帮孩子们穿上外套时，福特走到过道去照镜子，以一种超然的态度打量着自己。他今年三十八岁，头发开始变得稀疏了，皱纹也爬上了嘴角，褐色的眼睛冷冰冰的，难以捉摸，他的视力很好，听力也很好。他觉得自己的肌肉有点松弛，不如冬天去滑滑雪，锻炼锻炼。

他披上外套，打开门，走到外面。空气很清新，他站了一会儿，朝车库走去，心想，但愿汽车性能还好。

快到车库时，他转过头，注视着松林。是不是看见鹿了？他没有发现，车库里走出一个人，站到了门正中。当福特回过头时，蓦然发现身前站着一位陌生人，他们相距大约十尺。

他怔住了。

那人比福特年轻许多，不过二十五六的样子，但是脸上灰扑扑的，一副冷静而邪恶的样子，他穿着一件花格夹克，大部分敞着，一只手放在口袋里。

"你是谁？"福特问，"你在那儿干什么？"

"别紧张，福特先生，"那人说，"冷静点，听话，好好做，你们全家就没事。"

"这是我的车库，你想干什么？"

"我们在等你。"

"我们？"

这时，车库里走出了另一个人，他年纪和福特差不多，冷冷地盯着福特。他穿着一件风衣，戴着一顶呢帽，一副欧洲人的打扮。他手里握着一把左轮手枪，对着福特。

"进屋去。"那人命令道。

"为什么？"福特说，竭力忽略他的武器。

"因为我命令你。"他冷冷地说。

"我的妻子和儿子在那里。"

"我们知道。要想他们安全，最好听我们的话，少说废话。"

"屋子里没什么钱，"福特说，"不过，你们可以拿东西。"

"进屋去。"年纪大的重复说，把枪放进口袋，手揣在里面。

福特转过身，向家里走去，后面跟着那两个人。房屋的门仍然敞开着，可以听见福特太太和孩子们说话的声音。

她听到脚步声，叫道："不会是汽车发动不起来了吧？"

福特太太听到，福特走进屋里，后面紧跟着两个陌生人，她立即知晓丈夫的处境，立刻把孩子们拉到身后。

"没关系，海伦，"福特故作镇定地对太太说，"不知他们是干什么的，不过，没有关系。"

福特太太转向孩子们，说："这两位叔叔是咱们的朋友，向他们问好。"

孩子们怯怯地问好。

"现在，脱下外套，回楼上去吧，"福特太太对孩子们说，"大人们要说话，走的时候我会叫你们的。"

孩子们怀疑地转身走上楼，不停地回头看，两个陌生人冲他们微笑。

孩子们上楼后，年纪大的说："干得好，福特太太。你们要一直合作的话，那就会一切顺利的。"

"你们想干什么？"福特太太问。

"你们两位坐下，"年纪大的命令说，"不难。"

福特退到沙发边坐下，年轻的守在门边，手一直插在夹克口袋里，面无表情，年纪大的站在福特面前。

"福特先生，我要和你一起开车到镇上去，"他说，"他会在你家看住你太太和孩子，让你好好和我合作，一直到我们回来。"

"你的意思是，把他们当人质？"一股怒火冲到福特的头顶。

"是的。我知道你不喜欢，不过这办法不错。今天你要像平常一样，九点开保险库的门，在工作人员还没来之前。"

"你准备洗劫一空，是吗？"福特说，"不过，我得提醒你，保险库有定时钟，它不到九点不开，这我没办法。"

那人饶有兴趣地打量着福特，然后大声说："我们知道，福特先生，告诉你，我们可不是外行。这一个星期我们一直在观察你和你的银行，包括必要的流程。你有感觉吗？这说明我们干得非常出色。"

"并非如此，"福特说，"昨天快下班时，你们在银行里。"

年纪大的冷冷地一笑说："你们这种小银行很容易对付，老实人比较多，所以，晚上你们并没有把所有的现款锁起来，大笔现金还在出纳员的抽屉里，我们要的就是这些。"

福特低下了头，这家伙说得对，出纳员有个很不好的习惯，不喜欢立即把现金放保险库里，反而存抽屉里，好像不会有人抢银行似的。

"现在，"年纪大的说，看看手表，"现在是七点三十分，路上花四十分钟，也就是说，我们八点十分到银行，十五分钟足够做完事情，所以，八点二十五分我们开车返回，九点过几分你就能到家了。"

"前提是他很听话。"那个年轻的说。

"别担心，弗莱克，"年纪大的说，冲福特笑笑，"他会很听话的，他很聪明，不会胡来的。 是吗？ 福特先生？"

福特沉默不语。

年纪大的继续说："如果我们不按时赶回这里的话，想想你的妻子和儿女。 如果我们九点半前不回来的话，弗莱克就可以断定有人没有听话。"

"然后会发生什么事？"福特问。

年纪大的耸耸肩，微笑着说："我可管不住弗莱克的脾气。"

福特勃然大怒，瞬间闪过搏斗的念头，但他忍住了。

"好了，"年纪大的说，"时间紧迫！福特先生，为了你的家人，别磨蹭了！时间已经不多了。"

福特没有动，也不想动，但是，身后冷冷地顶着枪口，他别无选择。

走到门口时，年纪大的说："福特先生，去开车吧。"

福特和年纪大的歹徒上了汽车，倒车，转向汽车道，福特回头望望松树林边的家。他突然想尽快结束这事，和家人在一起，他不想逞英雄了。

当他驶上公路时，才发现这地方多偏僻。经过路边的歹徒的汽车时，他知道，不会有人看见它，也没人关心车主是谁。

福特猛踩油门，朝镇上急驶而去。

"福特先生，请留心车速，"歹徒说，"犯法可不好。"说着，讽刺地咯咯一笑。

此后，他们沉默不语，偶尔互相瞥一眼，视线相遇时，那人总是一副古怪的笑模样。

快到镇中心时，福特打破沉寂说："你和我一起走进银行，大家不会诧异吗？"

"不会，这儿的人很天真，不会怀疑的。"

"如果有人早到了呢？"

"他们早到过吗？"

"没有，"福特愤怒地说，"不过，他们来上班，却发现银行没开，会怎么想？"

"他们会打电话到你家，弗莱克会授意你太太，会告诉他们，你睡过了头，正在途中。"

"如果有人看见我进去，又离开……"

"我们就让他们乱猜去吧，福特先生，等他们真的怀疑时，恐怕也找不到我们了。"

福特将车停在银行边的胡同，下了车，悄悄走进银行。窗帘拉着，外面看不见银行里的情况。

"刚好八点十分。"歹徒得意地说。

福特突然转过身，对着歹徒大声问道："万一时间不够，我的家人会怎么样？"

歹徒吓了一跳，掏出了手枪。

"他妈的，我在问你问题。"福特大叫道，枪口对准他的胸口。

"动手吧，福特先生，"他厉声说道，"你要担心家人，那就别浪费时间，赶快动手吧！"

福特取出钥匙，开始打开抽屉，歹徒掏出帆布袋，逐个拉开抽屉，取出现金放进袋中。 歹徒原先估计需要十五分钟，但比预想的快了五分钟。

"好了，福特先生，钱都入了袋子，"歹徒说，"现在我们要出去了。 我拿着这么多钞票，如果有人阻拦的话，我就直接开枪，明白吗？"

"我明白。"福特说。

"所以，把汽车钥匙给我，万一……我必须干掉你，车也能用来逃走。"

福特战战兢兢地掏出钥匙，歹徒似乎也很紧张。

他们打开门，走到外面，街上没有人，福特松了口气，他真害怕发生枪战。 他们绕到胡同，上了汽车，福特坐到驾驶座上。 那人把钥匙递过来。

"倒车。"

"几点了？"福特问，看看手表，八点二十。

"别担心，时间还有，福特先生，开车！"

福特把车倒出胡同，几个行人似乎没有注意到他们。 在这个小镇，人们更关心自己。现在，福特诅咒他们的冷漠，如果他们敏感一点的话，就能发现银行被窃，就可以打电话报警——不过，镇上只有两个警察，也指望不上。

上了公路，福特开始胡思乱想：回到家后，会发生什么事呢？这两个亡命之徒会放了他们，老老实实地离开吗？他越想越怀疑。最好的可能，把他们一家绑起来，以便有充足的时间逃走，最坏的可能——福特不敢想。

福特一言不发，沿着公路急驶，满脑子都想着赶紧回家，回到家人的身边，和他们一起面对接下来的考验。

路上，他们很少遇见别的汽车。福特一路沉思，丝毫没注意该要进小路了，还是歹徒提醒他说："走错了。"

福特毫无反应，歹徒用手指着前方，大声叫道："快要拐弯了!"

福特没有刹车，更没有减速，凭本能打了下方向盘，汽车一个急转弯，驶离公路，冲上小路，因为拐得太急，汽车冲出小路，一头撞上路边的一块巨石。

福特头撞在车窗，晕了过去。

等他睁开眼时，一片茫然，不知道身处何处，发生了什么事。

一扭头，看见了身边的歹徒，这时，福特想起了事情经过。

那歹徒的头似乎被车门撞碎了，他的帽子不见了，满头鲜血淋漓，脸上是一副震怒的表情，非常可怕。

福特呆呆地看着他，突然，他才想到，这个人已经死了。

他恍然明白事情始末，感到一阵恐慌。他看看手表，九点十分！他急忙解开安全带，推开车门，下了车，绕过车尾，来到另一侧，打开车门。歹徒没有系安全带，软绵绵地躺在车上。福特弯下膝，掏出他的手枪。

他再看看手表，还有时间。 还来得及在约定的时间赶回去。 如果他现在到公路上雇辆车，那太费时间了。

他考虑是不是拿起那个钱袋回家，原原本本地告知弗莱克，也许他会离去。 这办法行得通，但就怕弗莱克认为这是一个陷阱，那样的话，后果不堪设想。

最后，福特不再犹豫，拿着手枪，向家里跑去。 经过邻居的空房时，他曾想打个电话，但马上又意识到，那两家电话已经被切断了。

我怎么办？ 福特不停地问自己。 莽撞地冲进去是行不通的。 过去一个小时里，弗莱克那家伙一定很紧张，而且会越来越紧张，因此，天知道会怎么样。

福特停下脚步，呼呼直喘。 他告诉自己，别走这条路，弗莱克一定紧张地看着这条唯一的路。

因此，他穿过松林，小心翼翼地靠近，来到房屋的侧面。 他匍匐在松针上，苦苦思索，绞尽脑汁想办法。

可以从地下室的窗户溜进去，上楼，趁弗莱克不注意攻击他——可是，妻子和儿女都在他的枪口之下。

他看看手表：九点十分。

才九点十分？

他惊恐地瞪着手表，秒钟静止不动，或许在车祸时就不走了。可是，现在是几点呢？ 他在汽车中浪费了多少时间？

一声枪响传到他的耳边，屋里出什么事了？

他被一种难言的恐惧攫住，猛地跳起来，手里拿着枪，往屋里跑去。 他穿过矮树丛，越跑越快，他完全不顾自己，一心只想干掉那个歹徒，保护他的家人。 他跑过草坪，跳上门廊，穿过前门，冲进过道，却没想到和弗莱克撞个满怀。 歹徒也正好从客厅跑进过道，枪挂在身上。

福特没有停下脚步，手紧紧握着武器，边跑边开枪。 一连串的子弹打在弗莱克身上，他晃了几下，颤了几下，扑倒在地。

福特跑进客厅，发现妻子浑身发抖站在屋里，双手捂着嘴。

"孩子们呢？"福特问。

妻子直愣愣地盯着福特手中的枪。

"他们在哪儿？"福特喊道。

"在楼上。"她轻声说。

"他们都没事吗？ 你呢？ 没事吗？"

"没事，没事。"福特太太浑身发抖。

福特扔下手里的枪，她跑过来，彼此拥抱。

"我听见一声枪响——"他说，全身战栗不已。

"他越来越紧张，"福特太太说，"真可怕。"

"他没有伤害你们吧？"

"没有。"

"那么，他为什么开枪？"福特问。

"他说，松林里有东西动，以为是警察。 不过，我看见了，只是一头鹿，但他不相信。"

她垂目看看弗莱克的尸体，闭上双眼，伏在丈夫胸前。

"一头鹿？"福特轻声说，"他射的是鹿？"

"你呢？"福特太太问。 "你没事吧？ 你没事吧？"

福特叹了口气，摇摇头说："别说话，我想清静一下。"说着，闭上双眼。

孩子们在楼上喊他们的父亲，福特闭着眼，听见了儿女的声音。

窃　贼

米切尔在三十岁时立志做个职业窃贼。

在此之前，他是一个普普通通的正常人。他当过兵，退伍后结了婚，有自己的工作，他是一个钟表修理匠。三十岁时，发生了两件事，改变了他的生活：妻子突然撒手人寰，以及随之而来的失业。

米切尔觉得盗窃是目前最适合的工作。他以前没有犯罪记录，跟黑社会也没有联系。他清楚地知道，大部分的职业窃贼失败的原因主要是：他们有固定的行窃方式；通过黑社会销赃；有犯罪记录。

说到犯罪记录，五年来，米切尔奉公守法，规规矩矩，连交通罚款也没有；至于销赃嘛，他决定只偷流通的货币，那样就不必再找人来销赃了。

他开始为窃贼工作做准备。

首先，他练习入门方法。

他虽然对开锁很熟练，但还是觉得开锁不够快。他用玻璃刀和胶布练习切割，并用肥皂来降低噪音，他练得非常认真，直到毫无破绽地在玻璃上划出一个六英寸的洞，然后轻轻一敲，取下那块玻璃。

接着，他购买了足够的必备品——一把小铁锹、一把银丝刀、一些马赛克条，以及一把昂贵的镶钻石的玻璃刀。至于衣服，他买了一双胶底鞋，流行的款式，一件海军蓝外衣和一条黑裤子。他不想穿一身黑，这样太引人注目，不过黑色效果好。他最后买了一个小收音机。

然后，他开始了他的冒险工作。

他的第一个目标是一个富人住宅，房主是个塑料公司的董事长。那是一栋大房子，位于城西。米切尔经过仔细的侦查，弄清了他们没有养狗，晚上也没有仆人留宿。一般只有董事长和夫人在家，以及他们的两个儿子，孩子们都是大学生，一般周末不在。

每隔三天，米切尔就在晚上十点到十一点之间，给董事长打电话。第一次有人接，米切尔马上挂断电话。第二次，还有人接，他假装打错电话，搪塞过去。若是第三次还有人接，那米切尔就决定放弃了，但是，第三次打过去没有人接电话。

米切尔立刻穿上黑衣服，带上齐全的工具，开动汽车。汽车的牌子和颜色都是最普通的那种。从家里开车到购物中心，只需要几分钟，到了那里，他又打了个电话以防万一，仍然没人接。

当他抵达那栋房子附近时，悄无声息地停了车，然后，从帆布袋取出玻璃刀、胶布和收音机。他已经侦查好了，屋边有个小窗可以进去，那里有树木遮着，不易被人发现。

房子里亮着灯，没有汽车的影子，车库却关着。他早就预料到灯会亮着，实际上，这对他更有利。

他故作轻松地走近屋子，进入之前，他先躲在树丛里，向四周观望了一下。当他确信没有人注意他时，熟练地将肥皂抹在玻璃刀上，撕下一片胶布，两分钟之内，他就取下玻璃，伸进一只手拉开窗闩，打开窗户钻了进去。

他做的第一件事，就是拿出收音机，调到本地警察呼叫的波长上，然后把收音机放回口袋，将耳机塞进左耳朵，用妻子的一只旧袜子蒙住脸，以防被人认出。他开始四处搜索。

他只给自己十五分钟的时间，弯着腰，防止被路人看到。他依次搜索了书桌的抽屉、五斗柜、壁橱和一切可以放钱的角落。

在安静的屋子里，他的神经在尖叫，他不得不强自镇定。有一次，一辆汽车在外面慢下来，他吓呆了，一动也动不了，接着，他冷静下来，继续翻找。

他在书桌抽屉里找到两百九十美元，从珠宝盒里发现三十美元，在衣橱的一个钱包里找到五美元。

他回到自己的车中，车牌故意用泥浆糊住，他一踩油门，开走了。

回到家，他喝了杯酒，坐在厨房餐桌旁，看着桌上的钱。真的，钱并不多，但他却觉得非常兴奋，这是一种久违了的感觉，他成功了，他知道，窃贼是最适合的职业。

此后几个月内，他干得非常成功，他避免形成一个固定的模式，时间控制得也毫无规律，平均一星期偷两次。他越做越熟练。因为没有犯罪记录，他决定采取更安全有效的方法，他扔掉了毫无用处的繁重工具，连那只做面罩的袜子也扔了，只携带胶布、玻璃刀和收音机，这样，如果出现紧急情况，他也能快速处理掉这些工具，也不容易引起怀疑。

刚开始的六个月里，他实际上每个星期还去领失业救济金。他有一种说不出的满足感，在他向州政府领钱的同时，还做着盗窃的工作，他逐渐富起来。

他突然意识到，他需要一些说得清楚的经济来源。他略加思索，灵机一动。

他开了一个店，做收购旧货和古董的生意。他可以把赃物高价销售，他完全不用依靠别人来销赃，自己就行了。

一连好几年，他非常成功。小店完全盈利，利润可观。他觉得，自己的偷窃技术炉火纯青，已经升华成一种艺术了。行动前，他仔细分析每一个细节，不断降低危险，然后，他便迅速地行动，行动利落，就像幽灵一样。

有时候，晚上干完活后，他独自躺在床上，总是想，要是妻子还在世，她会怎么想呢？他相信，她会原谅自己的。她或许会发现丈夫的行动，然后装作不知道，但是，米切尔相信，她永远不会理解他选择做窃贼的原因。

后来，他的运气慢慢变差了。

一天晚上，米切尔正在盗窃时，他从收音机里听到有人通知巡逻车，说麦克大街 333 号有小偷。他立刻停止行动，报案的地点就是他的所在。

这不是他首次碰响防盗器，他知道该怎么办。除非警车就在附近，否则，他有足够的时间出去，穿过下一条街，当什么也没发生一样取车，他甚至可以开着车经过麦克大街 333 号，去看看发生了什么事，和看热闹的普通路人一样。

只是这天晚上他运气不好，他走近他的汽车时，发现汽车有点儿歪斜，左边的后轮漏气了！他庆幸自己没有偷任何东西，而且明智地扔掉了玻璃刀，把手套藏进树丛。他打开行李箱，镇定而熟练地换轮胎。

他刚换好轮胎，听到巡逻车停靠的声音。

"你们来晚了，"米切尔微微一笑，"我刚换好轮胎。"

两位警察没有说话，米切尔站起身，发现年轻的那个警察扫视着他的行李箱。

"警察援助市民是理所当然的。"另一位警察和气地说。

米切尔从车下取出千斤顶，把漏气的轮胎拎起，放进行李箱。

"幸亏我有备用车胎，不过，多谢了。"米切尔没有看他们，弯腰把千斤顶和螺旋放进行李箱，毫不客气地合上盖子。他的心狂跳不止。然后，他微笑着点点头，一边走向汽车驾驶座，一边擦了擦手。

"等一等，先生。"当米切尔刚要打开车门时，年纪大的警察说。

米切尔转过身，竭力表现出茫然的样子。

"请问你衬衣口袋里是什么？"警察走近他。

米切尔一脸无辜的样子，掏出收音机，诚恳地说："我喜欢听收音机但车里没有，我开车时总带着它。"

"这种收音机可以收听短波，"警察细致地检验着收音机，"可以接收警察呼叫的波长。""是的，"米切尔和气地说，"现在卖的收音机，大多有这个功能。"但是，米切尔注意到，另一位警察上了巡逻车，对着对讲机说话。

年老的警察抱歉地要求米切尔，要他靠在汽车上，搜查了他的全身，不出所料，什么也没找到。

"请稍等。"警察对米切尔说。

半分钟后，年轻的警察在警车边喊道："警长要见他。"

米切尔被带到警察局的一间小办公室，桌子的油漆味还没散干净，亨特警官坐在桌后，他请米切尔坐在他对面的椅子上。亨特警官个子矮小，身体显得很单薄，眼睛细长，总是眯着，好像在窥探什么，他有点秃顶，鼻子圆圆的，除了那对眼睛外，容貌看着有点滑稽。

"他们向你提到你的权利了吗？"亨特警官问。

"当然提到了，"米切尔说，"不过我没必要让律师过来，我没有犯法，我没有理由不和你合作。"

"你停车的区域有一起盗窃案，"亨特警官干巴巴地说，"你带着接收警方呼叫的收音机干什么？"

米切尔微笑着说："这功能很常见。"

"有目击者说，他看见一位穿黑衣服的人离开那栋房子，米切尔先生，你的衣服是黑色的。"

"你们的警察也穿黑衣服啊，"米切尔说，"这不能说明什么。"

亨特警官撇起嘴，点点头说："可能。"他手伸进口袋，取出玻璃刀和手套，放到桌子上。"这些是我们在房屋附近树丛里找到的。"

米切尔拎起玻璃刀，一脸好奇地问："这是一种工具吗？"

"割玻璃用的，"亨特警官耐心地说，"这是手套。米切尔先生，请戴上让我看看你的尺寸。"

米切尔戴上手套，弯弯手指，很不舒服的样子。

"很适合你啊。"亨特警官说。

"这不奇怪，"米切尔说，"不过是普通的棉布手套，分大、中、小三号，我是中号。"当米切尔脱下手套时，亨特警官很注意地看着。"你去那里做什么？你住在城市的另一端。"

"对，"米切尔很平静地说，"我开一家古董店，那些古老的房子有些祖传的家具，我经常开车到那一带转转，看看有没有房屋出售的情况，问哪些人要搬家，有什么家具要卖，那样，我可以在他们登广告之前，先联系他们。"

"高明的做法。"亨特警官说，眼睛一眨也不眨。

"我想是的。"米切尔说，眼睛也不眨一下。

警官向后一靠，掏出一个揉皱了的烟盒，抽出一根弯曲的香烟，点着，然后请米切尔也来一根，米切尔没有接受。

"你知道，"亨特警官说，"在麦克大街发生了许多起盗窃案，手法相同，都是屋里没人，盗走的只是现金和小东西，这是一个真正的专业窃贼干的，是我们遇到的最高明的窃贼之一。"

"他会落网的，警官。"

亨特警官撇起厚厚的嘴唇，困惑地说："这个专业窃贼手段高明，我们怎么抓住他呢？"

"我不知道，"米切尔说，耸耸肩，"那是警察的义务。"

"这可不是个简单的小贼，"亨特警官沉思道，"他是真正的专家。"

"听着很令人羡慕，警官。"

"那个人自己……我不知道，"亨特警官说，"你不得不说，他很高明。"

"窃贼的手段无非那几种罢了。"米切尔微笑着说。

亨特警官冲天花板吐了一口烟："我们不准备留你了，米切尔先生，抱歉打扰你了。"

亨特警官说，淡淡地吐了口烟，缭绕在天花板上。

米切尔回到家中，一眼就看出，家里被搜查过了。但这并没有关系，他早就知道这种手段，所以把偷来的钱分别放在城里不同的保险箱中。

那天晚上他睡得很晚，不停地在思考。 现在，警方已经注意到他，警察会悄悄地监视他。 他必须等风头过去再出去。

米切尔认为，最安全的办法，就是先离开这里。 当然，他不能马上搬走，这样会引起怀疑的。 他得半年后走，再做四五件案子，这样就能证明，盗窃活动并没有因他的被审问而停止。

两个月后，他才再次下手作案。 他选的房屋很偏僻，很容易进入，他并不在乎钱有多少。 不过，能得到两百元现金、一些小钻石和一些珍贵的硬币还是让他兴奋不已。

几天后，亨特警官到店里来看他，询问他相关的事情。 米切尔告诉警官，他什么也不知道，并且解释说，那个时间段，他在床上。 警官离开前，米切尔卖给他一枚珍贵的1928年的硬币。

一个星期后，米切尔又作了一次案，这是最后一次。 他决定，他放弃了这个城市，再不作案了。

亨特警官又来看他了。

"说个你爱听的消息，"警官说，"我们说过的那个人又作案了。"

"噢，"米切尔吃惊地说，"这个精明的窃贼还没抓到？"

亨特警官双手插进口袋里，摇摇头说："那种专家哪里这么容易抓到，"他扬起眉毛，"我想你上星期四晚上也是在家睡觉咯。"

"嗯，对，十点钟就上床了，盗窃案发生在什么时间？"

"凌晨，"亨特警官说，"顺便告诉你，上次我离开这里后，看了看物品清单，你听了会觉得很有趣，清单上有你的货品。"

"这不稀奇，警官，"米切尔说，"这都是批量生产的商品，我并不盘问那些卖给我旧货的人，欢迎你查对本店的任何物品，但是我想，恐怕是徒劳无功。"

"你说得对，"亨特警官微笑着说，"估计是白费力。"他递给米切尔一张卡片，"如果有人拿什么可疑的东西来卖的话，你可以致电总局。"

米切尔接过卡片，恭敬地放进口袋："我会的，警官。"

刚过了一个星期，米切尔的店里又来了个警察。那是一个年轻的警察，他离开时，故意打破了一只二十元的玻璃花瓶。米切尔开始怀疑，这恐怕是故意捣乱。亨特警官也没有这么粗鲁地对待他，当然，米切尔觉得那人软弱可欺。

米切尔决定打电话到总局，向亨特索要赔偿。

他没有找到亨特警官，接电话的是另一位警官，名叫布克。

这位布克警官在电话里非常不合作，他不肯为米切尔找亨特警官，也不肯告诉米切尔到哪儿找他。当米切尔提出赔偿要求时，布克警官告诉米切尔，这需要派人进行调查，如果需要的话米切尔可以递送申请赔偿书。米切尔很沮丧，说不用赔偿了，说完就挂断了电话。

第二天上午，米切尔又打电话到警察局，依然找不到亨特警官。米切尔打开电话簿，找到了亨特警官家的电话。不过米切尔打他家的电话时，没有人接。米切尔又在电话簿上查他的住址，那地方离米切尔的公寓路程不过半个钟头。于是米切尔决定，那天傍晚开车过去，亲自和亨特警官谈谈。

亨特警官住在一栋小小的白色房屋，四周的矮树丛收拾得很整齐。当米切尔踏上水泥门廊时，注意到门廊旁有个美丽的花园。他按了门铃，但没有人来开门。

他又按了一次，然后使劲敲门，这时，他的脚碰到了地上的两卷报纸。看来警官不在家，米切尔觉得有点儿失望。

当他穿过大门时，遇到了一位邮差。他和蔼地告诉米切尔："没有人在家，亨特家要我两个星期不送信，他在佛罗里达度假呢。"

米切尔谢过他，那个邮差骑车向前，拐了个弯就不见了。

这么说，这位警官到南方度假去了，米切尔想，启动了汽车。

他开过几条街后，脑子里突然涌出一个想法。

多么巧的机会！这简直是从天而降的完美行动！多么漂亮的结局！

他迅速掉转车头，开回去，细致地观察警官的家。

那天晚上十点半，米切尔照习惯把车放在街上。他下了车，大摇大摆地走过去，手指放在口袋里，无意识地摆弄一枚1928年的硬币。

走到门廊，米切尔向四周瞥了一眼，潜入整齐的树丛中。他从口袋里拿出胶布和玻璃刀，不到一分钟，顺利地打开了窗户。

屋里一片漆黑，他打开手电筒，四处巡视一番。他是在一个小卧室里，屋里有一张单人床和一个五斗柜。

他依次翻着可能藏钱的抽屉，里面有些男人衣物、床单、一只空公文包和一个没有刻字的手表，他很喜欢手表，便拿起来放进袋中。

他走进过道，看到餐厅角有张小书桌。他拉开抽屉，全是没付的账单。一位警官的家，比起富人来说可捞的东西没多少。在最下面的抽屉，他看到一台小录音机，也顺手放到口袋里。他弯着腰，以免外面的人看见，慢慢移到大卧室前。

突然，所有的灯都亮了！

他的心狂跳起来，凭着本能冲出屋子，打开后门。

当他冲到外面时，院子里刷的亮了起来。他猛地停住脚，脚下一个跟跄，同时，举起手遮住刺眼的灯光。

"是他！"一个声音叫道，穿过灯光，米切尔眯起眼睛看着。正是下午停下来跟他说话的那个邮差，不过换上了制服。米切尔被抓住，戴上手铐。

这时，亨特警官出现了，在强烈的灯光下，他的脸色不那么坏了，嘴角叼着一根弯曲的香烟。米切尔直盯着他。

"你一定会被捉住的，"亨特警官略带惋惜地说，"因为我知道，像你这样的人，为什么要偷窃。"

亨特警官没有动，双手插在兜里，平静地看着米切尔被推上警车。

人类的天性

那个女人大约三十岁，一头棕发，却再也无法飘起来了。她躺在厨房的地板上，穿着睡衣，披着一件蓝色的睡袍。戈德警官看了看凶器——那根打破她头颅致死的铅管——放在她身边。厨房桌上有个装满日用品的袋子。后门没有关。

"打电话叫拍照的来了吗？"戈德警官看向身边的威廉，那是一位年轻的警察。

"叫了，警官，验尸官也找了。"

戈德警官转过身，返回屋前的小客厅，死者的丈夫乔伊斯就在那里，双手在膝盖之间揉搓着。　一位警察站在旁边，权作没有看到。

"那根铅管，"戈德警官对死者的丈夫说，"是一直在屋里的吗？"

乔伊斯三十多岁，长得很英俊，现在，他脸色苍白，一副悲痛欲绝的样子。　他看着警官，摇摇头说："不是，这不是我家的东西。"

"我想请你把上午发生的事再说一遍。"

"我习惯每周六上午出门，到市场去购买东西……"

"你购买东西？"

"我妻子在学校教了一星期课了，我……我想让她休息一下。"

"乔伊斯先生，你有工作吗？"

"我？"他惊讶地说，"我推销保险，"停了一下，他又说，"若说工资的话，那我可没碰她的钱，我负责一家的日常开销。"

"那么她为什么要去教书呢？"

乔伊斯点点头："她喜欢教书，我们结婚时，她不想离职，我也没有勉强她。"说着，他叹了口气。

戈德点点头："正如你所说，周六上午出门了，接着呢？"

乔伊斯耸耸肩，低头看着地板，带着几分哭腔："其实也没什么好说的，我去市场，买了下一周的用品，开车回家，从后门进来，发现她……"

"你觉得会是谁干的？"

他慢慢地摇摇头："不知道。"

威廉打断他："你进过卧室吗？"

乔伊斯点点头：“进过，电话在那儿，我进了卧室打电话报警。”

“你动过里面的东西吗？”

“没有。”

威廉对戈德警官说：“卧室被洗劫一空，能想到的地方都折腾过了。”

戈德警官说：“你屋里有贵重物品吗，乔伊斯先生？”

“没有什么贵重东西，也没有现金，只有两枚戒指值点……值个百八十块。”

拍照的来了，被年轻的警官引入厨房，接着，验尸官也到了，他们带他到现场。

戈德返回客厅，问道：“乔伊斯先生，你是几点到市场去的？几点回来的？”

“我大约九点钟左右离开家，不过具体时间不记得了。”

“那么，时间应该在八点五十和九点十分之间？”

“大概吧。”

“那么几点到的家？”

“我没有注意，我走进来，看见她躺在那里，完全没注意到其他。”

“具体的不记得，大概时间总有吧？”

乔伊斯想了想：“半个钟头之前吧，我打电话报警，然后……”他抬起头，“等等，我记起来了。我结账的时候，市场的钟是十点四十，上车用了五分钟，五分钟回到家，那么，我看到她的那会儿应该是十点五十。”

“乔伊斯先生，你和妻子结婚几年了？”

"到六月就整整十年了。"

"没有孩子？"

"没有。"

"可能是仇杀吗？"

"不可能，她和每一个人都相处融洽。"

"有没有亲戚？"

"她母亲、两个弟弟和一个妹妹，都住在西海岸。"

戈德警官回到厨房，验尸官告诉他，致命伤是由铅管击打造成的。拍照的说他已经拍完了，同时问警官，是否有必要提取指纹。

"除了铅管上的指纹之外，"戈德警官说，"别忽略抽屉，我知道五斗柜被翻弄过。"

威廉问道："你怀疑因盗窃杀人？"

戈德警官耸耸肩："不排除这个可能，可能是乔伊斯杀了她，伪造了被窃现场。也可能是别人杀了她，故意弄成这样。"说着，他转向验尸官，"你觉得呢？"

验尸官说，他不能妄加推论，说着转到桌面去填验尸表单。

现在，尸体是面朝上的，戈德转头道："去找条被单来，把她盖上。"

女警察路易丝走进来，她一头红发，容貌秀丽，虽然年纪不大，但却很冷静老练，她是戈德警官的女儿。

"嘿，我是今天的验尸官，"接着，她看到地上的尸体，便严肃地问，"是一桩凶杀案？"

戈德警官说："是的，宝贝。"

路易丝蹲下来开始检查死者衣着，戈德来到外面，打量着四周。 房子坐落在一个小小的平房区，是砖平房，后面有一个车库，中间只有一条车道。 乔伊斯的旅行车停在车库前面，距门廊有两步的距离，车后面还有两袋日用品，和厨房里的毫无差别。

威廉走出来说："铅管上没有指纹，抽屉恐怕也没什么指望，我们没有发现什么线索。"

"没有证人的时候，想得到线索的希望就太渺茫了，"戈德警官叹了口气，走上门廊的台阶，"嗯，下一步去问问邻居们，看看有没有推销员、流浪汉之类的陌生人，了解一下乔伊斯家的情况，我想知道，乔伊斯的悲伤是真是假。"

当他们走进屋时，尸体被覆上一条床单，路易丝告诉他们说，死者的结婚戒指和订婚戒指都不见了。

"路易丝，当你检查尸体的时候，有什么看法？ 比如说只属于女性的直觉？"戈德警官问道。

她说："如果你的意思是，乔伊斯说的话是真是假，那我可不知道，我没有发现什么和他的说法矛盾的东西，或许事实就如他所言。"

戈德警官走进小卧室，拍照的工作人员收拾着工具，一边摇着头说："五斗柜上有些指纹，但是不像男人的。"

戈德、威廉和乔伊斯走进卧室搜索，乔伊斯检查了各个抽屉，还有妻子的钱包，发现里面没有钱，原先放在柜子里的珠宝盒也无影无踪了。

"没买珠宝保险吗？"威廉问。

乔伊斯摇摇头："珠宝并不值钱。"

戈德警官拈起一张便条，递给乔伊斯，那上面写道："社区会，星期二，四点。"

"那是我妻子写的，"乔伊斯告诉他，"往常我们周一去社区开会，我想那是通知改时间。"

"这电话什么时候打来的？"

"我不知道，应该是我不在的时候接的。"

"你知道是谁打的呢？"

乔伊斯说，可能是社区会的主席玛莎。戈德警官在电话本里翻找，找到了她的电话号码。

威廉带乔伊斯返回客厅，戈德警官打电话给玛莎。

她说电话是她打的，通知周一的会延至周二，事实上，她就是在上午打的。

"玛莎，你几点钟打的电话？"

"大约九点十五，嘿，有什么问题吗？"

"是的，你能肯定是九点十五分打的吗？"

玛莎犹豫了一下："我不敢肯定说时间一定很准确，但是，不会早过九点，乔伊斯太太是我通知的第四个人，时间不可能在九点一刻之前，这一点我有把握。"

"是乔伊斯太太亲自接的电话吗？"戈德问。

"是的。"

"你和她聊了多久？"

"哦，大约两分钟，比平常短，因为我还要通知别人，所以就没有多聊。"

"她没有提到她丈夫吗？"

玛莎说没有，并询问到底是怎么了。

戈德告诉了她，又问了她一些问题，但是，毫无线索。

挂上电话后，戈德回到乔伊斯那里，让他重新讲述事情经过，内容还是和以前一样，但是多了两件事：他不知道玛莎打电话一事，他没有不在场的证明。

灵车驶进车道，两个工人前来把尸体抬到停尸房去，从后门进来。戈德看着他们熟练地抬起尸体，抬了出去。他吩咐巡警继续工作，然后和威廉一起到附近看看，希望能问出一点结果。

他们来到紧邻乔伊斯家车道的那间平房。一个年轻的金发姑娘开了门，她穿着短西裤和露背上装。戈德警官亮出警徽，并告诉她发生了一起杀人案。

"我看到灵车了，"女人说，"你说她遇害了？啊，简直不敢相信。""你和他们很熟吗？怎么称呼你？"

"我叫戴安娜，我和他们只是邻居。"

"你先生呢？"

那个女人大笑起来："他每个月寄一张支票付赡养费，别的我不关心。"

"哦，"戈德说，"你能告诉我有关今天早上的事吗？你有没有看到或听到什么？"

戴安娜皱起眉头，想了想，然后说："他们的汽车九点钟响了，其他就想不起来了。"

"你说九点钟？"

她耸耸肩："或许不是正点，可能过两、三分钟。"

"你能肯定？"

她笑起来："我九点醒来时，抬头看看钟，起床那会儿，听到他们的汽车声。"

"其他的呢，有没有注意？"

"没有，一直到灵车来。"

"汽车回来的声音也没有吗？"

她摇摇头："我只听见它出去，也可能是卧室离得近，窗户是开着的。"

"我明白了，"戈德抿抿嘴唇，"再问一个问题，他们夫妻关系如何？他们相处得怎么样？打架吗？"

戴安娜说她不清楚，好像没注意到他们打过架。

"我明白了，麻烦你回答最后一个问题，这问题非常重要，你确信他开车出去的时间是九点钟吗？"

"绝对确信，那时候我看过钟表，我在窗边做了十五分钟的健美操，我记得汽车不在那里。这问题有什么用？"

"因为这可以证明乔伊斯的确开车出去了。"

"我知道了，换句话说，我是他不在场的证人。"

"是的，你说得对。"

"我很高兴我能帮忙。"

"我们也很高兴，必要的时候希望你能出庭作证。"

她微笑着说："乐意效劳。"

戈德和威廉又问了乔伊斯家另一边的那家人，但是，毫无收获，谁也没看到有可疑的陌生人，也没有人看到乔伊斯出过门。

十二点半后，戈德和威廉返回警局，队长在办公室里，戈德的女儿路易丝也在。"我们调查了半天，毫无头绪。"威廉告诉队长，然后解释案情：乔伊斯先生九点到九点五分离开家，九点十五分到二十分之间，乔伊斯太太接到玛莎的电话，九点二十分电话结束，十点五十分乔伊斯先生回来，这空余的时间里有人潜入后门，用铅管打死乔伊斯太太，偷走了一盒不值钱的珠宝和微不足道的钱财。

队长对戈德说："资料只有这些吗？"

但是，戈德的目光没有从女儿身上移开。

"路易丝，你很漂亮，"他说，"我现在才注意到。"

她笑起来，让他别开玩笑。

"不，怎么是开玩笑呢，我是说真的。"

"你要干吗？"

"我们回家吃午饭的时候，你要换上你最漂亮的衣服，然后，请登台表演。"

路易丝、队长和威廉都感到非常奇怪，不知道他有什么计划，但是，戈德只是很神秘地说："等着瞧吧。"

那天下午两点半，戈德警官再次来到戴安娜家，他微笑着说，很不好意思再次麻烦她，她可否去警察局留份笔录。 她说可以，然后穿上外套。

在途中，他对她说，非常感谢她的合作，她说她只是做一个市民该做的事情，她很愿意为一个清白的人做不在场证明。

戈德警官说："还有一件事，是个好消息，我们另外找到了一个可以证明他不在场的人。"

"哦，"她转头看着他，"谁啊？"

"一个和乔伊斯相识的美丽小姐，她作证说，九点十分时，她看见他走进超市。"

戴安娜"噢"了一声，脸色很诧异。

戈德警官带她进了警局，队长和威廉都在办公室，他向她做了介绍，然后告诉她，一会儿就录口供，请她先稍等片刻。 他领她来到门边，路易丝正坐在里面沙发上，她穿着最漂亮的衣服，面容姣好，十分美丽。

"这是玛丽小姐，"戈德介绍说，"她也是乔伊斯的不在场证人，对吗？玛丽小姐？"戴安娜站在门边，但是，玛丽完全没有注意，她高兴地说："对，九点十分，乔伊斯走进市场，我很确定，是因为我当时一直看着手表。"

戈德警官微笑地颔首，但是，戴安娜面无表情，她喝道："她撒谎！"

玛丽小姐脸一扬，说："我没有做假证，我一直在看手表。"

"她撒谎，"戴安娜高声喊道，"因为乔伊斯是在上午九点半后出门的。"

"九点半？"戈德说。

"九点半，"她对他说，"因为那个骗子在那个时间段杀了他的妻子。他干完后没法立刻去市场，因为他衣服弄上了血渍，他得换衣服，那件衣服就在我家，还包着珠宝盒。"

戈德问："真的吗？"

但是，戴安娜没有理睬他，她指着玛丽说："别想和他一起去维京岛，没门，我要让他进监狱。"

她把这件事告诉了所有的警察，并且录了音，交代了乔伊斯向她求婚，如何让她作伪证。接着，他们把检察官请来，她又说了一遍。然后，警察出动去把乔伊斯抓捕归案。

在刑侦队，队长和威廉都看着戈德，摇摇头说："你怎么办到的，让人大吃一惊！"

"这没什么，只是人的天性，"戈德回答说，"我估计，她一看到还有年轻美貌的女孩也在替乔伊斯撒谎，妒忌就冲昏了她的头脑，说出了真相。"

威廉说："我感到惊讶的是，你怎么知道她和乔伊斯有瓜葛呢？"

戈德说："这又是人的天性，她很性感，又没有丈夫，他是一个英俊的保险推销员，自由支配的时间很多，妻子又整天工作，不在家，这样的两个人有暧昧也不足为奇。另外，他妻子有一笔十年未动的积蓄，这也可能是杀人的动机。

"一开始到隔壁，看到戴安娜的容貌和衣着，我就知道她脱不了干系，而乔伊斯或许就是凶手。不过我希望让她自己说出谋杀的始末。"

龙卷风

这是个湿热而宁静的下午，人们心里惴惴不安，自然的破坏力又要卷土重来了。

天黑时，雷声隆隆，暴雨击打着城市，龙卷风来了。

一股龙卷风卷走了一辆汽车，五条无辜的性命丧生；另一股席卷了圣路易和旧金山之间铁路边小镇的房屋；第三股将一辆行驶中的轿车吹翻，造成车里的人重伤。

晚上九点时，坐落在偏僻地带的一座农舍中，一位高大的黑发妇女从厨房走进客厅。她仿佛听到前面院子里有汽车声，但随即打消了这个念头。一个心智正常的人，不会在这样的天气里出门的。

有人一脚踢开前门，两个男人冲了进来，手里握着枪。

两人中个子较高、年纪较大的用枪顶住她的腰，喝道："不许动！屋里还有人吗？"

她摇摇头，并未出声。

"好，你现在可以坐下，但要慢慢地，把手放在身侧。"

她慢慢地坐下。

屋里点了一盏煤油灯，光线昏暗。 电早就停了。 厨房里传来半导体收音机播放的音乐。

闯进来的两个人都没有戴帽子，留着平头，蓝色制服被大雨浇得湿透了。

"乔尼，关上门。"年纪大些的命令道，"然后去瞧瞧，还有其他人么，她可能在撒谎。"

乔尼是个二十岁的年轻人，小矮个，非常消瘦。 他犹豫了一会儿，凝视着这个女人。 她长相一般，但身材极好，上衣无袖，下身着短袖，显得非常健壮。 乔尼砰的一声关上门，用一张桌子顶住，在房中四处走动。

另外那个男人走到女人后面，他肩膀很宽，腹部很平，目光中透出一丝紧张，眼睛周围是一圈黑晕，他是个中年人。

他用枪口顶住女人的头，问："名字？"

"凯伦，"她努力使自己的声音镇静下来，本能告诉她，镇静是最好的应对方式。

"这是你和谁的房子？"

"不是我的，这是我父母住的。 不过，他们不在家。 我是个教师……我住在镇上。 我来这里为他们收拾房子，暴风雨太大，无法离开。"

"我们迷了路。 我们在 B 公路往州际公路走的时候，发现公路被洪水冲出个缺口，不得不转上小路，结果到了这里。 从这儿怎么到 B 公路？"

"这里一样是在 B 公路上，不过路程要多花点时间。"

"这中间没有桥梁吗？"

"没有，也不会有缺口。"

"开车到这儿，要去一座小山，山那边是什么？ 另一座农场？"

"附近三英里内没有住家。"

"如果你听收音机的话，你对我们不会陌生的，除了龙卷风外，我们可算是重要新闻了。"

"是的，"她说，"我知道。 不过我不知道你的名字——"

"加洛克。"他轻松地说。

"你和你的朋友昨天越狱，受到警方通缉。"

她懒得多说。 加洛克犯了谋杀罪，乔尼则是强奸罪。 自从越狱后，他们曾开枪打死一位司机，偷走那人的车，还残暴地打死一位证人。 新闻中称他们为"嗜血的杀人犯"。

乔尼回来报告说："没有别人，不过你看看这个。"

他拿着一张凯伦的褐色照片，那时候她的容貌一般，她和一对中年夫妇站在一起。 照片中的男人穿着警察制服。

"你爸爸是警察？"加洛克问。

"是的，"她承认说，"不过现在不是了，在一次追捕超车人时受了伤，以后就退休了。"

"他们去了哪里？"

"得克萨斯州的一个小集市，这周不会回来。"

"什么市？"

"小集市，"她重复说，"集市上人来人往，同时买卖任何东西。 我父亲的退休金差不多不够用，他们卖点儿古董做生活费，你们瞧瞧……"

加洛克仔细打量屋里，她说得不错，这家毫无农舍的样子，倒像是古董店。 墙上挂着配有维多利亚式画框的画，架子上和瓷器柜里整齐地摆放着瓷器和玻璃容器，地板上堆满了旧家具。

"你非常冷静，"加洛克说，"我佩服冷静的人，像今天早上那个女人，我们不得不让她闭嘴……"

他的话语毫无夸赞的语气，而是在刺探她。

"没有必要尖叫，"凯伦尽可能从容地说，"尖叫也没人听得见。"

"聪明，如果暴风雨越来越大的话，我们或许需要个地下室躲一躲？"

"门在厨房的地板上。"

乔尼走进厨房，掀起地下室的门，拿起煤油灯看了看，然后叫道："那里面不是豪华旅馆，凑合下倒无妨。"

"屋里有枪吗？"加洛特继续问，"既然你父亲是警察，他一定有枪。"

"两支猎枪，一把霰弹枪和两把左轮，"她简单地说，"都锁在楼上一个盒子里。 钥匙在我父亲那里。 如果需要，带走就是。"

"我们离开时会带走的。"

"你们真聪明，"凯伦说，"离开汽车，找个避难所。 龙卷风来了，在汽车里是最危险的。"

她说这些话，是要使加洛特别多想枪的事，因为她隐去了一把，一把古老的双管猎枪，就挂在餐厅壁炉架上。

从外表看，它貌似个古董，除了装饰之外，别无他用。它高高地挂着，要取下它，还得站在椅子上。

但是，虽然是古董，但还是能用的。虽然它很旧，子弹却是上膛的，性能很好。他父亲曾经说，这把老枪是救命用的，最好再也不用。但是，一个当过警察的人，现在又住在偏僻的乡下，那些对他怀恨在心的人可能前来报复。所以，它是防身的必备之选。

不过，现在这把猎枪对凯伦并无用处。在这种情况下，没有办法站在椅子上。加洛克把枪移开，插进腰里。

"好，"他慢吞吞地说，"我们饿死了，而且我以前也没有吃过警察女儿做的饭。你进厨房，做点儿吃的，快点。"

她准备快餐时，两个男人边喝啤酒，边盯着她的动作，在他们吃饭时，他们要她坐在餐桌对面——那把古董枪就在他们身后的墙上，可惜要越过他们才能拿到。

他们吃过饭后，凯伦收拾桌子，又拿出一些啤酒，这时播音员警告说，有更多的龙卷风即将袭来。

"我想，"凯伦坐回她的椅子，"你们两位见过龙卷风吗？"

"没有，我没有见过，"加洛克说，"不见最好。"

乔尼问："你见过吗？"

"见过。"

"什么样的？"

她走进回忆中搜出那个可怕的下午："它是一个黑黑的、旋转的地狱，听说龙卷风的速度快得像子弹一样，它会带起木片打进人脑袋中去，玻璃片也会。如果你靠近窗子的话，你会被切成土豆条一样的物体。"

乔尼不安地瞥了一眼餐厅的大窗子："那么，坐在这儿很危险。 我们不如听从警告，到地下室去。"

"是有点危险，"凯伦承认说，"如果龙卷风从空中正好落到这里，别想着活命了。 不过，如果它是从地面向你吹来的话，你可能会知道，因为有警告。 即使在夜晚，你看不见龙卷风，但是，耳朵会告诉你。"

"我读过有关龙卷风的报道，"乔尼对她说，"据说声音很大。"

"是的，就像火车声。 我遇到过一次，是在空旷的乡下，我抬头一看，龙卷风正向我卷来。 附近有条水沟，我反应还算快，钻进阴沟里，虽然如此，我能活下来，也是不敢置信的。 你知道人遇到龙卷风会如何吗？ 它把人高高卷起，卷到高空中，等落下来时，已经不成人样了。 有时候——"

"够了，"加洛克冷冷地打断，显然，谈到龙卷风使他不安，"我已经听够了。"

他又仔细打量了一遍屋里，很仔细地观察着屋子。 他的目光在那支旧猎枪上停留了一下。

他问："这里有钱吗？"

"只有一点儿，我父亲出门时，从不在家留钱。"

"哦，"加洛克对乔尼说，"去拿来，然后搜一下，找找有没有钱。"

乔尼抢过钱包，翻出几块钱，他厌恶地说："四元三角五分。"

他将钱塞进口袋，开始仔细搜查屋子。 他把东西扫下架子，拉出所有的抽屉，把里面的东西都倒在地上。 一部分是搜索，一部分是破坏。 当他破坏那些整齐的瓷器、玻璃器皿和其他艺术品时，她捂住嘴，以免自己喊出声来。 乔尼摔完楼下的古董，又上了楼。 他们可以听到他四处走动、骂骂咧咧破坏的声音。

加洛克一边喝啤酒，一边监视凯伦，脸上浮现一丝邪恶的微笑。 啤酒中微量的酒精似乎影响了他的情绪。 显然，她正和一位精神病患者打交道，他随时可能发狂。

乔尼只找到几枚硬币。

"我告诉过你，"凯伦耐心地说，"家里没有钱。"

"是啊，"加洛克奇怪地看着她，"真是太糟了，如果他留钱的话，我们可以更友好些，有钱才能跑路。"

"很抱歉，这令人遗憾。"

"你现在只知道遗憾，不过，不用这么早遗憾，等我们杀你之前，你会真正感到遗憾的。"

在真正动手之前，他不断挑衅她，她必须尽可能地拖延时间。

"为什么你要伤害我呢？"她用最温和的语言说道，"我没有跟你们过不去，我一直听从你的命令。"

"也许因为你是警察的女儿，我们一向讨厌警察，也包括他们的亲属。 实际上，我们也不大喜欢教师。 你喜欢吗，乔尼？"

乔尼傻乎乎地笑了笑。

"反正不能让你活下去，"加洛克继续说道，"警方认为我们早已离开此地，如果你活着，你马上会向警方报告的。"

"你可以把我锁在地下室，那你们也能安然出逃的。"

"不，不能冒险，"加洛克想了想又说，"好，我不杀你，但是，我们会让你永远爬不出来。 有人会感到奇怪，你很久没有出现，等他们进来时，可能已经太晚了。"

虽然她内心非常恐惧，但她扯出一抹微笑来："你是在吓唬我，我是被你吓坏了。谁会不害怕呢？但是，你知道不必杀我，加洛克，若你担心我，你可以带我一起走。我不会轻举妄动的。我愿意。"她停了一下——"别说话，什么声音？"

加洛克站起来："什么什么声音？"

"住口，"乔尼打断他，他也不再傻笑了，"我想我也听到了。"

然后，加洛克也听到了，声音很远，不过在逐渐逼近，是一列渐渐驶近的火车的声音……

凯伦站起来，说："你们自便，不过，趁着还有时间，我可要进地下室保住命！"

她向前迈出一步，但是乔尼抢先一步。加洛克犹豫了一下，外面的声音越来越响，于是他也紧跟在乔尼的后面。

当他们跳向厨房地板门时，凯伦爬上椅子，抓住墙上的猎枪，身体靠在墙上，高举猎枪，镇定地瞄准那两人。

当加洛克反应过来，伸手掏枪时，她已经射出一枪，然后又是一枪……

黎明时分，凯伦望着窗外，看着加洛克的尸体被抬上救护车。他当场被打死。乔尼受了重伤，但没有生命危险。

一位警察站在凯伦身边，说："我理解你的感受，不论多么公正，射杀人心里总是不好受。但是，你别无选择。你要不狠心先下手，可以肯定，他们一定会杀了你。"

"我知道，我别无选择。"

"说到底，不是你非常幸运，他们怎么会这么粗心，让你拿到了枪。"

"这倒不能完全怪他们粗心，"凯伦微微一笑，眸子里闪过一丝狡黠，"他们不熟悉龙卷风。 我告诉他们，龙卷风和火车驶过的声音很像，可以作为警告，及时躲进地下室就能保住命，"她耸耸肩，"他们就信了。"她转向窗户，手指指向山，"翻过那座山，是圣路易和旧金山的铁路主干线，火车经过的时候，他们以为龙卷风。 着急进地下室的那会儿，我就拿到了枪。"

第三种可能

他又望了一眼灰色的墓碑才离开，那里长满了黄色菊花，正是乔伊娜生前最喜欢的那种。 他很疲惫，发动那辆开了许多年的小货车回家。 那个家里有他和乔伊娜一起生活了八年的回忆。

这是个四月的下午，天气还有几分冷意，已近黄昏。

他开车穿过空旷的田野和稀疏的树林。 原来这里风景优美，乔伊娜生前最喜欢这里了。 可是现在被采石者乱堆的残石瓦砾弄得一片狼藉。

抵达镇边时，他把车停在老汤姆的加油站。 他感觉心情渐渐平复。 每次进城，他都倍感压抑，慢慢出城方能缓解。 老汤姆走到站前，友善地朝他招手。 他把车开到一个油管前，停好，下车。 这时，一辆黑色的大轿车也凑了上来。 他发觉这车是跟着自己出来的。

大轿车里坐着三个人。 他一见到这三个人，刚刚平复的心情又跌落谷底。 这三个全都是没有礼貌和教养的人。

三人中有两个二十多岁，蓄长发，衣着华而不实。第三个人单独坐在后座上，看起来稍微大一点，大约有四十多岁，穿得要保守些。这三个人板着脸，一脸的傲慢冷酷。两个年轻人走下来，分左右站立，眯着眼睛上下扫视着他们。

年轻的一个歪了歪嘴角："要最好的汽油，加满了。"说话的态度好像根本不屑于开口，最好别人有眼力来自觉为他做事。

老汤姆点点头，依旧向他的小卡车走过来。"请稍候，先来后到。"

他看见那人面色不愉，便道："我今天不急，汤姆，先给他们加油吧。"

汤姆略略迟疑了一下，看了看他，转身走到大轿车后面，开始加油。

开腔的那个年轻人冷冷地扫了他一眼："谢谢你，老先生。"

他强调的是"老"字，仿佛在说年龄在那里摆着，因而不得不迁就老人一样。

压抑的怒气和强烈的厌恶感使老人的手指微微发抖。这三人见状，误以为是恐惧，眼里更闪出一丝得意和不屑。他侧过头，厌恶地不再看他们的恶行恶状。

老汤姆加完油，合上油管。说话的年轻人探头查验一番，掏出一卷钞票，随手甩出两张，放在汤姆手中。也不等找钱，大轿车就卷尘而去。

他加满油，付钱，与老汤姆道别。开车转过几个弯，穿过一个山谷，回了到自己的农场。

他与乔伊娜一起在这里生活了很多年，直到快乐的生活被一颗流弹打碎。那天，她进城去购物，正遇上强盗打劫，乔伊娜不幸被流弹打中。 后来，警方告诉他那罪犯只抢了三美元现金。 三美元！ 他的妻子因三美元丧了命。

他停车在小棚屋前，卸下车上的杂物，开始忙着做农场的活。 再有一个小时天就黑了，他打算用钓鱼来舒缓心情。 他把钓具放上车，驶向矿坑。

农场后面有一大片土地的开矿权已出卖。 那些采矿者完全不在乎自然风景，乱挖乱堆，废弃的坑道里不久便积满了水。 后来却出现很多鲈鱼。

他徒步进入矿坑，小心地迈下台阶，把钓具放在小船上。 在这冷清安静的氛围里，他忽然听到有声音。 于是，他又爬上台阶，看看发生了什么事。

他总是把来这里的小孩子们赶走，不是讨厌孩子们，而是这里太危险。 这次他刚要开口叫，却发觉不是小孩子，而是在加油站见到的三个人和那辆黑色的大轿车。 他一下子怔住了。

大轿车停在水坑边。 年纪大的一个指挥两个年轻的从车里拖出一个沉重的人形帆布包。 两个人使劲将布包拖过去，合力抛入水中。 水花四溅，帆布包很快沉了下去。

他一直呆呆地站在那里，心里明白他们恐怕是在埋尸。 他想跑，却不能动。 等到尸体沉下去后，三个人转身走回汽车。 这时，有人看到了他，便大声叫起来。 这声大喊也惊醒了他，他转身就跑。

他不能跑回小船，船上没有躲藏的地方。 第一声枪响时，他急忙伏在岩石后。 子弹呼啸而过，只离他头边几寸。 子弹带出的风声几乎要划破耳膜。

在尖利的岩石堆上奔跑，实在不是他这个年纪胜任的运动，他感觉到自己的脚火辣辣的痛，皮肉似撕裂了一般。 他必须比他们早到棚屋。 他从乱石堆中穿过，准备取近路跑回去。 他爬上一个小山丘，回头看去，只见其中一个家伙跳出矿坑，一面招呼自己的同伴，一面向他开了一枪。

他感到自己的腿如遭重击，然后才听到枪声。 他膝盖中枪，一跤跌倒在地上。 他俯下头去，看见自己的血汩汩淌出，却不是十分疼痛。

他只躺了一小会儿，就挣扎起来，继续向前跑。 拖着一条伤腿，好歹跑完了剩余的路，回到了棚屋。 他忽然意识到自己的严重失误——他的小卡车停在矿坑那里，自己现在已无法逃远。

他在他们赶到的两分钟之前又逃离了棚屋，拖着伤腿穿过院子，绕过谷仓，到更远的一个角落。 由于春雨，地面很泥泞，他爬过一块小高地，确信他们已经看不到他了，然后才倒了下来。

太阳西下。 只要撑到天黑，就有机会逃脱；如果被那三个家伙逮到，他肯定死定了。

他从衬衫上撕下一块包扎伤口。 疼痛减轻了一点，血不像刚开始流得那般快了，但并没有止住。

太阳完全落在地平线下了，夜晚的寒气渐渐侵入。 几米外有一个小小的干草堆，那是他去年秋天堆放的。 草堆顶上有一块帆布。 他两眼留心着敌人，匍匐着靠近，爬上草堆，解开绳子，扯下帆布，裹在身上。 帆布散发着干草味和发霉味，好在能够抵御寒气。

一个年轻的家伙绕过谷仓，拐到他藏身的对面。 奶牛夜晚喜欢在那里待着，因为水和饲料都放在那边。 由于有陌生人的打扰，十几头奶牛有些烦躁不安，并向着他藏身的方向涌过来。 那个男人挥动着手电筒，向牛群的方向慢慢靠近。

他在潮湿的地面上蠕动着，调整角度，让牛群将两人隔离开来。那个青年男子很警觉，头快速地左右转动。看到对方紧张的样子，他略微有了点儿信心。他解下帆布，双手抓住布角。

看着那年青男子移开目光，他猛地弹起，大喊一声，同时将帆布向紧张不安的牛群挥过去。牛群慌乱地转头疾奔，惊叫不停，撞倒了那个人。那家伙只惊叫了两声，就被淹没在牛群里。

那个人在受惊的牛群蹄子下断了气。

手电筒掉在地上，依然亮着。另一个年轻的家伙被骚乱声所吸引，慢慢地摸过来，大声呼喊着第一个家伙的名字。没人回应。他打着手电四处扫视，老人又伏在地上，用帆布盖着自己。那个年轻人慌张地离开了。

现在，活下来的把握又大了一点，但依旧不乐观。对方还有两个人，而且都未受伤。他双手抓住膝盖的伤处，拼命地按了一下，缓解下疼痛。这种捉迷藏的游戏必须尽快结束，他已支撑不了多久了。他感觉自己像一只漏斗，血和生命都流不了多少了。

第二个家伙去找老板商量对策了。他挣扎着站起来，踮着脚走进谷仓。屋里要暖和得多，而且要干爽一些，比泥泞的地上舒服多了。他在黑暗中摸索到谷仓另一面的门，打开一条缝，这样对院内情形一览无余。那两个人正握着手电筒站在汽车旁。敌明我暗，他可以看个清楚，他解下帆布，握住一块大砖头。

他们在低低地交谈着，不时的有一个人摇摇头，似乎有不同意见。

他小心翼翼地走出门，又前行几步，站住。他忍住剧痛，侧转身，抬起左膝，右腿独立，摆了一个标准的棒球投球姿势。想当年，他投球水平很高的。他用尽全力，把砖头掷出，不偏不倚，正打在老板的耳根上。那老板一声未发，便扑倒在地。

剩下的一个人反应颇快，抬手扣动扳机。他早有预料，砖一投出，人就迅速冲回谷仓，扑倒在地上。由于用力过猛，伤口再度撕裂。他听出对方正冲过来，赶快爬起身，躲在门后，听着对方的脚步，当那人正要穿门而入时，他猛地一拳挥出，正中胃部。那家伙惨叫一声，痛苦地蜷起身子。没等那人站直身子，他把全身的力量都集中在右拳上，照着对手的下颚，狠狠打出一拳。

对方斜斜地倒了下去，趴在地上。他抓起一条捆麻袋的绳子，紧紧绑住昏过去的对手，又抓起一条绳子，朝那个老板走去。此时，那老板醒转了过来，他赶过去一脚将他踹倒，用绳子捆个结实。

一切都结束了，他浑身的力量也被抽干了，软倒在地。

几分钟过后，他站起来，把老板和谷仓里的家伙装进大轿车，用绳子捆住他们的双脚，又拽过那个死在疯牛践踏下的人，扔进行李箱内。

他又喘息了半天，然后仔细检查了每个细节，他可不想在开车的途中被他们挣开。他钻进驾驶座，发动汽车，向镇上开去。

几分钟后，那老板完全清醒过来，拼命地叫喊、挣扎了一阵，可惜徒劳无功，便开始和他讲条件：如果他就此收手，他们愿意付出大笔钱财。他根本懒得回答。

两个想活命的家伙想方设法，软硬兼施，频频利诱和威胁，他都不予理睬。直到他们这样威胁他：

那老板用一种冷笑的口吻说："仔细想清楚，乡巴佬，你要是惊动了警察，你和你全家都得完蛋。这一点你要相信，我兄弟会为我报仇的，我会让他们先干掉你老婆。"

他心中暗想：如果对方知道乔伊娜已死在他们手中，会不会有所收敛？他丝毫不怀疑对方会做出这种事情，交给警察恐怕也制止不了他们。

他猛踩刹车，掉转车头。

几分钟后，他们就来到公路转弯处——白天经过的那条熟悉的路。起初他们面有喜色，当大轿车轧过岩石，颠簸着前进的时候，他们才明白过来。

他关掉前车灯，开回矿坑，将车开上一个斜坡。停在矿坑最深处的边上。后座的两个男人开始尖叫，面对死亡的恐惧他们不顾一切地乱挣。

他下了车，关上车门，松开刹车控制，同时移动操纵器。大轿车笨重地滚过岩石的斜坡，越滚越快，最后冲出边缘，在空中翻了几个转，只听砰的一声，水花四溅。

他站在那儿，看着车缓缓地沉了下去。

他们的最大错误是没有明白他的打算。在他们的想法中，他只有两招：一个是放了他们，一个是不放他们。还有第三招，他们没有意识到。

如果他们不是用妻子来威胁他，他也不会使用第三招。可惜，虽然乔伊娜已远至天国，他也不愿意有人去打扰她的安宁。

致命的细节

比尔遵循着规律的生活方式，每天上下班，然后回家和妹妹一起度过闲暇时光。 他是一位著名的钻石切割专家，并常常沉醉于工作。

这天比尔像往常一样，按时下班去乘坐地铁，他准备回他布鲁克林的家，吃妹妹为他准备的丰盛的晚饭。

可是，他做梦也不会想到，自己被两个陌生的男人尾随。 他们的同伙在一辆大马力橄榄绿轿车上，也尾随其后。 在下班的人流高峰期之中，他们并不显眼。

比尔走在人群中，脚步匆忙。 忽然有人撞了他的胳膊，他立马撞了回去，一道锐利目光射向他，他直瞪回去，以眼还眼。

比尔在某些方面非常警觉，同时他的原则是不侵扰别人，别人也不要侵扰他。 这只是一刹那发生的，他没有停下来。

一个盲人还在墙边，比尔见过他很多次。 他从口袋里掏出零钱，放在那盲人的杯子里，他之所以这样，也许是因为他能够感同身受。 很多年前，他因为车祸而丧失视力，在那段日子里，他深感暗无天日的痛苦和绝望。 不过有一点不同，他的失明只有14个月，后来他的视力逐渐得以恢复了，他又重见光明。 他很感谢重新恢复健康，同时又难以忘记那段黑暗中的日子。

不过那段日子也让他得到了特殊的"财富"，那就是他的触觉、听觉和嗅觉都得到了锻炼，他的眼前打开了另一世界。 这让他感到惊喜，他对事物的那种新的领悟，为他的生活又注入了新的东西。 他觉得就因为这样，他对钻石才能理解得那么透彻。

他感觉到每一颗钻石都有它的灵魂，他抚摸着它们，用心和它们谈话，他了解它们，知道它们的秘密。 他愿意安居在钻石中，和它们在一起他才感到发自内心的快乐。 他不愿意和人交往，因为他发现人们不免有缺点，而钻石没有，它们才是纯洁、美丽的。

比尔把钱给了盲人，继续往地铁走，而此刻那辆橄榄绿的轿车已经等候在路边，离比尔只有五六步的距离。 跟踪他的那两个人也赶上来，一个拦住了他，另一个用短枪顶住他的肋骨，把他推搡到汽车边。

　　"上车。"拿枪的人脸上带着微笑命令他，他装得很高明，掩住了手中的枪，只有比尔知道。 而比尔使劲抗争，愤怒地大喊："你们是谁？ 要干什么！拿枪逼我干什么！"

　　"别说话！"拿枪的人低声命令，"到车里去。 快点！否则毙了你。"他猛地推了比尔一下，另一个把他抓住，推进了车里。那两个人随后进了车，趁着车门还开着，比尔挣脱出一只胳膊，抓住车门，嚷道："混蛋！我们互不相干，开什么玩笑，这样好吗？我与你们有什么瓜葛吗？ 你们吓不住我！机关枪、大炮、什么我都不怕！放开我，无赖！放开我！救命啊！"

　　"把手放开，你这笨蛋！"拿枪的人严厉地说。 比尔被勒回来，推到车里。 比尔用力挣扎着，不肯放弃。

　　"救命，救命啊！"比尔又叫了几声，持枪人唯恐他坏了事，捂住了比尔的嘴，不让他出声，比尔只能从喉咙里发出"呜呜"的声音。 街上的行人们冷漠地走过去，即使有人看见了，也会全当没看到，扭过脸去，继续走他们的路，因为谁也不想把自己牵扯到别人的事里去。

　　另一个人很恼火地给了比尔一拳，而这时车门已经关上，无法逃脱了。 比尔索性停止挣扎，乖乖地听从摆布。 汽车开动了，比尔抬头望了望车外，没有一个警察。

　　这时，坐在司机旁边的那个人转过头来，脸色很怪地说："你们差点把事弄砸了。"他压低声音说，隐隐透出几分警告。

"这东西不听话，公爵。"矮个子不服气地回答。

"什么，我是个东西？　那你是什么东西？　无赖！"比尔强自镇定，"凭什么用枪对着我？"

"少废话！"那人威胁地说。

"住手，桑达。"前座的人冷冷地命令他，"不能让他受伤，我们需要他，知道吗？"

"是吗？　居然是需要我，那么，需要我干什么？　请回答。"比尔说，"我又不是洛克菲勒，绑架我你们什么也捞不到。　难道想勒索钱吗？　你们看我像是富翁吗？　哈哈，真是开玩笑。　即使我是富人，我也不会花一块钱来赎，哪怕是一分一毫，别想了。你们知道吗？　在我身上打主意是错误的。　马上停车，让我下去，我既往不咎！你们这帮冷漠的人，我的妹妹因为我晚回去多么担心，她是个多愁善感的姑娘，噢，可怜的妹妹。"

"天啊，这人废话真多！"司机惊讶地说。

"阁下就是比尔？"公爵问。

比尔问："你是谁？"

公爵没有回答，反而抛出另一个问题："那么，你是钻石切割家？"

"是的。"比尔点点头。

"行业中的高手之一？"

"对，你们要干什么？"比尔问。

"太好了，我们找的就是你。"

"你们到底让我做什么？"

"别着急，待会儿你就一清二楚了。"公爵说。

"现在请放我下去，需要我的话请预约。"比尔说。

"该戴眼罩了，桑达。"公爵对枪手说。 车窗外面，路灯渐渐亮了，在黑夜中发出昏黄的灯光。

比尔感到一丝惊恐，他喊道："别给我戴，我不要戴!"

"如果你知道了我们要带你去的地方，你会丧命的，所以，我劝你还是和我们合作。"

比尔沉默了一会儿，对他们说："好吧，生命可贵。"

蒙上眼罩，比尔的眼前一片漆黑，看不到任何东西，就像是又变瞎了一样。 不过，那些坏蛋不知道，比尔是经历过失明的人，他在黑暗中，感觉会比常人更加敏锐。

比尔在戴上眼罩之前，暗暗地记下了他们的位置：在东 23 街，第二和第一大道之间。 车继续向前走，他仔细倾听，注意汽车引擎和轮胎转弯时的细微差异，嗅觉也发挥着它的作用，脑子里快速地记录街道上各种不同的声音。 每个街道都独具特点，比尔仔细辨认，并在脑子里迅速地打下烙印。

汽车里一片沉静，这样更好，少了声音的干扰，比尔可以更集中精力工作。

汽车正在 D 道上向南行驶，没多久拐了个弯，又停了两次，比尔知道这是威廉斯堡桥，因为声音和刚才不同。 随后他们跨桥进入了布鲁克林区。 然后轮胎声又变了，这意味着离开了东河，这个地方静悄悄的，一点声音都没有，一定是到了广场地带。 这时汽车转了一个弯。 离开了高速公路，貌似靠近了格兰德的东侧。 此后，汽车不停地拐弯，穿过了布鲁克林的无数街道，比尔本来集中精神仔细数着十字路口，强自记忆着每段路行使的时间，可是，时间一长，汽车好像在绕圈一般，比尔也糊涂了。 这样下去，会令人发疯的。

比尔试着集中精神，虽然他觉得头痛不已，但是他还是说服自己稳定情绪，平静下来。

汽车还在向前行驶，终于，它慢慢开进一条车道，停了下来。

那帮人下了车，拽着比尔下了车，领着他走进一道门，然后上了一段楼梯，又进了一道门进了房间。

比尔认为这是一所私宅，是双层公寓，因为屋前有车道，而且他们上了一段楼梯，才到了房间。

他们给比尔摘下了眼罩，比尔慢慢地睁开眼，等待光线不刺眼后，他看了看这里，这个房间很宽敞，可惜布置得欠妥。

"现在该告诉我，为什么要带我来这里？"比尔问那个叫公爵的人。

"是要你做一件事，只要你按要求做。"公爵说。

"如果你聪明的话，就乖乖地听话，否则我会让你吃不了兜着走。"桑达扬起拳头说。

"这是赤裸裸的恐吓。"比尔说，"如果我不同意呢？"

"那你就是自找死路，别怪我不客气。"桑达急躁地说。

"你敢！你有胆来试试！"比尔情绪激动地说，"我死了，你也不会过安宁日子，就算下地狱，我也要你陪着。"

"冷静点，比尔。"公爵举起手说，"放轻松，先生。 你，桑达，闭上你的臭嘴！比尔，事实上，你会做得很开心的，对你来说，它还具有挑战性，当然，还有，我们会给你报酬。"

比尔有点好奇，他语气平静地问："到底是什么工作？"

公爵没有直接回答他，径自向柜子走去，打开其中的一个抽屉，从那里面取出一个白色的厚纸板盒子。 公爵小心翼翼地放好盒子，拿掉盒盖子说："比尔，过来看看这个。"

比尔走过去，看到盒子里的东西时，他惊呆了，几乎站不稳。除了钻石，没有什么事会吸引比尔，是的，那是一颗钻石。比尔差点儿昏过去。

比尔的眼睛发出奇异的光彩，它是那么的纯洁、灿烂，极度美丽。它散出五彩缤纷的火焰，就像是璀璨的星星在夜里一闪一闪。

他平生的兴趣只有钻石，没有什么更让他痴迷。他研究钻石，对它们了如指掌，他知道每颗钻石的来历和信息。

而这颗钻石，比尔非常熟悉，它曾经展出过。这颗钻石名叫泰拉，重267克拉，没有丝毫的瑕疵，发出蓝色的光；它以前曾经是皇室的宝物，最近的主人是一位美国富翁，这位富翁叫贾格斯。

比尔把它捧在手里，感受它每个角度的美丽，轻轻地、崇拜地、小心地抚摸着它，它的光芒纯洁而耀眼，他仔细端详着钻石的每个细节，没错，这的确是泰拉，不是赝品。比尔一眼就认出来，毫不怀疑，更不需要任何测试。长年的钻石切割工作令他有特殊的直觉。

他没有移开目光，他盯着钻石问公爵："你们怎么会有它？"

"我们偷来的。"

"你们偷的？"比尔惊讶地转过头来，"要知道它的防护措施十分严密，报警设备非常完备，我曾在展览会上见到过。偷来的，怎么可能？"

"先生，每个人都有拿手的好戏，就像您的专业是研究钻石一样，而且我们也各有专长，我的专长就是善于统筹计划。毫无疑问，这颗钻石保存的地方，就是曼哈顿大厦的地库，警卫非常森严，但是那是对普通人的手段，对于机智、有胆识的人来说，这又算得了什么？ 说不定那些蠢货还不知道钻石丢失了呢，等到他们发现了，我们已经处理完了。 好了，现在让我们做正经事吧。"

"这么说，你们是职业窃贼了？ 可是，对不起，这不符合我的原则。"比尔看了他一眼说。

"你想反抗吗？ 我告诉你，如果你不和我们合作，那么，就只有死了。 怎么样，明智一些吧。"公爵面色一冷。

"你别吓唬人了，不过，愿闻其详。"比尔似乎妥协了些。

"这还差不多。 首先，你要先打个电话回家，找个借口说你在外边。 我可不希望你的家人告诉警察说你失踪了，让他们到处找你，你也不能再打电话，以免给我们惹出麻烦。"公爵说。

打个电话回去，也未尝不是好事，让妹妹知道他在外边，不按他说的办的话，对事情也不会有什么帮助。 比尔答应了。

"告诉我号码，我替你拨，然后由你来说。"公爵命令他道。比尔点点头。 公爵又警告比尔说："说话自然些，你要是敢耍花样，我们会杀了你。"

电话拨通了，比尔拿起听筒："喂，爱丽丝，是我。"比尔感觉出了妹妹的慌张。 他只能说："我得加班，这次比较特殊，是的，必须明天上午之前交货。 噢，我很抱歉，你别等我了，自己先吃吧，我会的，我在外边吃，什么时候？ 具体几点我也不知道，也许时间会长一些，放心吧，过会儿我就回去了，好了，别担心。"

比尔挂上了电话，回头望着公爵。

"很好。"公爵说，"下一步，请把这颗钻石一分为二，要完美无缺。"

"什么？"比尔非常吃惊，"切开这颗钻石？"

"是的。"公爵说，"你也知道，这颗钻石非常出名，一旦被人知道被盗，全世界都会知道它被窃，我们也就不好转手了，我们不关心钻石，我们要的是钱。 当然，这样做会牺牲些价值，而且是异常美丽的，会值不少钱的。 别人也没办法指认，万事俱备，文件方面已经准备好了，还有一位专家来帮我们打亮。 可惜他不会分割，那得需要一位真正的天才的艺术大师，一位高手。 比尔，你才是我们需要的那个天才。"

"如果我不做呢，你们就杀死我？"比尔问。 "是的，可是你要是好好合作，而且此后一直保持缄默，那么，你会安全的，还会得到不少酬金。 今晚你工作完，1000 元现金，全部小额钞票，做完就付给你。"

"没有工具，我怎么下手？"

"这个不用你担心。 霍尔，把工具给他。"

"你是说，要给我 1000 元？"比尔沉思着，一副挣扎的样子，"我难以决定。"

"不满意吗，好吧，2000 元。"公爵说。

"不，我不是要钱，我是说……"

公爵不耐烦地说："3000 元，最高了。"

"我还没有说完，钱若是比 200 元多，我就不会做。"

"什么？"公爵瞪大了眼睛看着他。

"200 元已经够了，如果超过这个数目，那就成了赃款，我就有了犯罪的嫌疑。"比尔解释说。

"别多心，一切都会顺利的。"

"我可不这么看，先生。"比尔说，"我是清白无辜的，绝不参与偷窃。 如果你们要支付给我费用，那就给我 200 元，算是时间的费用。 其余的就算了。"

"别傻了，比尔，我需要你的手艺和智慧来把这件事办得更完美，我们才会更安全。 怎么样，4000 元，成交吧。"

"200 元还是太多，150 元就可以了。"比尔说。

"行了，5000 元。"公爵说，"不能再多了。"

"我再想想，125 元似乎更好。"比尔说。

"5500 元。"公爵说。

"还是 100 元吧，怎么样？"比尔问。

屋子里的人，除比尔外，都傻傻地看着他。

"好了，好了，100 元就 100 元。"公爵回过神来，"不过，你最好别耍心眼儿，如果事后仍然透露半点风声，别怪我们不客气。 不管你躲在哪里，我们都不会放过你的。"

"等等，等等。"比尔说，"算了，100 元我也不要了。"

"怎么？"

"是的，100 元也是你们拿出来的，你们归根到底是窃贼，窃贼的钱就是赃款，我是不能要的。"

公爵的忍耐似乎到了极限，他铁青着脸对比尔说："比尔，那么你不想做了？"

"不，不，容我想想。"比尔说。

比尔望着那颗静静地发着蓝光的钻石，多美的钻石！面对这种两难还是第一次。 他不能向窃贼屈服，但是，就算是他死了，也没有什么价值。 更何况，切割钻石是他热爱的专业，而且泰拉有着让人难以抗拒的诱惑力，他真的不想放弃。

"好吧，我切，但是我不要钱。"比尔说。

"你这人真怪，比尔，不过，成交。"公爵的语气缓和了些。

"不过，像这样的钻石，切割起来还是要时间的，得花好几天的时间，甚至是几个星期。"

"别拖延时间，比尔。"公爵刚刚轻松下来的神情又紧张起来。

"我是指别人，先生，这颗钻石是例外，我想，我今晚就可以做。"比尔的语气中充满了自信。

"那你快做吧！"公爵迫不及待地说。

"什么？现在吗？"比尔抱怨着，"我很饿，先生。我工作了一天，本来有顿丰盛的晚饭等着，却因为你们泡汤了，还恐吓我，把我带到这里来。我已经筋疲力尽了，没有体力，没有精神，你们叫我怎么工作？现在，我要吃饭。"

公爵点点头，转过头去对桑达说："去，看看厨房里有什么吃的。"桑达走出厨房，对着他们大声说："还有比萨和烤肉。"

"我只好吃牛肉三明治了。"比尔不满地说，"要加芥末的，对了，还有一杯咖啡。"

"牛肉芥末三明治，一杯咖啡。"公爵不耐烦地喊道。

"淡咖啡有益健康。"比尔补充说，"放两块糖。"

公爵力图镇静，朝厨房叫道："淡咖啡，两块糖，听见了吗，桑达？"

一会儿工夫，食物拿进来了，比尔把那块三明治拿起来，感觉很冰冷，他把手指伸进去试了试，对桑达说："我要热的，这肉是冷的，我不能吃。"桑达掏出枪，对公爵说："我无法忍受了，杀了他，大不了再找一个做。"

"你们看看，他用枪指着我，让我怎么切割钻石？"比尔说。

"去厨房，桑达，把牛肉热一热，少折腾一会儿！"公爵命令道。

桑达嘟囔着去了厨房。 最后，比尔吃了三明治。

"吃饱了吗？ 你准备好了吗？"公爵问道。

"好了，现在我开始工作。"比尔说，"请和我保持距离，凑这么近我无法做事，对，都退后。"

比尔小心地拿起钻石，在灯光下，钻石的光芒一闪一闪。 比尔注视着它，沉溺在它的晶莹剔透里，默默地和它交流着。 他与钻石的心灵沟通，一种想继续洞察它的秘密的冲动油然而生。

"谁在大声喘气？"比尔生气地责问，比尔看着他们，那些人面面相觑。 "你！"比尔指了一下大耳朵的那个人，"我正在专心做事，请保持安静，大声喘气也不行！"

"出去！达蒙，关好门。"公爵喊道。

屋子霎时间安静了下来。

比尔重新沉浸在他和钻石的交流中，它的每一道光，每一个棱面都吸引着比尔。 他闭上眼，用手轻轻抚摸它，了解它；把它放在耳边，感觉它美丽的声音；把它贴在唇上，感受它发自内心的呼唤。 突然，比尔睁开了眼，他找到了切割的落点，他知道他的发现是唯一完美的，并且清楚地知道正确的位置。 他熟练地将钻石放在架子上，用计量刻度的工具量好准确的位置，把工具依次摆放整齐。 他的一连串的工作迅速而自信。

接着他拿起刀，放在那完美的落点处，一次定位。 然后，举起了小锤头……

此刻，房间里连呼吸声都听不到了，他们紧张地看着比尔的动作，等待着这关键性的一击。

"有一件事，我不大明白。"比尔忽然转过头来问。

"噢，天啊，这人真啰唆。"霍尔低声说。

比尔接着说："我们都知道，死人不会开口，我怎么知道事后你们不杀我灭口？ 我还是不放心。"

"我们没有想过要你死，如果那样的话，何必给你戴眼罩？好好想想，比尔。"公爵说。

"这倒也说得过去。"比尔说。

"而且杀人的罪名，可是重罪，万一被捕，我是说万一，那就不好受了。 这么不明智的做法，傻子才愿意走这一步。 现在，你放心了吧？"

"好吧，我相信你。"比尔说完，转过身去，利落地一挥锤子。

钻石被一分为二，依然完美无缺。 所有人一下子轻松了。

"非常好。"公爵说，"比尔，记住，只要你不说出去，你就会很安全的，不然的话，我们会让你死的。 我说到做到，霍尔，把眼罩给他戴上，送他回去。"

比尔终于又回到了家里，重新感受到了轻松和安适。 妹妹把重新热过的菜放在餐桌上，香味飘散在房间里，比尔才发觉肚子在叫。 是啊，已经过了午夜了，比尔已忙碌了一晚上了。 虽然说在警察局录口供回答警方的问题花了很长时间，不过能抓住窃贼，那颗钻石也在警方那里。 比尔感觉不错。

妹妹坐在他身旁陪着他，比尔依旧兴奋不已，"知道吗，爱丽丝，在某些方面我得感谢那帮家伙，他们给了我切割那颗钻石的机会，这真是我的幸运。 我很不愿意领警察去逮他们。 可是他们粗鲁地对待我，重要的他们还偷窃，我只有那么做了，你说呢？"

"你不怕他们吗？ 他们命令你不要说出去。"

"是的，他们说我不说出去就不杀我，可是我可不敢冒险，窃贼的话是不可信的，只有让他们立刻进监狱我才会有安全感。 再说他们至少要在牢里待上二十年。"

"哥哥，我真佩服你，戴着眼罩，路又那么远，你居然知道他们在哪里，并且报告给警方确切的地点，真了不起。"

"开始的时候我确实是靠听觉和嗅觉去感觉的，可是后来我也给弄糊涂了，要知道，他们绕了好多个弯。"比尔说。

"那你换了办法？"

"是啊。 他们自称是偷窃行业的专家，并且注意细节和小事。 是的，专家确实得做事细心、周密。 可是，有一个小细节，就那么一个，被他们忽视了。"

"什么？"爱丽丝问。

"那个细节的出现，就在咱俩打电话的时候。"

"可是那时你什么也没说啊。"爱丽丝思考着说。

"嗯，其实是我什么也不必说的。 爱丽丝，我给你打电话的时候，他们的电话号码就暴露在了我的面前。 这个细节他们没有注意到。"

死刑判决

市政府大楼上矗立着本市缔造者的雕塑，在灰蒙蒙的天空下衬得越加高耸，流云丝丝飘过。

昏黄的灯光轻轻地从窗户里绕出来，洒在窄窄的街上，也使刚从出租车上下来的乘客看清了那些像堡垒一样低矮的房屋和杂乱无章的草坪。 但他也许没有想到自己的到来已引起了 3 层楼里一位男人的目光。

这名男子倚在窗前，面容有几分阴翳地看着他，他身材瘦弱，皮肤沟壑纵横，颧骨很高，鼻梁挺直，这铭刻了他 60 年的艰苦生活的记忆。

他搓搓手，整理了一下破旧的裤子，缓缓地转过身，用他那双深蓝色的、清澈的眼睛温柔地看着他面前的女人。 她抱着双臂，冷冷地看着他，却不开口。

"他来了。"他说道。

她皱紧了眉头。

"听着，他是老太太的侄子，是唯一的亲戚了，如果她想在遗嘱中把东西留给他，那是她的事情，而我们……"女人猛地插话："而我们，我们已经照顾、看护了她二十多年，难道我们都白做了吗？"

"她不会亏待我们的，"他说道，"老太太说过，我们会得到一些东西的。"

"噢，"她痛苦地说道，"什么东西？ 她又不是百万富翁，现在的东西也仅够我们维持以后的生活，她说的一些东西不就是什么也没有！从哪儿冒出的见鬼的侄子。"

"不，别这么说。"男人摆摆头。

女人被激怒了，"你在教训我吗？ 你看看我。"她扯着自己的裙子，"我已穿了 10 年了，居然还没坏；还有我的鞋，都裂得没法再补了；再看看我的脸，比躺在床上的 80 岁的老太太皱纹还多。 我得到了什么？ 只有衰老和丑陋!"

门铃响了，女人不再说话，男人去开门。

看着男人苍老的背影，蹒跚的脚步，女人感到很伤心，她叫道："让他进来! 让他拿走所有的东西，我们不稀罕。 我们身强力壮，凭自己的手，足够住豪华的房子。"她叉着腰，"让他进来，我去通知福利院，以便她去世前，我们有准备。"

她说得对，男人虽然没吭声，但他心里清楚：他们辛苦二十年却没有回报。 但他还是拉开门闩，打开门链，推开了大门。 虽然他知道来人很胖，但他一身的赘肉还是让男人吃了一惊。 来客四十多岁，很自信的样子，或许他处境优裕，一张紧绷的脸上毫无表情，表明他不在乎男人的目光。 他拉拉裹在大啤酒肚上的昂贵大衣，开口问道："你是谁？"

"你是金鲍尔·豪沃西？"老人问道。

"还会有谁？ 收水电费的？"

"我叫格林克斯，是你姑妈叫你来的。"

豪沃西没等他说完，就径自走进门厅。 他扫视着古老的房子：满是划痕的地板、磨光了的地毯和过去很美丽的胡桃木家具。

他皱皱眉头，走进起居室，眼神扫过家具和墙，又从天花板上跳到地板上。 不过那眼神说明这屋里什么值钱的东西也没有。

"这些都是什么乌七八糟的货色？"他说道，"就是个垃圾堆，瞧这破地毯、烂家具……"

女人满脸厌恶的神色，她说："现在，去看看老太太吧。"

"你是谁？"豪沃西扫了她一眼。

"我的妻子。"格林克斯回答。

"噢，跟这房子很配。"

女人怒气冲冲地说："你姑妈又老又病，她一直念叨着你，而你却还在这磨磨蹭蹭。"

"干吗那么着急？她没这么快咽气，我刚刚走了 1000 英里的路，又累又渴，你们能不能给我弄点喝的？"豪沃西说。

格林克斯拿来一瓶波旁酒和一个杯子。豪沃西倒了一杯，走到窗前，一饮而尽，然后看着格林克斯："40 年前这房子可不是这样的，那时我只有 5 岁，可我仍然记得，那时这地方漂亮极了。"

格林克斯没有说话。

他自嘲地笑了笑，接下去："所以，我以为它会值很多钱。可万万没想到却成了现在这副破败不堪的景象。街上的房子大多被封，剩下的也被做了储藏间。房子前面的草地上没有留下一片叶子，垃圾却比灌木丛还高。到处是涂鸦。我听说过有些人带着钱离开某个高尚住宅区，也没想到放弃这个。这破烂地方已经一文不值。还有，你在信上说她让我做她的财产继承人。住在这样一个地方，她还会有钱吗？能保住她自己的老命就万幸了。"

格林克斯太太靠在墙上，看着豪沃西，面无表情，倒是格林克斯挪了挪放在桌沿上的酒瓶，径直向楼上走去。

"笨蛋！"豪沃西突然想起什么似的，"我真是个蠢货，我只知道父亲被赶出家门，把一切财产都留给了她，所以我以为是她继承了财产；我以为这一切都将归我了；我以为我将一夜暴富。可从这房子模样来看，她好像很穷，不过也可能她还有钱，她攒着，她从来不花，所以才找我来，是不是？"

他又给自己倒了一杯酒。 也许刚才他说的太多了，他仰头喝完，把杯子随手放在桌子上。 格林克斯太太悄无声息地走上前来，轻轻拿起杯子，把弄脏的桌面擦拭干净。

"这样也好。"豪沃西伸伸懒腰，"不如去看看她，也许她会告诉我满意的答案。"

他跟着格林克斯太太走上黑黑的楼梯，穿过破旧的门厅，来到一扇向阳的卧室门前。

卧室很拥挤，但很温暖、明亮，窗户边有一张四柱的、带蚊帐的大床，正因如此，其实本来不小的房间看起来很狭小。 虽然天色很昏暗，可房间里的灯光却是柔和的。 豪沃西朝四周看了看，床单、被罩和女人均是白色的，只不过床单、被罩是一种粗糙的、厚质的白布；而女人的皮肤却是透明的，似绸缎般的白。 她头发稀少，都是白色，飘落在同样苍白的没有一丝血色的唇旁。 然而脸庞上的眼睛很是慈爱，使这一切都变得有生气起来。

"难怪年轻时是个美人。"豪沃西心想。

"你是金鲍尔。"她开口说了话，声音低沉，但语气很坚定。

豪沃西怔了一下，慢慢走近，"你写信叫我来，葛莱逊姑妈。"他说道，"都过了40年了，何必找我？"

"可我想见你。"她合上眼，"我快不行了。"

"没那个必要，我想。"

"你是我的继承人。"她说道，柔软的手指了指，"屋子里的一切都是你的，你是我唯一的侄子，这些都是你的。"

"屋子里的一切？ 不会是说这些玩意儿吧？ 噢，不，我是说，除了这些破烂儿，还有什么？"

"没什么了。"姑妈嘴角一撇。

"不可能,爷爷把我爸爸赶出去,你继承了大部分的财产,可你却说没有了。"豪沃西可不轻易相信。

她叹了口气,缓缓说道:"我对钱财不敏感,他们说是股票、经济危机、通货膨胀什么的,我又不懂。不过,他们倒也每周付给我钱,足够我们生活了。"

"给多少?"

"仅够我们生活费,不过,你可以拿走房子。"

"见鬼的房子!"他不满地环顾四周,"这玩意儿谁要?你有没有什么值钱的东西?"

女人气得翻了白眼,大口大口地喘起气来。

格林克斯太太见状赶忙扶住老太太,安慰了一下,随即粗暴地向豪沃西喊道:"出去!"

豪沃西转身走了出去,既然从老家伙那儿得不到什么有用的消息,留在那儿看她病快快的样子,他反而难受。他用手抹了把脸打算再喝一杯。

格林克斯却在楼下等着,他看着豪沃西又倒了杯酒喝下去,他觉得自己该说些什么,可又不知说什么才好,只觉得坐立不安,好像心里有蚂蚁在爬。

"她死了?"豪沃西问。

"还没有。"格林克斯太太不满地看着他,"你凭什么……"

"你别管我凭什么,"豪沃西瞪着眼,"我过来是拿钱的,钱,知道吗?我会去爱楼上的那个老女人?笑话!告诉你们吧,我喜欢赌钱。我有一天和一个坏蛋玩牌,一个完完全全的混蛋,我真希望我放聪明些，离他远点儿，可是一时疏忽，我以为就凭我的聪明，我的好运气，赢他还不是易如反掌？ 可惜天不助我。 我输了2万美元，而我答应了！我答应我保证会还钱。 这下我惨定了，我根本还不了钱，我上哪偷钱去？ 如果我被他找到会怎样吗？ 没准他会宰了我。"

他又倒了一杯酒，本来就不多的酒，几乎要见底了。

"我需要那笔钱。"他说道，"而且要尽快，要不我会没命的，肯定的。"

他摇摇晃晃朝门口走去，酒喝得有点多，要是平日，这点酒对于豪沃西算不了什么，可现在他心情烦躁。 我们知道，酒入愁肠愁更愁。

"我得再问问她。"他说。

可格林克斯太太制止了他，"她在休息，"她说道，"她刚才受了点儿刺激，我已经给她吃了药。"

豪沃西低头打量着她："那，什么时候她能说话？"

"她也帮不了你。"格林克斯太太想劝劝他，"她叫你来，但她确实没有钱，她银行里没有存款。"

"她说银行每星期送钱来。"

"可那只够我们的生活费。"

"现金呢？"

"她没有。"格林克斯回答道。

"上帝。"豪沃西说道，"不可能什么也没有。"

"不，什么都没有，你都看到了，我们实际上很穷。"她说道，"还是走吧，律师会把房钱给你的。"

"我需要钱。"豪沃西几乎叫了起来，"现在，你明白不明白？"

"现在绝对不行。 若是她真有遗产，你也只能在她死后、法律允许后才能得到。"

"一定还有些什么。"豪沃西不死心，眼睛四处打量，可他失望了。

"走吧。"格林克斯太太催道。

"不，"他沙哑地否决了这个建议，"我不走，也不能走。你，给我点儿吃的，刚才喝了点，我很饿。"

"我没有为你服务的义务。"她没理他。

"听着，可恶的女人，找死吗？ 快点，按我说的去做。"他真的把握紧的拳头举了起来。

"我们应该还找得到做三明治的东西来，"格林克斯说道，"可以吗？"

豪沃西拉了个椅子坐下："凑合吧。"椅子在他的蹂躏下发出一阵阵刺耳的声音。

"什么鬼椅子？！"他咒骂道。

夫妻俩进了厨房，格林克斯太太翻出一片面包和肉片，扔在案板上，"他饿了，"她余怒未消，"那个混蛋饿了，我真想找点儿什么——耗子药，对，就是耗子药。"她死死盯着正在细细切肉的丈夫，"他刚才想打我，你连半点反应也没有。"

"他很不高兴，日子不好过，他欠了钱。"

"那干吗找我的麻烦？ 这不关我的事。 他活该，他自作自受，他只能自己帮自己，我该替他着急吗？ 真是开玩笑！"

她边发牢骚，边拿过面包，然后用刀切开。

"见鬼！"她愤愤地说。 由于用力过猛，刀插到了案板上，刀柄颤动不已。

"你做什么呢？"男人说道。

"这只是案板而已，多希望是他的心脏。"

"希望他死也没什么意义。"他说，"希望也要不了他的命，你这样只是自己不开心，不值得，也不会有作用。"

她眼睛一亮："不，有用。 是遗嘱。 记得么，她曾向我们说过她的遗嘱，说如果找不到或是她唯一的侄子死了时，我们就能继承她的财产。"

"问题是，"男人答道，"他还没死。"

"这很容易，我们可以让他上天堂。"

"太太，"格林克斯沉了脸，"我们是很穷，但我们穷而不贱，更不会像街上的流浪汉一样为了钱杀人，我们不能这样做。"

"高尚的人，"她撇撇嘴，"在你大公无私之前，考虑下明天会饿死的问题。 你知道，你也能做 —— 我们有许多机会摆脱他。"

"听你这样说，好像小菜一碟，"他说，"可那是不允许的。"

"你只会说'不允许'，只会说'不容易'，还会做什么？你一辈子让人指使、让人欺负，这个家里，不管什么事，还不都靠我。"

"她从来不了解事实。"格林克斯想道。 她这人比较冲动，而且爱乱指责人，可是她的气来得也快，去得也快。 她很善良，非常有耐心，有时也很温柔。 他爱她的优点，也得包容她的缺点。 格林克斯想自己的妻子照顾老太太 20 多年，看出她作为女人的细致精心和贤淑敦厚。

"那你怎么做？"他轻声问道，"如何说呢？ 他死后尸体怎么处理？ 像恐怖小说里那样埋在地下室？ 晚上会遇到鬼的。"

"很容易。"她不喜欢丈夫这种玩笑的口气，"我把刀子插在他身上，天黑后拿麻袋把他扔到大街上。 这年头，如果你单独走在大街上被杀不足为奇，尤其像他这样大腹便便、衣着考究的人，别人不会想到是我做的。"

"你考虑得太不周全了。"他摇摇头，"律师们知道他会到我们这里来谈遗嘱的事情。 而他突然被杀了。 他们会怀疑的，更会招来警察的。 他们可不是吃干饭的。 再说，这件事最白痴的人也会怀疑到我们。 这种傻事我们可不要去做。 你都没动脑子好好想过，你如果稍微用点脑子的话，他比我们年轻强壮。 他虽然愚蠢，但难道会坐在那里等你去杀他吗？"

"可是……"她没话说了，却同意了他的说法。

"没有可是。"他手指抚摸着刀把，"我们无能为力，我们任劳任怨二十年，希望最后她能留下点什么给我们，可现在，她指定她的侄子是继承人。 这没什么不正常的，这是她的权利，她没许诺过什么，所以也说不上她背叛了什么，我们只要好好照顾她，直到她去世，这是我们的职责。 我想，好人总会有好报的。"

"那我们会得到什么回报？"她挥挥手，"豪华的轿车、漂亮的别墅，还是无价的珠宝？ 还是我们再无法追回的年轻时光？"

"刻薄的女人，总是喋喋不休。"格林克斯笑着说。

"我是刻薄的女人？那你就是笨蛋。"

他端起盛三明治的盘子："是的，我的确是个笨蛋，我年轻力壮时，可以做许多工作，许多条路可以选择，但我做了这个选择，我不后悔。"

"后悔也没用了，"她望着他走出去的背影，"因为你已经太老了，你改变不了任何事情。"

格林克斯慢慢走回卧室，他听到了一些声音，于是他循着声音来到了它的发源地，是豪沃西在隔壁的餐厅里。

他手中摆弄着一个盒子。看到格林克斯过来问道："这值钱吗？它好像是银的。"

格林克斯将手中的盘子递给豪沃西："还以为我是傻子，没想到你更傻。"

"你说这话是什么意思？"他瞪着格林克斯。

"那盒子顶多值几百美元，根本无法满足你的需求。"

"那不可能的。"豪沃西说，"她不可能没钱？她肯定藏在哪了。"

"退一万步讲，就算老太太有钱，即使她是个百万富翁，她会留给你100万美元的债券，你现在也不会立刻拿到。你得等她撒手人寰，然后再等到遗嘱被确认，然后再等几个月的时间办完手续，然后……"

"不，你还说？"豪沃西吼了起来。

"所以，你很不幸，像我们一样，来错了地方，找了错误的人，所以，你最好到别处去碰碰运气。"

豪沃西不再吃东西，斜睨着格林克斯，恨恨地问道："为什

154

么，你，还有你那讨厌鬼妻子似乎非常愿意让我早点从这出去？有什么目的？"

"这儿没什么东西值钱，而你需要的只是钱，你会伤害你姑妈的。你不爱她，可为什么还要折磨她？你难道要她在弥留之际还不得安宁？而我们，我们只有照顾她的义务，我们什么也不想要。"格林克斯说道。

豪沃西看着格林克斯，一副怀疑的表情，他吞下剩下的三明治，又喝了点剩下的酒，说："她 40 年前有很多钱。40 年后就全没了，她全花了？我不相信。"

"可你也看到了，她家徒四壁，也没钱存银行，她没有必要骗你——她已经决定了你的继承权，还会瞒着你什么吗？你再看看她：手脚不能动，说话都困难。每天维持生命的药费就许多钱。加上她生病时的住院费、护理费、药费都不是从天上掉下来的。"

"可是，如果她继承了家族财产，那只不过是九牛一毛。"豪沃西说道。

"的确。"他解释说，"可是 40 年能发生很多事情，什么股票下跌、公司倒闭、通货膨胀、社会混乱，这些若想保持财富可不容易，你姑妈可不是财政专家，她的助理也不顶用，所以，钱一下子就不够用了，要不，她现在应住在医院里。"

豪沃西沉默不语。

"还有个更重要的问题，"格林克斯接下去，"老太太年轻的时候可算个美人，你却没有问过她为什么一直独身。"

"那是女人的事，不过有时男人也一样，你瞧我，单身很轻松。"

"但你也恋爱过。"

豪沃西脸色阴沉了下去："是的,她是个贱货,她偷了我的东西。"

"你姑妈和你一样。那时她才二十多岁,一个男人说他爱她。于是她就给他钱让他做生意,可那男人骗了他,他用钱养着另外一个女人。他们用你姑妈的钱花天酒地,后来,他觉得你姑妈没有用了,就卷走了些钱,不翼而飞了。"

"她一共给那男人多少钱?"

"大约 25 万左右。"

"愚蠢的女人,可恶的男人。"豪沃西骂道,"她不该沉默,应该去报案。"

"她不会的,她爱那男人。"格林克斯看着他,"所以你不要打她的主意了,你应该到别处想想办法。"

没想到豪沃西依旧坐在椅子上不动;他固执地坐着。"我没地方可去了。我有预感,钱就在这里,对于一个赌徒而言,要相信感觉,你懂吗?"

格林克斯太太走了过来,她看看豪沃西,注意到了银盒子,脸上表现出极度不耐烦的神色,随即动手收拾起来。

"你也许会请你的朋友进来,但我们没有东西。你已吃光喝光了我们的下一顿食物。"她把盒子放回原处,说道。

"朋友?你在哪看到的?"豪沃西猛地站起来,"告诉我!"

"就在外面,我们这通常不会来这样的人,所以是冲着你来的。"

豪沃西冲到窗前,向外看去,路边有辆汽车,有两个戴墨镜的男人靠在车上。 这样的车，这样的人，在这样的地方，总觉得有些别扭。 其中一个身材高大、一身西服的男人不断地向上张望。

"糟了，我完了。"豪沃西惊恐地叫道，"我就知道，我是逃不掉的，没有钱这俩家伙是不会放弃的。"

格林克斯也向下望去。 他看到了那辆车，这种车很容易被人砸坏的，因为这儿的人都开伤痕累累的老爷车。 不过，破坏与否也得看人，那靠在车上的两个人的气势很强，相信没人敢碰它。 "那一定是来讨债的。"格林克斯想道。

他转过身来问豪沃西："他们怎么知道你在这里？ 难不成千里追踪？ 他们也够神通广大的。"

豪沃西颓然地坐在椅子上："不是我说的，我没带行李，只身一人，我不想让人知道我出城。"

"要不，打电话给警察局吧？"格林克斯太太说道。

"没用，他们没有犯法，又没偷又没抢。"他忽然一拍额头，"我想起来了，是那封信，我把它落在我房里了，是我疏忽了。"他叹了口气，转向格林克斯，"我需要钱，不然我会没命的。"

格林克斯看了看自己的妻子，她低着头，不知想什么。 他又看看豪沃西，他已从椅子上站了起来，脸色苍白而绝望，傻傻地朝门口走去，额头上滚下豆大的汗珠。

"你不能和她见面。"格林克斯太太反应过来，拦住了他的去路。

"滚一边去，可恶的女人！"

他甩开她，飞快地奔上楼梯。 格林克斯夫妇赶紧走过去。

豪沃西用力撞开门，径直走到床边，低头看着她，可老太太的眼睛紧闭，呼吸平静，很显然她正沉睡着。

"你别吵醒她。"

"你要再啰唆，我就将你踢出去。"

豪沃西弯下腰使劲摇晃着他姑妈的胳膊。老太太被惊醒了，睁开那双无生气的眼睛看了看，发现了豪沃西，她似乎不大高兴。

豪沃西可管不了那么多："你能听到我说话吗？"看到老太太有反应，他又接下去，"现在，楼下有人要我的命，你明白吗？"

她的眼睛眨了眨，表示明白。

"我需要钱，现在，而不是等你死掉，等你的遗嘱生效，我没时间等了，你明白吗？是马上，要不我就没命了。"

她点点头，慢慢地说："你要多少？"

"不多，2 万。这点儿钱对你来说不算什么。你当初有那么多钱。"

"钱，那么多钱？"老妇人嘴唇哆嗦着，"你们男人想的就是钱？"

格林克斯太太看到豪沃西握紧了拳头，她担心起来。如果他控制不住自己，那她肯定没命了。"听着。"豪沃西挥舞着拳头，"你个老太婆，你如果不给我钱，我会揍扁你，一拳头下去就会揍扁你，我不管你什么遗嘱，什么破房子，还是乱七八糟的东西，我只要 2 万，现在、立刻、马上，听得懂吗？"

豪沃西额头上青筋暴露，眼睛血红，无疑表露出他全身的恐惧。毕竟，如果今天他拿不到钱的话，或许他真的无法再看到明天的太阳。

没有人说话。

随即老妇人长叹了一声。美丽的眼睛注视着天花板，她的声音很微弱，但吐字却很清楚："我不喜欢你，我很失望。你应该吸取你父亲被逐出家门的教训。我以为你会比他强，但我错了。"她顿了顿，"当初我本该伸出援手的，所以这么多年来，我一直很内疚，这也是现在我叫你来的原因。"

"你说得好听，可钱呢？"

"我没钱，我明明白白地告诉你了。"

豪沃西恼怒地想卡住她的脖子："你这个老女人，你少骗我，你有钱却不肯给。"

格林克斯太太一把推开他："出去！不准你再打扰她。"

豪沃西转过身，他怒火冲天，他扬起胳膊，狠狠地扇了她一记耳光："让你还多管闲事！"

老妇人听到了格林克斯太太的惊叫声，她挣扎着坐了起来，震惊地看着他们。

"你干什么？"格林克斯厉声道。

豪沃西转过身，浑身颤抖着，他眼睛中疯狂的神情不禁使格林克斯有点儿害怕。可他立即镇静了下来，走到老妇人面前，扶着她躺下，轻轻地对她说："把珠宝给他。"

豪沃西眼睛一亮，不料格林克斯太太叫道："不，不能给他。"

老妇人显得也有些惊诧。她目不转睛地看着格林克斯，仔细地查看着。终于她渐渐让步了，她几乎是微笑着说："好好，把珠宝给他。我想，它们也没有用处了。"

"可是，你说过，只要你活着，你就不会放弃珠宝的。"格林克斯太太有些质问地说，"别怕，我们可以叫警察，他们会教训他的。"

"格林克斯太太，你去拿给他。"老妇人严厉地命令道。

她只好闭住嘴，慢慢穿过房间，站在梳妆台前面。她打开一个抽屉，从里面拿出一个老式的大大的珠宝盒，然后走了回来，恋恋不舍地放在桌子上。

豪沃西又惊又喜，他小心翼翼地把手放在盒子上，轻轻地摸了摸。接着，他猛地打开了搭扣，随即盒子里放射出璀璨夺目的光芒，闪花了人的眼睛。黑色天鹅绒上摆满了戒指、手镯、项链等首饰，上面点缀着五颜六色的宝石。

豪沃西兴高采烈，"谢天谢地，总算没有白来一趟。"他说道，"我早知道，一定会有什么东西留下，这个，让我猜中了吧，适合再赌一把，今天我运气不错。"说完，他赶紧盖上盒子，瞄了一眼格林克斯夫妇，"听着了吗？她把这些东西给了我，你们休想霸占。"

"你是个无赖，是个小偷。"格林克斯太太叫道，"她也不想，是你强迫她的，你快点还回来。"

"闭住你的臭嘴！"豪沃西又举起拳头，"还想试试拳头的滋味吗，臭女人？"他回头又看看格林克斯，"还有你，老家伙，老实点，免得我不客气，哼！"

格林克斯微微一笑。

豪沃西夹紧珠宝盒，竖起领子，两眼偷瞥了一下床上的老妇人，飞快地跑下楼去。

格林克斯走到窗边，掀开窗帘向外望，他看见豪沃西毕恭毕敬地捧着盒子朝那两人走去。 那两人面无表情，看着他滔滔不绝地说话。 其中的那位高个子男人还接过珠宝盒略微瞅了几眼，接着他们进了汽车，一阵风驰电掣，就没有踪影了。

忽然下起了蒙蒙小雨，把地面冲洗得湿漉漉的、干干净净的，空气也清新了许多，没有人会相信，这样一个适合吟诗的日子里，会发生什么恐怖的事情。

格林克斯长舒一口气，脸上浮现出浅淡的笑容，他回头看看床上的老太太。 她很平静地看着他，嘴角还带着一抹浅浅的微笑，像往常一样，不，比起以往她的脸色要好得多。

他和妻子一起离开了房间。 妻子边走边抱怨：“你真会做事呀，双方都满意。 要不然，我们会没命的，我真为你感到自豪，格林克斯先生？”

“你怎么这样挖苦人？ 不满足他会丧命的。”格林克斯反驳道。

“哈，没准谁会死呢！我也不是好惹的，而你只是个蠢物。他欺侮我，你竟然毫无反应，胆小鬼，懦夫！”

“我是胆小鬼，行了吧？”他觉得疲倦了，觉得和妻子吵架很无聊，“我所做的，你又怎么会明白？”他嘟囔了一句，觉得有点困，想歇一歇，难怪，刚才精神太紧张，一松懈下来就很累。

“你什么意思？ 你做了什么？ 还抢功劳吗？”她不依不饶。

格林克斯只好睁开了眼，他知道妻子的脾气，她想明白的事情，就必须要告诉她，于是他告诉她事情的原委。

去年，老人住进了医院，有一天，格林克斯去银行取一些钱，以备他们下月的生活之用。 可当他走进办公室时，却被告知账户里没有钱了，格林克斯异常愤怒，和他们争论起来。后来，经理出来了，向他解释了原因。原来钱确实花完了，基金也寥寥无几，这就意味着他们没有生活费了。

格林克斯非常沮丧，老太太还卧病在床，家里更是没有钱，是靠老太太的钱来过活的，可现在，有什么办法呢？他咨询了律师，却被律师告诉说不如变卖家产，也许可以得到一部分钱，至少能填饱肚子。

卖房子是行不通的。那房子又破又旧，位置又太偏僻了，值不了几个钱。再说了，没有了房子，他们住哪？老太太一辈子都住在这个房子里，她不会去养老院的。至于家具，那更不用说，她年轻的时候，用了很多钱，花了很多精力，到处搜集，几经辛苦才收集了这些古董，她视这些如她的孩子，她爱它们。她还健康的时候，每天都细细地擦拭它们，直到擦得一尘不染、光亮照人才罢休。患病了之后，她也整天让格林克斯太太帮她来干这些活儿。

"唉，"格林克斯太太叹了一口气，"有一次，有一点没擦干净，她还大发脾气呢。"

"平时，她还是个善良温和的人。"

格林克斯太太抚摸着老太太珍爱的家具，说道："多么美妙的东西，可豪沃西那笨蛋还以为是垃圾，幸亏他不知道这些东西的价值，不然它们也就完了。"格林克斯太太突然转过身看着丈夫，声音都变了，"可是，这也毫无用处，早晚也会被他浪费掉的。等老太太一死，这些家具还是落在他的手上。"

"你总是沉不住气，你忘了，那份遗嘱说如果他死在她之前，我们可以继承她的财产。"

"这可能吗？ 我们没抓住刚才的机会，机不可失，时不再来，你没有第二次机会了。"

"你怎么不问问这一年来我们靠什么生活的？"格林克斯问道。

格林克斯太太不搭理他。

看到妻子不吭声，他叹了口气。

"房子、家具都不能动。 我实在是没有办法。"他看妻子头抬了起来，看着他，"对，珠宝这是唯一的可行办法。 你知道，当时老太太的病很严重，她受不了刺激，况且她又是个骄傲而固执的人，所以我卖掉了珠宝，得到了一笔钱，我把这些钱又存进了银行，并叮嘱银行保守秘密，他们只要每星期都往家里寄一小笔钱，让她以为她银行里还有钱，这样她就可以安心养病了。"

"你，不是在说笑话吧？"格林克斯太太挺直了身子，"可是刚才，我明明看到珠宝还在呀！你，不会是说……"她瞪大了眼睛看着他，"那些珠宝是假的？ 噢，上帝。"

他想，她还算很聪明的。

"在她住院期间，你拿了她的珠宝，而换上了假珠宝。 虽然她下不了床，你知道她有没有察觉？"

"以前，我一直以为她不知道。"格林克斯有些心虚，"可今天，我才发现我真是个自以为是的家伙。 刚才，她听了我的话，一直在看着我，似乎想探询什么，幸好这些年来我们对她尽心照顾，她对我们也信任有加，所以我想她是明白的，但也原谅了我们。 疾病虽然伤害了她的身体，但她依旧清醒，她依然像以前那样精明，那么善解人意。"

"你也骗了那赌徒。"格林克斯太太指的是豪沃西。

"是的。 我想他不会去检验的，他没有时间，也没有心情，或者他压根就没想到珠宝是假的，可是一会儿就要倒霉的，讨债的人可没有这么粗心。 他们如果知道那些珠宝是假的，会以为豪沃西故意愚弄他们。 他们不好惹，他们可不会听豪沃西没用的解释，他们会杀了他。 这样，我们就可以继承老太太的财产了。"

"你从来没有告诉过我。"她有点发怒了。 "你是个伪君子，你在厨房还说，你不会为了钱而杀人，而现在，你还是做了，即使你没有亲自动手。"

"是律师让我保密的，这确实不道德。"他注视着妻子，"至于我在厨房的话，我发誓当时确实出于真心。 可是他居然打你，我下了决心。 后来，老太太也领会了我的意思，她帮了我的忙。她是关键的人物，她发了话，也就判了她侄子死刑。"

"他也是恶有恶报。"格林克斯太太说道。

"是的，亲爱的，一切都结束了。"他握住妻子的手，深情地注视着她，"我们以后的生活会幸福而平静的。"

"好人总会有好报。"她微笑了。

屋里的温暖和室外的蒙蒙细雨相映，温柔的烛光照在整洁的家具上，他们的心里一片温馨，静静地享受着这份安然的幸福。

杀机惊魂

生日杀手

信是用在哪都能买到的普通纸和简洁的字写成的。一张壹角叁分的邮票贴在信封上，是哪里都可以寄的平信。詹姆士的地址和名字在信封上。除了一行字，信纸上什么也没有：

"你会在你的生日——三月十日前死去。"

詹姆士身材高大，膀阔肩圆，一头浓密的红发，还有红色的胡子，看起来像一个北欧的海盗。他独自一人在杰弗逊大厦坐着，正在吃早饭。那封信放在所有信件和当天报纸的最上面，他被五颜六色的画包围着，那些画使他名利双收，有些画已经完成，有些还没有完工。他旁边有一杯已经变冷的咖啡，读信前搁在咖啡杯旁点着的烟斗也已经熄灭了。

他先拆开这封信，因为它没有寄信人的地址，其他信件，他都晓得寄信者是谁，如果在别的时候，他会认为这是一个恶作剧。但是，当他把早报从信箱取出来时，上面的头条新闻让他关注起来：

"生日杀手案，还没有什么进展。"

一年前，城里出现了一位绰号"山姆之子"的凶手，专门将谈情说爱的男女杀害，搞得满城风雨，人心惶惶。现在，这个"生日杀手"又出现了。

起初，生日杀手案的受害人之间似乎有些联系。有一位被害人是女法官，名叫金斯基，然后是一位名叫路易的助理检察官，然后是安格尔，《新闻观察》杂志社跑社会新闻的记者；他们每个人都接到过和詹姆士一样的信件，不过是他们的生日不同罢了。

每封信几乎都会提前三天寄到。 金斯基法官没有理睬那封信，在她漫长的法官生涯中，接到过许多恐吓信，因此没把那封信放在心上。 她生日后几小时，被枪杀在公寓大厦的电梯里。 没有破案线索，目击者也没有。

两个月后，助理检察官路易在生日前两天也接到恐吓信。 内容除了生日不同之外，和金斯基法官接到的完全一样，经专家鉴定，这两封信是同一个人写的。 刑侦处的理查德警官，从这两桩暗杀中看出了一点可能的联系。 有人在报复法官和检察官，报复他们的起诉和判刑。 可是，是报复哪一件案子呢？ 路易检察官在金斯基法官的法庭上，对二十多件案子进行了起诉。

路易助理检察官在刑侦处查出结果前，便决定去国外度假。但是，在飞机起飞前二十分钟，他在肯尼迪机场的洗手间里被枪杀了。 没有线索，没有目击者。

三个月过去了，理查德警官什么都没查出来。 接着，跑社会新闻的记者安格尔，在他生日前三天接到恐吓信。 他立刻把信交给理查德警官看，同样的笔迹，同样的句子，只有生日不同。 这之间有什么联系吗？ 安格尔对路易起诉到金斯基法官那里的十三个案子进行了采访，这已经把案子的数目减少了很多。

警方决定保护安格尔，他同意了——但是，他已经约好了要去采访一位证人，他和理查德警官的手下约好，一个小时以后，到"耶鲁俱乐部"接他。 但他没有等到他们，他被人在停车场的汽车里枪杀了。 没有线索，没有目击者。

理查德警官对和金斯基法官、路易助理检察官和记者安格尔有关的十三个案子进行了全力的追查，什么都没有发现。 接着，又有第四个人遇害，这一下，理查德的整个假设都成问题了。

吴富是唐人街一家餐厅的老板，他在餐厅和停车场之间的空地上被人杀害了，口袋里有一封"生日杀手"的信，理查德无论怎样也无法把这位餐厅老板和另外三个人联系起来。 吴富的亲友确信，金斯基法官、路易助理检察官和安格尔三人中，从来没有到过吴富开的餐厅。 吴富本人也没犯过罪。 他也没有批评过"生日杀手"，也从没向别人提过，凶手寄了恐吓信给他。 吴富刚好在生日那天死了。

理查德是一位很厉害的警官，他获得过法学学位，学问渊博，致力于维护法律和秩序。 他认为应该阻止犯罪，让人民过得安宁平和。 詹姆士呢？ 他是一位艺术家，一生疾恶如仇，反对暴力。他绘画的主题一直是反抗邪恶的暴力。 他对穷人和弱者总是很同情的。 因为他们两人的目的相似，所以理查德和詹姆士成了好朋友，常会在一起聚聚。

詹姆士给理查德警官打电话说："今天早晨我接到了一封信，你也许会感兴趣。"

"你被人威胁了，让你不要买警察球赛的门票？"

"这信跟你的那种信是一样的。"詹姆士说。

"我的什么信？"

"生日杀手。"

沉默了几秒钟后，理查德说："你在开玩笑吧。"

"如果报纸上登的没错的话，这信跟其他人接到的是一样的，"詹姆士说，"当然，你必须亲眼看看，才能确定字迹是否一样。"

理查德的声音变得冷冰冰的，与平常判若两人。"你哪天生日？明天？后天？"

"这一点很有趣，"詹姆士说，"这封信上说：'你活不过三月十日，你的生日。'那是明天，可是我不是三月十日生日的，我的生日是八月十日。离现在还有五个月呢。"

"现在你在什么地方？"

"在我的画室，但我过一会儿就要出去，我的个人画展正在克林画廊举行，如果你接到请帖的话，你就知道了。今天上午十一点正式开幕，我必须早一点儿赶到那里。克林画廊在57街，它的西边是第五大道。"

"我和你到那儿见一面，"理查德说，"把信带来。"他又关心地叮嘱说，"当心点儿，詹姆士，他大概是在名人录上查到你的生日的，你的生日可能被印错了。"

那个三月天非常寒冷。

詹姆士告诉自己，人应该勇敢，但不能鲁莽。有个心理变态的人要杀他，那个心理不正常的人已经下手杀害过四个人，而且一点破绽也没留下。

当他把褐色的西服穿上，准备去主持个人画展的开幕典礼时，在心中把四个谋杀案思考了一遍。凶手总是在近距离下手，而且没有证人：金斯基法官被杀死在电梯里，路易检察官被杀死在机场的洗手间里，安格尔被杀死在停车场的汽车里，吴富在房屋后面的黑暗里。这位凶手在最后一分钟时，是不是面对受害人，让他们知道他们死的原因？

凶手作案的过程中，没有留下从屋顶袭击的迹象，显然空旷的地方是最安全的。这使詹姆士感到，公寓外面的狭窄走廊是最危险的地方，很显然，生日杀手不在人多的地方下手……四个案子中，一个目击证人也没有。 以前那个叫"山姆之子"的凶手，有不少人看见他从现场逃走，还能描述凶手是用什么汽车逃跑的。但是这位"生日杀手"，没有人见过，他选择了很恰当的时机，那个时刻，只有他和被害人在现场。

詹姆士从五斗柜上面的抽屉取出一把手枪，在大衣口袋里放着，这把枪是有执照的。

该出发了。 当他打开公寓门，走到走廊时，他紧张地把手里的枪举起来，随时准备射击。 阳光从走廊的尽头照射进来，白天的这个时间，没有可以隐藏的阴暗地方。

他走到走廊的尽头，右拐有一道直通街面的电梯。 他拐过去，朝四周观察，没有人影。 楼梯角有一个通往地下室的门的狭窄通道。 假如他直接走下楼的话，地下室可能会有人突然出来。他下了一半楼梯，然后转身退着向后走，面朝地下室的入口处。

没有人，没有看到任何东西。

走到街头，就好像从黑暗的地下隧道来到了暖和的阳光下。在大厦门口，进进出出的人们微笑着向他打招呼，他是这一带的名人，大家都认识他。 生日杀手显然不会在这里下手，因为这与他的作案方式不符。

一辆出租车停在大厦门口，但他没有上。 单独和一位司机在汽车里，谁知道那个司机是不是杀手呢？ 他觉得自己有点太神经质了，但是，杀手悄无声息地把四个人杀了，不能对此掉以轻心。最安全的办法还是混到人群中去，詹姆士决定步行去克林画廊。

理查德早已经到了，他身材细长，温文尔雅，一点都不像个警察。 画廊中早已挤满了爱好绘画的人，当高大的红胡子画家走进来时，人群中一阵骚动。 有一百位目击者在这儿。

理查德的表情很严肃，他递给詹姆士一份画廊准备的小册子，里面有画的编号，以及詹姆士的小传。

"他们印错了你的生日。"警官说。

小传上这么写道："詹姆士，生于一九四八年三月十日，康涅狄格州，期景城。"

詹姆士将画廊的老板找来。 "克林，怎么会出这样的错呢？"他问。

克林皱着眉头对那份小册子瞧了瞧，说："詹姆士，这是从你自己写的自传上复印下来的。"

"我当然知道自己是哪天生日的。"

"原稿在我办公室，我这就去取。"克林说，离开他们，向里面的办公室走去。

"你为何来得这么晚，"理查德说，"我正为你担心呢！"

"我步行来的，这样好像安全些。"詹姆士说，把恐吓信从口袋里掏出来，递给理查德。

理查德皱皱眉头说："他妈的，笔迹是一样的！看来真是同一个人。"

克林从办公室回来，拿着一张纸条在手里。 "詹姆士，你就是这么写的。"他说。

詹姆士一看，就知道毛病出在哪儿了。 他是用圆珠笔把这日期匆匆写下的，结果刚下笔时，因为笔尖很干，把8月的"8"写得像是"3"。

"这没什么大问题吧？"克林问。 他是个天性开朗的人，长着满月般的一张脸。 詹姆士的个人画展非常成功。 "画展才进行了半个小时，已经卖掉三幅画了。 有两幅是在华盛顿画的，画的是叫'马沙林'的那几个人，把几位人质押在三栋大楼的事，还有一幅在海滨走钢丝的画。 今天早晨你起床后，你又增加了一万五千五百美元的财产。"

"这小册子是你在今天早晨发的？"理查德问。

"对，我亲手发的，"克林说，"不过，两星期前，已经寄出了好几百份给有潜力的顾客。"

他们漫步在展厅中，来到一幅题为"海滨卖艺者"的画前，画框上贴有"已售出"的红条，突然，詹姆士的手腕被理查德猛地抓住。

"天哪!"理查德惊叫。

"什么事？"詹姆士问。

理查德用另一只手指着画。 画以海滨为背景，有许多彩色的遮阳伞，远处有游泳者在冲浪，日光浴者戴着太阳镜。 前景有两个在做杂技表演的男人。 一个人正在做倒立，双臂张开，站在倒立者两脚上的是第二个人，那人笑得把嘴都咧开了。

"这怎么可能!"理查德说。

"虽然有很大的难度，但他们做到了。"詹姆士说。

"我不是说杂技，"理查德说，"我指的是那个站在上面的人——那个咧嘴笑的——你认识他吗？"

"不认识，那是我第一次见他。"

理查德把詹姆士的手腕放开，脸上的肌肉在痉挛。

"他的名字叫米伦，"警官冷冷地说，"他在时代广场把一个女警察杀害了，后来在狱中悬梁自尽。 你不知道他是谁？"

"不知道。 当时他恰好在海滨上。"

"你画得很逼真。"

"我的眼睛像照相机一样。"詹姆士说。

理查德盯着他的朋友。 "路易检察官起诉了他，指控他犯有一级谋杀罪，陪审团判他有罪，金斯基法官判他终身监禁。 他是个吸毒者，他向一位在时代广场的女士购买毒品，那个女士刚好是便衣警察，他开枪射死了她。 审理那件案子时，警察的办案方法被舆论界大肆批评，安格尔写了一篇为警察辩护的文章。"

"这么说，他们三位都能和这个米伦联系到一起。"詹姆士说。

"而你又画了他，"理查德说，"那个倒立的人是谁？"

詹姆士回忆了一下。 "一张倒立的脸很难让人记住。"

"可是他不会一直倒立着，他站起来时是什么样的呢？"

"我记不起来。"詹姆士皱着眉头说。

理查德找到克林，询问他买这幅画的人是谁。 画廊主人耸耸肩："一位老人，他有点怪，因为他付了现金，并且要立刻带走。我告诉他，画必须留在这儿，等两星期后画展结束才能拿走。 他开始很不高兴，但最后还是妥协了。"

"他留下姓名了吗？"

"没有。 但我把收据开给了他，让他画展结束后，拿着收据来取画。"

"将他的长相描绘一下。"

"年龄很大，身体看上去不是很好，一头厚厚的白发。 不像是拿得出两千五百美元买画的人，不过，他用的是现金。"

理查德转向詹姆士："这个生日案子，终于有了一点眉目。"

"你发现了什么？"

"米伦在监狱里自杀——那天刚好是他生日!"理查德说,"报纸刊登了此事。现在,有某个心理扭曲的复仇者,在别人生日时报复。我们散步去吧。"

半小时后,詹姆士到一个年轻律师斯通的办公室去。在乘出租车去那里的路上,理查德向他解释说,这位斯通曾经为米伦辩护过,虽然最后官司输了,他却出了名。

斯通长得又黑又小,但显得精力充沛,他在椅子里不停地扭动,同时一支接一支地抽烟。

理查德以前和他谈过,因为米伦牵涉到了生日杀手的三个受害人。现在,他把詹姆士刚刚接到的恐吓信交给斯通,还把画廊的小册子也给了他一份,里面有那幅"海滨卖艺者"画的黑白照片。

"将你跟我说过的,再告诉詹姆士一遍。"理查德说。

斯通吐出一口烟,说:"许多人认为,我为米伦辩护很奇怪,其实,是有人付钱聘请我做他的辩护律师。"

"米伦请的?"理查德问,显然,这个答案他是知道的。

"我不晓得给我钱的是谁,"斯通说,"反正在诉讼的那几个月里,我每两个星期送一次账单给米伦。每次送出账单后两天,就会有人把钱寄给我,而且是现金,一千美元,或多一点,每次付的都是全新的钞票。信封什么的都没有。钱是用平信寄来的,比普通信贴的邮票多一点。"

"你还留着那些信吗?"理查德问。

斯通咧嘴一笑:"因为你打电话说要来,所以我留着。"说着,把抽屉打开,然后把一个信封拿出来。理查德把信封和詹姆士收到的信放在一起。

"笔迹是一样的,"詹姆士说,眼睛眯了起来,"生日杀手请

174

律师为米伦辩护？"

"应该是没错。"理查德说。

"大概花费了三万元。"斯通说。

"斯通先生，收到恐吓信你害怕吗？"詹姆士问。

律师耸耸肩："我为什么要怕呢？ 我试图救米伦，他被判刑，该负责的是路易检察官。 詹姆士先生，你怎么将他得罪了？"

"好像是因为我将他的模样画了出来。"詹姆士说。

"我不这样认为，"理查德说，"你也画了另一个——倒立的那个人。"

"但他的脸没有被画出来。"詹姆士说。

"不过你可以凭记忆记起那个人的脸，但愿你能记起来，"理查德说，"越快越好。 他认为明天是你的生日。"

詹姆士本来准备留在画廊，吸引那些来参观的人，但他现在不打算这样做了，而是回到杰弗逊大厦的画室。 那天在海滨，他曾画了好几十张素描，也许这些素描可以使他将当时的一些情景想起来。

理查德坚持要派警察保护他，但詹姆士拒绝了。 他很久以前就认定，一旦面对死亡，他愿意一个人来对付，他并不怕死。 他锁上画室的门，扣上防盗链，将卧室和壁橱检查了一下，没有什么异常的地方。

他在资料柜里找了半天，终于将他在海滨那边用的素描本找到了，那差不多是两年前的事了。 他在画架前的椅子上坐下来，将手枪从口袋里掏出来，放在旁边的桌子上，以备万一。

他没从那些素描中发现什么线索。 那天阳光灿烂，许多人在做日光浴，少女差不多全裸，男人的皮肤晒成古铜色，除此之外，就什么也没有了。

这一天真是够紧张的，詹姆士发现自己筋疲力尽，睡在了摇椅上。

他这一觉肯定睡了很久，因为当他醒来时，房间里漆黑一片，只有街灯照在窗户上。詹姆士看了一眼手表，快半夜十一点了，他睡了将近七个小时。

他的脑海里出现一个古怪的想法。如果明天是他的生日，那么还有一小时灾难就要来临了。

他打开电灯，到屋角的一个柜子前，倒了一杯加冰块的酒。他想把思路整理一下，他觉得自己忽略了一件事，那就是，那个开中国餐馆的吴富仍然与这个谋杀案无关。

突然，他脑海里灵光一闪，看到了海滨上的杂技表演，他看见米伦终于跳下来，落到沙滩上，大笑起来。接着，那个倒立的人翻了个跟斗站了起来，微笑着。那是个东方人！

詹姆士拿起桌上的手枪，放进外套口袋。现在，他是猎人，不是猎物。他走到大厦外面，那里停着一辆出租车。

"去唐人街的'中国宫殿'。"詹姆士吩咐司机。

"那一带现在都没开门。"司机说。

"按我说的去做吧。"

出租车把他带到城中心，在"中国宫殿"外面停下。詹姆士付了车费向门口走去。有些顾客正从店里走出来，詹姆士走到门口，一个年青的中国人把他的路拦住了。

詹姆士觉得心怦怦乱跳。他现在把那张脸记起来了，记得很清楚，那张脸正是倒立者。

"对不起，先生，我们要打烊了。"那个中国人说。

"我来不是为了吃饭，我想和你谈谈。"詹姆士说。

"我们要打烊了，先生。"

"你是谁？"

"我叫吴烈，这个店是我开的。"

"你应该知道我，我叫詹姆士。"

吴烈的头上开始冒汗。

"如果你不介意服务员打扫卫生的话，请进吧。"吴烈说。

店里只有一张桌子有四个客人，他们正打算要结账离开。 吴烈领詹姆士来到角落处的一张桌子。 "对不起，我得派个人站在门边送客。"他走过去，交代了一个服务员一些事，彬彬有礼地向正要离开的客人鞠躬，然后走回詹姆士那边，坐在他的对面："詹姆士先生，有什么事吗？"

"我已经等你等到烦了。"詹姆士说。

"我不知道你想说什么。"

"你很清楚我在想什么。"詹姆士说，"我告诉你，吴先生，在我的外套口袋里有一支手枪，它正对着你的肚子，假如你不配合的话，就叫你肚皮开花。 我收到你的信了，我知道生日杀手就是你。"

吴烈在他薄薄的嘴唇上舔舔了一下："詹姆士先生，看看你的周围，你可以看出，你没有机会从这儿离开了。"

那些中国服务员已经停止清扫工作，将每一个出口都堵住了。

"这么说我们两个人都要死了，"詹姆士平静地说，"我要告诉你一个笑话：今天不是我的生日。"

"无所谓了，"吴烈说，"我等不了了，你在克林画廊开画展，是不是有人告诉你，米伦就是你画里的那个人？"

"我从理查德警官那儿得知的。"

"他很聪明，可惜还不够聪明。"

"是你将那幅画买下了？"

"我派人去买的，我想趁你还没想起来的时候，把它从画廊弄走。"

詹姆士深深地吸了一口气："我想在死前知道原因。为什么要杀那么多人？为什么把你父亲也杀了？吴富是你父亲，对吗？"

吴烈在椅背上斜靠着，两眼看着头上的吊灯。"米伦是我最好的朋友。"他说。

"所以，你将这个丧失理智的报仇计划实施了。你杀害检察官、法官和那位记者的动机我可以理解，可是为什么你把你父亲也杀了？他和这个案子没有关联。"

吴烈开始在椅子上轻轻地摇来摇去。"让我告诉你，"他说，"只说这一次，因为没有人知道详情。"

詹姆士点点头，他把手枪的扳机扣住。一个轻举妄动，吴烈的故事就永远无法讲下去。不过话又说回来，如果他有所举动的话，这个故事他也听不到。那些中国服务员似乎远远地围在桌子周围，不过他们没有掩饰一件事实，即他们两个人落在陷阱中间。

"越南——那场战争既是政治家的，也是当权派的。"吴烈说，"米伦和我在越南认识。你可能会好奇，一位中国人加入美军，去越南干吗？"他苦笑着说，"告诉你，我是美国人，在摩托街这儿出生，在这个城市读书，从哥伦比亚大学机械系毕业。你知道，这是一个只讲机会的国度，一位中国机械师唯一的工作，只能在他父亲的餐厅卖给那些爱吃中国菜的美国人杂碎！但是，军方接纳了我，但他们接纳我不是因为我是机械师，而是我讲的语言，在越南可以用到。"

吴烈的痛苦叙述，让詹姆士开始同情他。 他继续说：

"我和米伦是在西贡遇到的。 那时我们两人都在度假。 当兵的在休假期间，不是酒就是女人。 还有好多大兵吸毒。 米伦很敏感也很热情。 他看见许多老年人、妇女和孩子被疯狂地杀死；他看见被摧毁的农作物和森林；他看见没有军事价值的偏远村庄被夷为平地。 于是用吸毒来把他看到的一切忘却。 他很想戒，但上了瘾，戒不掉。 我试着帮助他。 我憎恨毒品对人类的毒害，尤其是对米伦。 我陪他度过毒瘾发作的痛苦时刻，有时候我以为他把毒品战胜了。"

"大兵们的毒品是从哪儿弄到的？"詹姆士问。

"黑市买卖，这种生意还是肩上有金色杠杠的人经营的。 他们因此发了大财。 世界到处都一样，弱肉强食。 嗯，在一次空袭中，米伦和我把一些高级军官救下了。 我们两人一起受伤，一起就医，然后一起离开军队。

"回到家，我有工作——在这儿卖杂碎。 但他没有工作可做。 他仍然在和毒瘾苦战。 我尽一切努力来帮助他。 一般人认为，一个男人爱另一个男人是邪恶，或者是病态，但是我爱他。我愿意付出一切来解除他毒瘾的痛苦。 我们在空闲时间尽量远离毒品，正如你所看到的，我们到海滨消磨时间。 有一天，我父亲派我到旧金山做生意，我拒绝了，因为我知道米伦的毒瘾会发作。

"可是，我父亲一定要我去，如果我丢了这份工作，就帮不了米伦了，所以我不得不听父亲的话，去了旧金山。 我们约好，每天通一次电话。 但是，第二天，他的电话没人接听，我知道他肯定发生什么事了！"

吴烈一拳砸在桌子上。 "我不得不在旧金山多待了几天。 他的电话一直无人接听。 等我回来时，一切都完了。 他将一个女警察杀害了。"吴烈痛苦地扭动着身体，"詹姆士先生，我们在这个民主自由的国家里就是这么办事的。 警察一发现他们吸毒，就把他们抓入监狱。"

"吴烈，他不仅贩毒，他还把一位女警察杀死了。"詹姆士说。

"他之所以杀她是因为被发现了！我听说有一位叫斯通的律师很有才华，所以鼓励米伦聘请他，斯通律师认为米伦是有救的。"

"你就是给他请律师的人？"

"是的，斯通律师在法庭很有力地辩论。 米伦是个病人，警方利用他的病，驱使他杀人，他从没做过那种事。 斯通律师指出，米伦是个需要救助的人，不是应该惩罚的凶手。 检察官不以为然，法官也判他有罪——而米伦，可怜的米伦，撕床单做成绳子，在他生日的那天自尽了！这些没有理解之心、没有同情心的人杀死了他。"

"所以，你就把他们一个接一个地杀了？"

"没错，一个接一个。"

"那为什么要杀你父亲呢？"

吴烈舔舔嘴唇："他逼迫我到旧金山去，如果他不强迫我去，我可以阻止发生在米伦身上的事，我会陪伴着他，在他毒瘾发作时帮助他渡过难关。"

詹姆士什么也没说。

吴烈冷笑道:"事情就是这样。 詹姆士先生,如果你现在把我杀了,你永远无法活着离开这里;如果我没被杀——你也无法活着离开这里。"

房间静悄悄的,静得詹姆士觉得连厨房水龙头的滴水声都可以听到。 接着是一阵叫声,很多人从一扇门冲进来,冲散了围成一圈的服务员,而且有一声枪响。

詹姆士对面的吴烈突然站起来,像变魔术一样,把一把刀从袖口拿出来。 他向詹姆士扑过去。 画家在闪躲的同时开枪了,他是对着吴烈的膝盖开的,而不是胃部。 吴烈尖叫一声,躺在桌子上。

"你这该死的傻瓜!"理查德说。 他在詹姆士身旁站着,詹姆士躺倒在地板上。 "你为什么不交给我们来办?"

詹姆士想放声大笑,但忍住了,同时站起来,问理查德说:"你为什么会来?"

"我接到 份米伦服役的报告,和他一起授勋的就是吴烈,是这点把事情凑到一块了。 我花了几个小时才使法官签了一份搜查证,警察必须依照法律来办事。 我一直想找到你,找不到,我就明白,你可能记起那个倒立者的面孔,自己去擒贼了。"

詹姆士忍俊不禁。 "怎么会有男人在这个餐厅喝酒?"他问。

敲　诈

在星期二上午约翰很奇怪地收到了第一封信。 因为约翰很少会在星期二收到信。 星期一早上能收到星期五寄出的信，如果信是星期一寄出的，如果不是一早就寄，收到信的时间应该是星期三或星期二下午。 这封信是秘书在星期二上午十点送过来的，信没有被拆开，跟其他信没有什么不同。 约翰都是自己亲自拆信的。

其他的信件，大多是广告，撕开后约翰只会瞅一眼，就撕掉扔进废纸篓。 然而，当他看到这封特别的信时，没有立即这么做。

他对信封仔细检查了一番，地址是他的，邮戳是星期一晚上的。 四毛钱的邮票，信封上没有寄信人的地址。

约翰打开信封，里面没有信，只有一张两人的半裸照片。 其中有一个五十出头的男人，秃顶，窄鼻梁，薄嘴唇。 和这个男人在一起的是个看上去才二十多岁的女人，一头金发，身材纤细，非常迷人。 这个男人就是约翰，女人是露西。

约翰一动不动地盯着手里的照片。 然后，他把照片放到办公桌上，站起身，走到办公室门前，锁上门，再走回办公桌前，坐下，确定一下信封里没有任何除了这张照片以外的东西，然后把照片和信封一起撕成两半，在烟灰缸里烧掉了。

如果他不是这么沉得住气，他可能把照片和信封撕成碎片，撒得满地都是，然后跌坐在办公桌后，担惊受怕。 约翰是个很沉稳的人，这个照片并没让他感到受威胁，这只是一种可能。 他可以等一会。

一位富于幻想的人，可能会把照片当作纪念。 约翰不是那种人，他不留纪念品。

烟灰缸的火有一股臭味。 燃烧停止后，约翰打开空调，很快清除了房间里的臭气。 第二封信是在两天后的星期四上午寄到的。 这完全没有出乎约翰的预料，他既不高兴，也不恼怒。 他在一大堆信件中发现了它。信封和地址跟第一封信上的都一样，是打字机打出来的，邮票也一样，只是有着不同的邮戳。

没有照片在这封信里，却有一张打字的普通信纸。内容如下："把十元或二十元面额的钞票凑齐一千元，放到一个包裹里，把包裹存放到时代广场的存物间，用一个信封装着钥匙，留在假日旅馆的柜台上，留交查理先生。今天就办，不然就让你太太看到照片。别报警，也别请私人侦探，任何蠢事都不要做。"

他完全没必要写最后那三句话。约翰根本不想报警、请侦探，或做任何傻事。

烧毁信和信封后，约翰站到窗前，看着东43街。他想，信比照片更让他心烦，那是威胁。这件事对他的完美生活造成了影响。

在接到敲诈信之前，约翰的生活十分完美。首先，他有着成功的事业，他是一位会计师，自己开业，每年由于帮助一些个人和公司偷税漏税，赚了不少钱。其次，他有很美满的婚姻，太太比他小两岁，家庭生活很愉快，他的事他的太太从来都不会干涉。他开了一个户头，每年让太太支取零用钱两万五千元。

最后，约翰还有一位情妇。当然，这位情妇就是照片上那个叫露西的女人。她向他提供肉体和感情上的满足。她细心又不贪心，他为她租了一套公寓，让她吃喝不愁，而且会给她零用钱。

一个完美的太太，一个完美的情妇。这个叫查理的敲诈者，现在正威胁着约翰的完美生活。如果太太看到这该死的照片，她一定会和他离婚。如果离婚的事宣扬开来，就会影响到他的事业。那么，接着他就会失去露西。

约翰闭起眼睛，用手指敲打着桌面。他不希望自己的事业受到影响，也不想失去太太和情妇。 他对他的事业、太太和情妇都很满意。 可是事业才是他的最爱。

可是，他能怎么做呢？

当然，他只有一件事可做。

他中午出了办公室后，去银行取了十元和二十元面额的一千元钞票，整整齐齐地装在一只雪茄盒里，照信上所说，在时代广场的存物间里存好，把钥匙装进信封，写明"留交查理先生"，再到假日旅馆的柜台存放好。 办完这一切后，他没有吃饭，就直接回到办公室。 那天晚些时候，不知道是气愤还是没吃午饭的缘故，约翰觉得胃痛，他吃了几片药。

第三封信在一个星期后到了。 在以后的四个星期里，每个星期四下午，约翰都会收到同样的信，同样的要求，同样的做法，只有信里指定的旅馆是不同的。

约翰按照信里的指示做了三次：银行、地铁、旅馆。 每一次他都没吃午饭，直接回到办公室。 他每次都会胃痛，每一次他都得吃药。

事情成了例行公事，倒也没什么了。 约翰喜欢有条不紊地做事，他甚至特地为查理先生建立了一个账目，写明每次付款的数目和日期。 他这么做的原因是：第一，约翰的开销从来都是要记在账上的，保持收支平衡是他的一大特点。 第二，在他潜意识里，希望这笔开支至少能减少他的所得税。

除了每星期四的冒险外，约翰还是过着原来的生活。 他照常工作，一星期有两个晚上在露西那里过，其他五个晚上则陪着太太。

他没有向太太提起敲诈一事，也没有向露西提起。 约翰有一个原则是，最好不要跟任何人讨论个人的私事。 他和查理都知道，这已经够了，他不想再让更多的人知道。

当第六封信寄来时，约翰把办公室的门锁上并把信烧毁，坐在办公桌后面沉思。 在一小时里，他没有敲桌面，没有胡涂乱写，只是沉思着。

他意识到，不能让这事继续这样了。 这样下去，他不仅每星期要胃痛一次，而且每星期都要支出这样一笔钱。 对约翰来说，每星期一千元不算是个大数目，但必须停止这种没必要的支出。

了结的方式有两种。 第一种方式，就是让照片寄给约翰太太；第二种方式，就是由他来阻止这种敲诈。 第一种方式会引发不好的后果，第二种方式又似乎不大可能。

当然，他可以附一封信在钞票里，请求敲诈者高抬贵手，但这显然是没有用的。 那么，怎么办呢？ 嗯，可以把他干掉！

这好像是解决问题的唯一方法，唯一的阻止现金流失的方法。 这很难做到，因为他不知道查理是谁。 约翰不可能守候在旅馆里，因为查理认识他，一看到他在那里，就会躲起来。 同样的道理，也不能在地铁的存物间里藏着。

不认识他，也没有见过他，要如何把他干掉呢？ 突然，灵机一动，约翰笑了，一个完美的想法出现在他的脑海。

那天中午，约翰离开办公室。 但他没有去银行，却到许多地方去了：化学药品店、超级市场，还有几家药房。 他很小心，一家只买一样东西，那些东西都是用来做炸药的。

他到一个公共厕所里，利用平常装钱的雪茄盒，做了一枚炸弹。 设计得如此巧妙，炸弹在盒子被掀开后，马上会爆炸。 如果不掀盒盖，光是盒子掉落或碰撞，同样也会爆炸。

炸弹装好后，约翰像往常一样，轻轻把它送到时代广场站的存物间存好，取下钥匙，在信封里装好，把查理的名字写上去，留在布拉克旅馆的柜台上，然后回到办公室。这一次，他晚了二十分钟。

那天下午，他无法工作，他把购买炸弹材料的费用，在付给查理的账上记下。一想到明天早上之前，就能把这一切都结束，他不禁笑起来。他无心做别的事，只是坐在那里，赞叹自己这个巧妙的解决方法。

炸弹是肯定会响的，盒子里的炸弹有很大的威力，查理先生和他周围二十码之内的一切，都会被炸掉，所以，这位敲诈者是在劫难逃了。不过，查理周围的人也可能被伤到。如果他在地铁里把盒子打开，或者失手落到地上，那就会有很多人死亡了。如果他带回家，在他自己屋里或公寓中打开，那么死的人会少很多。

但约翰对于查理会带多少人一起死去毫不关心，这跟他无关。查理一死，约翰就可以好好活了，事情很简单。

下午五点，还没完成所有的工作。约翰站起来，离开办公室，在走廊站了一会儿，想了想，决定不回家。他已经做了一件意义重大的事，已把一个难题解决了，他觉得应该好好庆祝一下。

和露西过一夜是很舒服，但对于惯例，他并不想打破。星期一和星期五晚上他去露西的公寓过夜，其他的夜晚他会回家陪太太。

不过可以因为高兴而破一次例。

他从公共电话亭给他太太打电话。"我还得在城里停留几个小时，"他说，"在这之后，我才会打给你。"

"平时你周四都会回家的。"她说。

"我知道，但今天出了点事。"

太太没有问他有什么事，她很通情达理，她告诉他，她爱他——这可能是真的。 他告诉她，他也爱她——这肯定是假的。

然后他放下电话，到路旁拦出租车。 他让司机把他载到73街，露西的公寓在三楼，月租每个月才120元，这价钱实在便宜，假如租金不便宜，约翰怎么会说是"完美的情妇"？

大楼没有电梯。 约翰爬了两层楼，喘着气到了露西的门口。然后敲敲门，等一会儿，门没有人应，他按了下门铃。

仍旧什么动静也没有。

这种事如果发生在星期一或者星期五的话，约翰会生气。 这种事情在那两天从来没有发生过。 现在，虽然她不在，但是他没有不高兴。 因为他没告诉露西他会来，他不可能期望她时时刻刻都为他等候。

当然，公寓的钥匙他身上也有，一个养情妇的人，身上总会有钥匙。 他用钥匙开了门，随手关上，愉快地走进里面，倒了一杯威士忌给自己，靠在沙发上，慢慢喝着酒，等露西回来。 他一边在心中想象着她回来后的愉快时光，一边还想象查理被炸死时会怎样，心里很是得意。 约翰进门的时候是五点四十，大约六点二十分的时候，他听见楼梯上有轻快的脚步声，然后是钥匙插进锁孔的声音。 他想张口招呼，却突然没这样做，他想什么都不说，给她一个惊喜。

门开了，可爱动人的露西走了进来，她的眼睛闪着愉快的光芒，轻手轻脚地走进来。 她的双臂向前伸着，一个包裹顶在头上，那样子就像一位刚刚学习当模特儿的人一样，头顶着书本在训练走路。

约翰一怔，认出了她头上的盒子，同时，露西也认出了约翰。他们俩的反应都很快。约翰马上明白了是怎么回事。露西做出一个有点儿不自在的妩媚微笑。

约翰突然不知如何是好。他想逃到房子外边去，又想使盒子不动，留在那个美丽但却狡诈的脑袋上。最后，他绝望地冲过去，想在盒子落地前接住它，谁知露西不明白他的用意，本能地向后退，这一退，头顶上的盒子掉下来了！

他冲过去，这个动作很简单：双手伸出去接那个正在坠落的雪茄盒。

一声巨大的声响从盒子里发出来，然后约翰就听不到任何声音了。

雾中陌生人

欧文刚刚在海滨将一个墓穴挖好，一个男人的影子就出现在了白茫茫的雾中。

欧文吓了一跳，不由自主地将手中的铁锹举起，攻向那人。那人从海滨方向走过来，一看见欧文，立刻停下。欧文无法借着油灯的亮光将来人看清。在那人身后，太平洋的海浪均匀地向着海岸冲击着。

欧文问："你是什么人？"

来人在那里站着，盯着欧文脚边的一卷帆布和挖出的墓穴，他将身体侧着，好像准备随时逃走一样。

"我也想问你是谁。"来人很紧张地说。

"我在这儿住。"欧文用铁锹指向左边，透过迷雾，可以看到那边有微弱的灯光，"这里的海滨是私人的。"

"这儿难道也是私人墓地？"

"我家的狗在今晚死了，我不想让它躺在房子附近。"

"看来那条狗不小啊。"

"那狗是很大，"欧文说，用空着的手擦擦脸上的湿气，"你想干什么？"

那人小心地向前走了几步，在暗淡的油灯下，欧文将来人看清了：大高个儿，肩很宽，额头上粘着湿乎乎的头发，穿着一件伐木工人的方格呢夹克，棕色长裤，休闲鞋。

"能不能把你的电话借我用一下？"

"那要看你干吗了。"

"我的汽车抛锚了，"大个子说，"不过，你会怀疑，为何有海岸公路我不走，却走到这儿来。"

"我确实怀疑。"

"我觉得，走到这儿没那么危险。"

"你的意思我不懂。"欧文说。

"你听收音机或者看电视了吗？"

"我很少看。"

"这么说，你不知道有个从疯人院逃出来的疯子？"

欧文觉得很恐怖："不知道。"

"今天傍晚发生的事，"大个子说，"他用一把菜刀将一位医护人员杀死了。他在那里面又将另外三个人杀了。"

欧文沉默着。

大个子说："他们认为他可能向北走，因为他的家在俄勒冈，他可能想回故乡，但他们并不确定。 他可能向南走——T 镇离这儿只有十二里。"

欧文把铁锹把握得更紧了："你还没有说，你为什么来这儿？"

"我和一位女朋友从旧金山市来这儿度周末，"大个子说，"她丈夫本来在外地出差，没想到他提前回家。 他在家里没有找到太太，就估计他妻子是来他们的别墅了，所以他连电话都没打，就直接赶来了。 我们差一点被当场抓住，幸亏她把我及时赶出来了。"

"你就甘心被那女人赶？"

"对，她是个百万富翁的妻子，而且很大方，你明白吗？"

"也许，"欧文说，"那女人是谁？"

"那跟你没关系。"

"那么，我怎么知道你没撒谎呢？"

"我干吗要撒谎呢？"

"你可能有理由撒谎。"

"比如，我就是逃出来的那个疯子？"

"对。"

大个子动了一下："如果我是的话，我会把他的事告诉你吗？"

欧文什么也没说。

"就我所知，"大个子说，"那个疯子可能就是你。 半夜到这里挖坟墓——"

"我告诉过你，我家死了一条狗，再说，一个疯子怎么会为他杀死的人挖坟？ 他是不是也挖了个坟给疯人院那个被杀死的护理人员？”

“好，我们都是正常人，”大个子停顿了一下，双手摸摸外套口袋，“瞧，我在这该死的雾中已经待够了，你到底能不能把电话借给我？”

“你要给谁打电话？”

“旧金山市的一位朋友，那位朋友欠我的情，他会来把我接回去。也就是说，如果你不介意，让我在这儿等到他来。”

欧文考虑了一会儿，做出决定：“好吧，你站到那边去，我料理完尼克的事，我们再上去。”

大个子点点头，站在那儿没有动。欧文蹲下来，小心地把裹在帆布里的尸体推到墓穴里。然后，他站起身，开始往坑里铲沙子。他这么做的时候，一直很注意旁边的大个子。埋好后，他拎起油灯，用铁锹做了个手势，那个人沿着坟墓走来，两个人一起沿着一条小溪向上走，欧文和他保持四五步的距离。大个子一直把手放在离胸口很近的地方，非常紧张，两眼紧盯着欧文，后者也以同样的态度对待他。

“你有名字吗？”欧文问。

“名字是每个人都会有的。”

“我问你叫什么。”

“如果你一定要知道，就告诉你，我叫迈尔斯。”

“没有关系，我只是想知道谁进了我的家门。”

“我也想知道，我在向谁家走去。”迈尔斯说。

欧文告诉他自己的名字。互道名字之后，两人就没有说什么。

走了大约五十码，小溪向右拐，向杂草丛生的灌木林流去。

左边是低低的沙丘，沙丘后面是硬硬的土地，而且陡起来，形成一个绝壁，悬崖上面就是欧文的房子。 欧文领着迈尔斯踏上一条处在两堆沙丘中间的小路。 雾气笼罩在他们四周。 虽然有油灯照明，超过三十码，就什么也看不清了。

他们走到半路时，那栋房子很清楚地呈现在两人面前，那是一栋巨大的用红木和玻璃建造的房子，宽阔的阳台面对大海。 在小路顶头有一个梯形的院子，远处有一道木梯，通过上面房屋的侧面。 他们走到阶梯前，欧文示意迈尔斯先上。 大个子什么都没说，但在阶梯边缘走着，不时回头看欧文，他的双手也不扶栏杆，欧文在后面跟着，保持四个阶梯的距离。

阶梯顶——也就是房屋的正面，有一个停车区和一个小花园，与海岸公路的通道相连，被雾遮得看不清。 门廊上亮着灯，迈尔斯径直过去，欧文熄掉了油灯，在墙边放下灯和铁锹。

欧文正要告诉大个子，他可以从没锁的前门进去，这时，雾中又出现了一个男人。

欧文一眼就看到他，那人就在通往公路的路上站着。 欧文再次感到毛骨悚然。 这新来的男人，和迈尔斯差不多高，身体魁梧，穿着皱皱巴巴的西装，没有打领带。 他一头乱发，显得焦虑不安。 他看到欧文和迈尔斯后，犹豫地走向他们。 这时，迈尔斯也看到他了。 迈尔斯再次侧身站住，盯着他，显得很不安。

第三个人站在门前，看看欧文，再看看迈尔斯，问："这房子的主人是谁？"

"我是，"欧文答道，将自己的名字说出来，"你是谁？"

"汤姆，公路警察。 欧文先生，一整晚你都在这吗？"

"是的。"

"没有什么事发生吗？"

"没事，怎么了？"

"我们在这里寻找一个今天下午逃出 T 镇医院的人，"汤姆说，"也许你已经听说了。"

欧文把头点了一下。

"我不想引起你的紧张，不过，我们已经获得消息，说逃犯可能在这附近。"

欧文在嘴唇上舔了舔，瞟了迈尔斯一眼。

"如果你是公路警察，"迈尔斯对汤姆说，"你的制服呢？"

"我在调查案子，穿着便衣。"

"你为什么步行，而且是一个人？ 警察办事不都是两人一组吗？"

汤姆皱起眉头，瞪大眼睛，盯着迈尔斯。 最后，他开口说："我是单独一人，因为我们必须分散开，地毯式地搜查这一带。我步行，是因为我那辆该死的车在紧要关头抛锚了，我用无线电求援，然后走到这儿来，因为在汽车里呆坐着一点意义也没有。"

欧文想起在海滨时迈尔斯说的话，"我的汽车抛锚了"。 想到这话，他再次擦一擦脸上的湿气。

迈尔斯说："能不能把你的证件给我们看一下？"

汤姆将一只皮夹子从西装里的口袋掏出来，举起来给他们两人看："满意了吗？"

皮夹子的证件证实了汤姆的身份，但是，没有照片在身份证上。 迈尔斯很怀疑，但什么都没说。

欧文问："你有那个疯子的照片吗？"

"照片对我们没什么用处。 他在逃离疯人院之前，把他自己的档案资料都毁掉了，他在那里住了十六年，我们弄到的照片很旧，他外形的变化很大，T 镇的人告诉我们，都不像是同一个人了。"

"可以将他的长相描述一下吗？"

"高大，黑发，长相一般，什么特殊的标记都没有，这样的人到处都是，很难认。"

"这个描述我们三个都符合。"迈尔斯说。

汤姆对他再次打量了一下："不错，可能符合。"

"还有什么情况，"欧文问，"我的意思是，他会在逃出来后假装是正常人吗？"

"医院的人说会。"

"那不是更糟吗？"

"可不是，"汤姆说，搓搓双手，"嘿，我们去里面谈吧，外面好冷。"

欧文犹豫了一下，他怀疑汤姆想进屋可能有什么目的，当他看迈尔斯时，后者似乎也在怀疑。但他又想不出别的办法来拒绝。

他说："请进吧，门没关。"

三个人都没有动，汤姆仍然紧盯着迈尔斯。迈尔斯在他的注视下显得局促不安。最后，由于他最靠近门，于是转过身，把门拉开，像上楼梯一样，靠着旁边走进去。汤姆一动不动，欧文只好跟着迈尔斯走进去。他们俩进去后，汤姆才进去，并随手关上门。

三个人走过短短的走道，进入客厅。汤姆在石砌的壁炉上瞥了一眼，墙上有一些漂亮的名画复制品和现代装饰。他说："布置得很漂亮，欧文先生，你独自一人在这儿住吗？"

"不，还有我的妻子。"

"她现在在哪？"

"她在赌城，赌博是她的最爱，我不喜欢。"

"啊。"

"想喝点什么？"

"谢谢，不用啦，我不在办案时喝酒。"

"我想喝一杯。"迈尔斯说。 他仍然局促不安，因为他还是被汤姆死死盯着。

有一个酒吧在那扇面对大海的窗边，欧文走过去，窗帘是拉开的，外面一团团的灰雾，像骷髅的手指一样，紧贴在玻璃上。 他背对窗户，把一瓶波恩酒从吧台的架子上取下来。

"你叫什么名字。"汤姆对迈尔斯说。

"迈尔斯。 嘿，你老盯着我干吗？"

汤姆不理他的问话："欧文先生是你的朋友吗？"

"不是，"欧文在酒吧那边开口说，"我们几分钟前才认识。他想借我的电话。"

汤姆眼光闪动："是吗？ 迈尔斯先生，你不在这边住？"

"对，我不在这边住。"

"你的汽车也碰巧抛锚了，是吗？"

"大体上是，但不完全对。"

"那么是怎么了？"

"我和一个有夫之妇出来，而她的丈夫却突然来了。"迈尔斯的脸上流汗了。

"那个有夫之妇是什么人？"汤姆问。

"如果你真是公路警察，我可不想让你知道。"

"你这话是什么意思，如果我真是公路警察？ 我已经跟你说过我是公路警察了。 我不是把身份证给你们看过了吗？"

"你带着警徽，但那并不代表什么。"

汤姆的嘴唇抿起来，瞪大了眼睛："你想说什么，先生？ 你有什么想说的，最好爽快地把它说出来。"

"我不想说什么，"迈尔斯说，"我只想说，在雾中有一个疯子在游荡。"

"这么说，你不相信一个执法人员说的话。"

"我只是很小心。"

"很好，"汤姆说，"我也很谨慎。 迈尔斯，你在哪儿住？"

"旧金山。"

"你打算今晚怎么回去？"

"我正准备打电话，让朋友接我回去。"

"其他的女朋友？"

"不是。"

"好，告诉你，我带你去我停车的地方，等修车的来修过车后，我开车送你到 B 镇的警察局，你可以从那里打电话给你的朋友。"

迈尔斯的太阳穴跳动起来，他瞥了一眼汤姆。

"怎么，我的提议你不喜欢？"汤姆说。

"我可以在这打。"

"当然可以，不过，那样太打扰欧文先生了，毕竟他和你不熟。"

"你才是一位陌生人呢，"迈尔斯说，"我才不想和你单独去外面的雾里。"

"我以为你会很乐意。"

"不，你那双眼睛我很不喜欢，还有你盯着我的样子。"

"我对你的举止，你编造的故事，以及你看人的样子都不喜欢，"汤姆说，他的声音很柔和，但有一种冷硬在里边，使站在酒吧那里的欧文觉得毛骨悚然。"迈尔斯，我们这就走，马上走。"

迈尔斯朝他走了一步，汤姆把一支手枪掏了出来，对准迈尔斯的胸口。欧文吓得喘不过气。"去外面，先生。"汤姆说。

迈尔斯顿时脸色苍白，脸上留下了汗水。他摇摇头，汤姆向他逼近，他则步步后退。

"别让他这样！"迈尔斯绝望地对欧文说道，但眼睛却盯着汤姆的手枪，"别让他带走我！"

欧文摊开双手："我帮不了你。"

"很好，欧文先生，"汤姆说，"我来处理这件事，我会把结果通知你的。"

欧文看着迈尔斯被汤姆带走，他听到迈尔斯在大声叫什么，然后前门砰的一声关上了。欧文把一条手帕从口袋里掏出来，擦擦额头，然后倒了杯酒，一饮而尽，又倒了一杯，再次一饮而尽，然后快步向前门走去。

外面，一片寂静，只有远处海浪拍打岸边的声音。迈尔斯和汤姆都已经不见了。欧文将留在屋角的铁锹和油灯捡起，顺着楼梯，来到下面浓雾笼罩的小路。

他边走边想那两个人，迈尔斯和汤姆到底谁是疯子？这无关紧要，现在重要的是，迈尔斯可能会提到坟墓的事，也就是说，欧文必须把死尸挖出来，另找地方埋起来。

只有把这事处理好，他才能放松下来，对未来的生活好好地进行规划。 钱是用来给人花的，尤其是当你有很多钱的时候，更应该花，遗憾的是，经济大权被他的太太掌握了，他无法说服太太用钱，现在，他掌握着所有的钱，他爱怎么花就怎么花。

欧文把油灯放到坟墓旁，开始把他妻子的尸体挖出来。

而此时，第三个陌生人在雾中出现了，他的手里拿着一把长而尖的菜刀，从雾中悄悄地爬出来……

无名火起

"亨利太太，现在让我们详细地了解一下，是一连串多大的事，让这个悲剧发生了。"

"是，法官大人。 我想第一件事是在星期天晚上开始的。 那天我们正举行宴会，你知道，我们把许多新出的、昂贵的唱片买了回来，准备听听音乐，跳跳舞，好好玩一通，可是宴会还没有开始，唱片机就出了毛病，没有好听的摇滚乐放出来，却放出了许多难听的噪音。

"我丈夫立刻打电话找人，请他们尽快来修修，可是对方说要到星期一上午才能过来。 于是宴会的气氛开始低落，我们只准备了音乐来娱乐，没有了音乐，客人纷纷离去。 我丈夫的老板夫妇首先离开，这使我们非常尴尬，因为他们俩是主要客人，而且唱片让我们花费不少。

"然后，星期一上午，烤面包机也出了毛病，我一开始没察觉，一直到嗅到焦味才发现。 该自动跳出的面包没有跳出，虽然焦一点的面包我丈夫更喜欢，但不喜欢焦成那样的。 所以我又试了两次，结果还是没有面包跳出来。 最后我只好算了，因为家里没有面包了。

"我难以想象我丈夫吃不上早餐的情形，所以，我更早地开车把他送去上班，送他到一家离办公室不远的饭店去吃。

"嗯，在我开车回家的途中，才开了一会儿，发动机又坏了，汽车冒烟，扑扑直响，差不多开不动了。 最后，车子被我送进了修理厂，那里的一个修理工掀开车头盖，听听敲敲，最后说，汽车零件没有调和好，什么油箱里的浮漂堵住了，或爆裂了，我还是乘出租车回去比较好，因为要到少则半天、多则两天才能修好。

"然后，回到家，我才发现烤面包机被我忘在汽车里了，也不记得买面包，因此，我去找邻居玛丽——和她一起吃了午饭，同时和她聊聊一连串不如意的事，诸如唱片机出来的噪音，不自动跳出来的面包机，汽车发动机的毛病，那人又说是什么浮漂爆裂或阻塞什么的。 嗯，玛丽说她不知道有什么汽车里的浮漂，她只知道钓鱼的时候有浮漂，也许潜水艇有，可是不知道汽车里的浮漂有什么用，除非是装上它，免得汽车涉水时沉下去等等。 她也不明白，一个爆裂的浮漂为何会使汽车扑扑响，还冒烟。

"她说，汽车修理厂和一般的修理工，总是骗我们女人，说出一些让你听不懂的怪名词，然后狠狠地敲一笔，有时候没有毛病的，他也说有毛病，弄来修，却不修真有毛病的。 有一次，她家冰箱有毛病，来了个修理工，他说是热圈出了问题，她说，她觉得受了侮辱，因为她确信自己并不笨，知道没有热圈在冰箱里，因为冰箱是要保持低温，不是保持高温，不像炉子什么的，而且摸摸弄弄要收她八十八元五角，也许什么都没修。 就像有些医生，把小毛病说成大毛病，来赚病人的钱。 就像有个医生，告诉他叔叔，说他患有严重的胆结石，非开刀不可，但刀一开，取出的是肉眼几乎看不见的石头，收取的费用，可以把比那块石头大六倍的钻石买下来。

"嗯，法官大人，你知道我离开玛丽家时的心情很糟。 回到家，我打开电视机，要看我最喜欢的节目，我要看爱丽丝是不是流产，鲍比是不是发现自己儿子的父亲就是自己的弟弟，小彼得要变女孩或男孩，结果，电视一打开，银幕跳跃——"

"跳跃？"

"是的，法官大人，我们家电视机是常有毛病，但这是第一次猛跳，我坐在那里发呆，越想越生气，因为这一系列的修理，要花很多钱，我会过得很拮据。 正在这时，有人敲门。 原来修唱片机的人来了。

"他一看到猛跳的电视机，就走过去，扭了一下一个小钮。屏幕立刻清楚了。 他告诉我，毛病出在垂直控制上。 玛丽说得没错，修理工就想骗不懂机械的女人，为了多敲点钱。 他就是那样的，而我不让他得逞，因为我懂得垂直是表示上下的，而他并没有做什么上下的事，只将一个小钮扭动了一下。

"然后，他走到唱片机那儿，打开，听听，然后关掉，把工具取出来，把一把榔头递给了我，要我替他拿着，然后他开始像医生在进行大手术一样把唱片机拆开，为了多赚我一点钱。 当他拆完全部东西后，他说这——那。"

"是的，亨利太太，请说下去。 那人怎么说的？"

"你绝对难以相信，法官大人，他说我们家唱片机爆了低音大喇叭，小喇叭的尖声线松了，然后——然后——"

"然后你就——"

"在那时我非常生气，把那把他递给我让我帮他拿的榔头举起来，狠狠地向他的头上砸去。"

行刑人

开车旅行对我来说是常事。 在路上看到一两部撞毁的汽车也很平常。 通常我赶到现场时，那里还是一片凌乱。 但即便看到人家车毁人亡的惨状我也会无动于衷，因此我常自认心肠冷酷。

可是，一天傍晚，在宾夕法尼亚州的公路上，我发现我错误地评判了自己。 那晚缓缓地驶过一辆停着的救护车、两辆公路警察巡逻车旁，有一幕很难令人忘怀的景象在灯光的照射下让我看到了。

她很年轻，顶多十六七岁，不过她再也无法长大了。 她身上穿的是 T 恤衫，牛仔裤，却又穿着高跟鞋，衣着不太相称。 她的头发很直，是金黄色的，嘴唇涂得很红，蓝镜片的太阳镜在一只耳朵上吊着。

不过，她并不是平静地躺在路边，她在十尺的高空歪歪斜斜地悬挂着。 电话线柱从她的背部刺入，将她的胸膛穿透了。 当两位穿白衣的医护人员把她从上面卸下来放到地面上时，警察们的眼睛不是看鞋子，就是看公路上来来往往的汽车——真是惨不忍睹的情景。

如果看到现场，你就会很容易明白是怎么回事，一辆被撞坏的小汽车停在路边，一只轮胎爆了。 一个面色惨白、泪流满面的男孩在前座坐着。 在警方带探照灯来之前，这里一片漆黑，这对年轻男女因为要修理坏的轮胎而在路旁停下了车。 一辆经过此地的汽车撞上那女孩，其力量之猛，把她撞上了半空，没有其他的车在附近，那人闯祸后，逃走了。

现场两百码开外，有几个把车停在路旁的驾车人，弯腰不停地呕吐。 我嘴里也开始出现一股酸味，我放下车窗，清清喉咙，吐出口唾沫，但没有什么帮助。

我一向很谨慎地开车，从不超速，现在由于肇事者逃离现场，我的车速进一步减到每小时十八英里。 警方会全面出动，四处搜索，我不想他们把我拦下来。 我有个秘密，不想和他们纠缠。 我估计如果警方不详查的话，我就能顺利通过。

我向前开了三四十英里路，决定停在一个加油站加点油，吃点东西。 当时是凌晨两点。 我要到费城去，离得还远。 我告诉加油员加满油箱，然后把车停到餐厅旁，下车，仔细地把车门锁上。

我在吧台旁喝着咖啡，考虑到费城的安排，就在那时，我察觉自己被人盯着。 我转过身子，发现身后的卡座里坐着一位衣着考究、两鬓斑白的人。 从他旁边的窗子看过去，可以看到我那辆牌照属于犹他州的车子。

那人似乎对我不感兴趣，他衣着也太好，不会是警察。 单是他的西装、袖扣、手表和钻石，粗略估计一下，价值不会低于五千元。 我的脸整过形，他肯定不认识我。 我不再管他自顾自喝着咖啡。

我起身离开时，发现他跟着我出来了。 我转向右边，他则向左转。 我停下来装作看礼品橱窗，同时我瞄到他红色的昂贵外国跑车停在后面。

上了通向干道的弯道时，他没有跟着我，我对后视镜中的车头灯留心观察，也没有跟踪的车的影子。

我保持四十英里的速度，舒服地开着车，偶尔看看后视镜，心里总觉得餐厅里的那个家伙有问题。

大约开出两三英里路之后，我注意到一个急速向我追来的黑影。那是辆车，时速至少八十英里，但熄着灯。它并不想超车，而是冲向我的车尾灯，两辆车就要撞上的时候，我猛踩油门，身子使劲靠向座椅背，来减少撞击时的震动。

那样可能没什么帮助，不过总得想办法不扭断脖子。我的车失去控制，被撞出了路面，朝附近的排水沟冲了进去，右边轮子泡在沟里，左边轮子则还在路面上。另外那辆车继续跑了两百码，水、油还有引擎碎片都沿路洒下，停住了。

司机跳下车，拿着电筒向我慢慢地走过来，步态活像一个老妇人在清晨散步。可以预料，是餐厅里那个穿得很讲究的人。

我解开安全带，走出被撞坏的车。我的车身后面至少被撞凹了一英尺深，油箱也破了，油料漏进水沟里，有很重的汽油味。

"你没事吧？"他问。

我没理他，我太生气了。我在心里发誓，在我把东西从车里搬出来之前如果汽油燃起来的话，我一定要拿生锈的铁条打死他。

警车到时，我已经从车厢里拿出衣箱、样品箱和布袋子，在样品箱上舒服地坐着，没人怀疑到我在筹划杀人的事。

当警车停下时，那个穿得很讲究的人马上向警察跑去，大叫："警官先生，警官先生，逮捕那个人，他超车，他故意把我的车撞坏了。"

我抬起头，看见他正用一只手指着我，眼神挑衅地看着我，好像在挑逗我来反驳他。

　　"冷静，安伦先生，这事交给我们来处理。"一位警察说。

　　如果我打算争论一番，现在我必须改变策略了，变得识相一点。警察认识他，他是"安伦先生"，他的话当然更可信。

　　"他的话不能信，"安伦先生又说，"他可能喝酒了，他一定是个疯子。"

　　我一动不动地坐在那，直到警察走过来才站起来。我亮出犹他州的驾照，还有汽车登记证，这些证件给他不错的印象。我不知道犹他州的驾照和汽车登记证真正像什么样子，但我相信不会比我的印刷人员的作品更逼真。确实没必要仿造，因为东部的人都少有知道真驾照是怎么样的。

　　驾照上是金色纸，蓝色字，我的拇指指纹和照片在上面。登记证是蓝色的，只是用的是稍微薄一点的纸张，有一串号码在上面，和那部被撞坏的汽车牌照号码相同。那块金属牌必须取下来，只有检查得极仔细，人们才会看出它其实是几年前的另一个牌照，改造过后重新喷漆的。

　　警察看看文件，塞进口袋里："安伦先生的话你听到了，你有什么要说的？"我耸耸肩，摊开手，显得很无助："没什么可说的，警官先生。我想就像安伦先生所说的，我经过的时候，是挡了他一点路。但那不是造成车祸的原因，主要的是，我在没有考虑的情况下猛地刹车，结果让事情变得更糟，事情就是这样。"

　　安伦先生歪着头，一脸的惊愕。在暗淡的车灯下，我看见他将双眼眯了起来。

　　"安伦先生，是这么回事吗？"

"是——是，的确是。"安伦先生吞吞吐吐地说。

我不知道安伦先生想干什么，但我不希望他们回头看汽车滑出公路时留下的车痕。

这时，一辆道路救援车开来了，他们大概是听见警察报告出事地点而赶来的。我让他们拖出还在水沟里的车，但我告诉他们我不想让车被拖走，好让我的保险公司派人来查看。他们用多跑几趟会多收费来吓唬我，但我没有让步。我可不想让汽车在我进不去的停车场停着。安伦却要他们拖走他的车。这样那拖车司机满意了，因为他的拖车一次只能拖一辆车。

跑车被拖走后，我和安伦爬上警车后座。我们要到警局去填车祸报告表。

我向警察要回我的证件以填写那些表格。他立马给了我。他相信我的话，这令我松了口气。

当我们站在一个长台子前填表格时，那位安伦先生不停地瞅我，他不知道我扯谎的原因，他很担心这个谜。我也瞅着他，不过我看的只是他填在表格上的地址。我们没有交谈。回头有的是时间，也会有更好的地点。

手续办完后，我到最近的镇上租下一辆车，回到我的那辆车那儿。

我取下牌照，把乘客座位那扇车门上的一块钢板卸下，从里面的空间里取出一把半自动手枪，一只消音器，一套应急的能证明身份的文件，还有够聘用好律师和将一个坏法官买通的一叠百元大钞。

开出约一里后，我停下车，把牌照埋进土里，也把驾照和汽车登记证的碎片一起埋掉了。在这种电脑时代，没有牌照和文件，你查不到任何东西。

安伦家是我的下一个目的地。

他住的房子并不普通，而是有大片草场的牧场式房舍。 他的牧场大约有三十英亩，周围有不错的风景。 我顺着一条弯弯曲曲的车道开进去，在门前停下，这时天边刚刚泛出一缕阳光。

没等我按门铃，门便被安伦先生打开了。 他说："我一直在等你。"

"当然。"我回答。 这句话令他微笑起来。

一阵停顿后，安伦先生后退几步，说："我们可以去书房谈，我妻子和家人都还没醒。"

一打开书房的门，我就掏出装好消音器的枪对准他。

"你害我赔了不少钱，现在你屋里有多少？ 我不想为钱杀你。"

"你什么都知道，是吗？"

"当然知道。 其实若为了不让人发现，你该选一辆驶向相反方向的车。"

他皱起了眉头："我把这一点给忘了。"

"你应该想到，没有好理由，谁也不会像你一样撞车。 要想出答案来是很快的，你那样做，为的是将先前撞坏的痕迹掩盖掉。你就是那个撞死女孩后逃走的司机。 你可能喝醉了酒，但清醒得很快，然后想到各个出口都在对车辆进行检查，你就决定再撞一次车，来掩盖先前撞坏的痕迹。"

"你何不直接告诉警方？"安伦先生问道。

对他的问题我没有理会，反问他："你要我为钱杀你吗？"

他似乎刚注意到枪："我想你会要钱，所以准备了钱在书房的盒子里。"他指指桌子上的盒子，"如果还不够，我可以再卖一些公债，一两周后就可以给你更多。"

我没看那个盒子，只说了句："那就够了。"然后给了他两枪。

我杀他并不是为了钱，我一直在想那个挂在半空的女孩子。

他应该小心点开车，那样那个女孩就不会死得那样惨了。

最可恶的是，他为了要掩饰罪行就来撞我的车。

生死去留

阳光很灿烂。

路上的行人也显得悠闲自在，不像平日一样来去匆匆，好像在享受这难得的久违了的阳光。

医院的大楼也沐浴在阳光里，静静地矗立着。门口的警卫懒洋洋地望着大街上来来往往的人流。

这时，一位慌慌张张的男人从医院门口走了出来。他身穿一件褐色防寒外套，和今天的天气很不协调。他环顾一下周围，然后急切地走到了停车场，他的手在外套和裤子的口袋里一通乱摸，显然在找车钥匙。终于把一把黄澄澄的钥匙摸了出来。

他强迫自己深呼吸一次，慢慢镇静下来。然后把钥匙向着锁孔插进去，把车门打开，但这个动作还是用了两秒钟。

他忍不住又回头望望，迅速地钻进车里，在车座上坐好，抬抬手腕看了看时间：8 点 35 分。

"一切都很顺利。"他强装平静地自言自语。于是开始找钥匙，找了半天，他才发现，钥匙就在自己左手里呢。他诅咒了一句，插进钥匙，使劲地拧了一下，发动了引擎。

他开着车，微微抖动着双手，就这样离开了停车场。

等到他把这辆卡迪拉克开上了高速公路的快车道，他才发现被汗浸湿的衬衫紧紧地在身上贴着。

他干脆脱下外套，从车窗扔了出去，然后点燃了一支烟。他想烟也许可以让他的大脑安静一会儿，他实在是难以承受了，脑袋就像要崩溃了一样。

"华莱士先生，你想起来了吗？"

他艰难地把眼睛睁开，一片白，这是在医院。他立刻就知道，在高速公路上那"咣"的一声是怎么回事。

"你还认识我吗？我是沃瑟曼医生。"

他点点头。

"没什么事，华莱士先生，你只是撞到了头，休养一阵就好了。"他温和地说。

只听另外一个声音跟沃瑟曼说道："典型的鞭抽式损伤。放在车里的弹性头垫的作用没有发挥出来。假如再没有放置好，没准还会引起更严重的脑震荡。华莱士先生的伤不是很严重，因为弹性头垫他还是放了，只是如果放得再高一点就好了。他个子很高，所以撞击力集中在了后颈部。"

"是的，其实我一直在用这部车。"

这声音是迈拉的！迈拉！

马丁·华莱士目光呆呆地望着天花板，他想动一动，换个姿势，但那是不可能的；他想喊护士小姐，可嘴里又发不出声音。一根管子插在他的喉部，阻碍了他发出任何声音。

但他有着很灵敏的耳朵，他听到了开着的电视机的声音。　他向声音的发源地望去，看到了一台放在墙角高架上的电视机。

这个房间是迈拉的。

接着又陆陆续续地有一些人进来。　华莱士认得他们：他的家庭医生马蒂卡，莫林·赫西护士，最后是私人护士埃伦——迈拉的特护。

沃瑟曼大夫正在小声地和一位好像是他上司的医生说话："基本情况我们已经初步查清楚了，是鞭抽式损伤，他的内颅和基底神经节有肿块。"

"那这么说，他的网状激活系统并没有受到影响啦？"发问的是另外一个医生。

"是的。　他很幸运，所以他现在有意识，有知觉，能感知到我们，但颈部以下会是麻痹的。　目前他不能讲话，不能呼吸，所以我在他的喉部插了输气管，而不是插在气管里。"

"消肿了吗？　他怎么样？"

"我们已用地塞米松替他消肿了，到目前为止肿块儿没有扩大。　如果肿块在几天内消失了，就不会偏瘫，也不会对以后造成影响。"

"好的，再观察几天吧！"那位医生从病房走了出去。

沃瑟曼医生走到他床边："华莱士先生，我说话你能听到吗？"

他眨眨眼睛表示可以。

"那好，您身上的肿块儿在几天内就会消失，那时你就会很健康，到时，我们就可以拿掉呼吸器，你就可以说话了，之后便可以回家了。　你听懂我说的了吗？　是的话再眨眨眼睛，可以吗？"

马丁·华莱士再次使劲儿地眨眨眼睛。他现在唯一能将感情表达出来、对外交流的方式只有这双眼睛了。

马蒂卡医生看到了华莱士眼角流出的泪水，也过来安慰道："要告诉你一个好消息，迈拉恢复了正常呼吸，以后，她再也不用呼吸器，可以安安心心地过正常人的生活了。"

迈拉微弱却清晰的声音也凑了过来："马丁，现在他们让我脱离机器一小会儿，差不多一两个小时吧。我不明白，你怎么就搞成这个样子了，你总是很小心地开车的。以前我让你多把车开一开，你嫌是卡迪拉克，不肯开……"

她只要一说话就没完没了。华莱士痛苦地闭上了眼睛，好在沃瑟曼医生阻止了她继续说下去。

埃伦也俯下身，轻轻地凑到华莱士耳边说道："你知道的，华莱士太太情况也一度很糟糕，可现在，她也能和您说话了。你好好休息，过几天肿块一消失，你们俩一块儿离开这里，回去幸福地过日子。"

华莱士拼命地眨着眼，眼睛里流下大滴大滴的泪水；嘴唇上的肌肉微微地抽搐着；鼻子痉挛地扭曲起来；眉头也皱了起来；还动了动耳朵。

埃伦看着他："不要激动，否则你的情况会恶化。"

华莱士将视线转移到电视屏幕上。他的目光由恐惧到绝望，屏幕上打出了一条字幕：十点新闻。

"把频道转到《女性保健》去。"迈拉说道，"埃伦，把音量开大些，你知道听这些新闻是我最讨厌做的事。"

"行!"埃伦应道。

在她刚走过去，连电视都还没碰到，灯灭了。

“出什么事了？”有人问了一句。

“马上就好。”沃瑟曼大夫语气轻柔地说道，“大家别慌，我们马上会启用备用电力。”

屋里沉默了一阵。

“都这么久了，到底是怎么了？”

“等一会儿，耐心点！”沃瑟曼大夫的声音显得有点不安，“马上就好了。”

马丁·华莱士躺在床上，再次涌出了眼泪。他知道自己顶多有半个小时的生命了。如果上帝仁慈，肯听他忏悔的话，他愿意说出一切。

对沃瑟曼医生说，对埃伦说，对赫西说，也——说给迈拉听。

现在，让时间回溯到两天前，一个微阴的下午。

马丁·华莱士在医院 23 层的窗户旁边站着，向外眺望。越过郊区 23 公里的半展地，他看到了曼哈顿闪闪发亮的摩天大楼。他想，生活应该是那样的。

但只要一会儿了，只要一小会儿他就要朝那个充满诱惑与温暖、魔力与光明的地方去了。

美妙的画面充满了他的大脑，可身后的动静把他从幻想世界拉了回来。

他转过身去不耐烦地瞟了一眼床上的人，她的手在床头柜上磕着，以此来引起他的注意，他已经有十分钟站在那边没动了。

叹口气，他走到病床边。看着迈拉——他的妻子，带着点气恼。迈拉呀迈拉，你总是这样不让人安宁，即使在你服用了过量安定以后也是一样。

他坐了下来，看着她，床沿儿垂着一个绿色的塑料袋，通过一条软管连着她的喉咙，微弱的充气声从袋子里不时地发出来。 迈拉现在几乎离不开呼吸器。

"迈拉，我得走了，我下次要给你带什么？"他微笑着轻声问道。

她皱皱眉头，眼里透出了点不高兴。 这无所谓，华莱士早已习以为常了。 他们共同生活了 20 年，彼此太了解了，一颦一笑，都知道对方在想什么。 他管她现在的表情叫作"不高兴"。 她另外几种面部肌肉变化，华莱士都为它们贴上了不同称谓。

"迈拉，亲爱的，你现在不适宜生气，那样不利于你的康复，你需要休息。"

"唔唔唔。"是迈拉罩着面罩发出的声音。 她想说什么却没人听得懂。

"好吧。"他边说边把呼吸器的导管上的阀门暂时关闭，如此一来她就说得出话了。 可一不小心，他用力太大，拔下了导管。

警报立即响了起来，华莱士立即要插回导管。 这时，一位体态丰满的护士闻声而到。

"华莱士先生，你总听不进别人的话，我跟你说过 100 次了，要先捂住面罩再拔导管，那样就不会弄响警报器。"

"对不起，赫西护士。"

她走过去对呼吸器检查了一番，确定没事后，才扭头又嘱咐华莱士说：

"先生，这次可要记住了，那玩意儿的叫声难听得跟鬼哭一样。"

"是的，很抱歉。"他欠了欠身，表示他是真心道歉的。

赫西护士甩给他一个医护人员通常看外行人的白眼，嘟囔着走到外边去，临出门口时又说道：

"快点离开吧，快过了探视时间了。"

"好的。"他看着护士的背影，除了稍胖一点外，她有着很好的身材，再加上那一头漂亮的褐色披肩长发，很是迷人。

"马丁！"迈拉在叫着。

他回头看看妻子。 她把自己的手放到输气管的阀门开关上，隔着氧气罩，她就可以用很小的声音磕磕巴巴地说话了。

"怎么了？"他问道。

"下次来别忘了我的杂志。"她赶紧吸两口氧气，"还有让他们放一台电视机到这儿来。"再吸两口，"我们交的钱是足够的。再就是今天夜里打电话给我母亲。"这次多说了几个字。 她又试着用鼻子呼吸，"再跟医生谈谈，我的生命还能维持多久，有没有别的药物……"

"马丁！别动我，我还想说……"

发觉马丁·华莱士在移开放在阀门上的手，她吃力地阻止，可也无济于事。 现在不比往常，她只能听任丈夫指挥，如今，他都不听她说的话了。

"说太多话不好，迈拉，休息吧，我都记住了，会立即办好。晚安，迈拉。"

迈拉挥挥手，可丈夫毫不犹豫地走了。

出了特护病房，他直接到了妻子的主治大夫沃瑟曼的办公室。

"很抱歉，沃瑟曼大夫，打扰一下。"

"噢，华莱士先生。"年轻的沃瑟曼大夫个子很高，皮肤白皙，一副金丝框眼镜架在他的鼻子上。 他抬起头，"你刚出你妻子的病房？ 怎么样？ 她情况好些了吗？"

"大夫，我正想问你，她以后的情况会有所好转吗？"

"华莱士先生，我是医生，我有自己的职业道德和做人准则，我们会尽力减少病人的痛苦。"他推推眼镜，"当然，对于您妻子的情况，我只能说，她的情况可能会更糟，也许，她会死的。 你最好还是做好心理准备，而且这么多天，你早已有了准备，不是吗？"

但是，马丁·华莱士并不是这样认为。 不过，他听完医生的话还是表现出很痛苦的样子来。 马丁·华莱士用手轻轻揉揉太阳穴，低声地问："那么，你们是怎么诊断的？ 能告诉我吗？ 天啊！我妻子真可怜。"语气中带有几分伤悲。

"这个嘛，我想现在说是不是太早？"表面上是商量的语气，但其实就是肯定的口吻，大夫接着说，"华莱士先生，你应该明白，假如，这只是假设，假如你一开始服用镇静剂，比如说，安定，经过一段时间，每天服用一点儿，时间久了，原来的剂量对于你来讲就没有效用了，也就是说，抗药性已经产生了。 为了使药有效，就必须加大剂量，起先可能是 5 毫克，然后 10 毫克，再后来 20 毫克，直至安定无法对病症起到任何作用，然后必须再换另一种药。 当然，你妻子也是如此，然后再加上马提尼……"

"是曼哈顿的鸡尾酒。"马丁·华莱士先生接起他没说完的话。

"对，曼哈顿鸡尾酒，而这是导致了缺氧性的心搏停止的直接原因。 也就是我们平常所说的突然停止了呼吸和心跳。"

"需要多久？"

"可能长达两分钟，会让神经受到损伤。 虽然是局部的，但却是不可逆的神经系统的破坏。"

"那又会怎么样？"

"那意味着……"沃瑟曼停顿了一下，"从医学角度来说，说起来有点早。"

"那你个人的观点呢？"

他耸耸肩。

"大夫，我能承受得住。说吧，最糟的结果，让我也准备好。"

"也许，我只能说也许，她以后的生活就跟残疾人没两样。您需要给她准备一台呼吸器。并且如果需要，还得做肾透析、频繁地测试心脏功能，也许一周几次，局部的肌肉还可能会瘫痪。"

"局部的肌肉瘫痪？"华莱士紧张地问。

"也许是整个神经系统。"

"即使这样做了，她还能活下去吗？"

"就算如此，也很难说，得用几周的时间来验证什么有效什么无效，她随时会技术性的死亡。那时，能不能活下来就难说了。这我想你应该理解。"

"是的，沃瑟曼医生。"马丁·华莱士点点头，望着沃瑟曼，有着很复杂的表情，"在没有呼吸器的情况下她能坚持多久？我是说——你应该可以理解的，是吧？我的意思是华莱士太太想要说话时，她必须把呼吸面罩摘下来，如果时间太长的话，我恐怕……"

"没关系。她现在很好，不是吗？再说，如果她难以呼吸，肯定会让你知道，对吧？"

"如果我在当然可以，但她睡觉时呢？要是氧气罩那时滑落了，又有谁知道呢？"

医生笑了一笑："不会的。退一万步说，就算发生了，那也有报警装置呀。"他看着华莱士，好奇他问这么多干吗，超出了一个病人家属所应询问的范围。

接着，沃瑟曼又慈祥地说："而且，我们还有护士，她们时时刻刻地注意着病人的情况，她们有特别护理检查小组。"他又把眼镜推了推，松了一口气，"好啦，华莱士先生，总会有人在屋里，没人时又有警报器，所以，不会有问题的。放心吧，不会出什么事故的。"

马丁·华莱士真是无可奈何。他苦笑了一下。他提问时是一种心思，而医生回答时的心情是完全不一样的。他想知道她确切的死期，而医生则尽力安慰他一切都会好转起来。罢了，罢了，还是别遮遮掩掩了，单刀直入吧！"噢，大夫，是这样的，我想我只是出于一种恐惧的好奇心，真奇怪，我也不清楚为什么自己会这么想。我是想问问，没有呼吸器，我妻子能撑多长时间？"

"差不多半小时吧，但这也得具体情况具体分析，因为每个病人都有着不同的情况。有一个病人的残存力量能使他坚持几个小时，当然，他的求生愿望必须很强烈。可有时，如果那病人处于睡眠或非常虚弱的状态，就难说了。不过，也未尝不能从学术角度来探讨一下，我们现在可以这样说，她的呼吸由呼吸器代替了，是不是？"

"对，对。"他试着装出一个带有歉意的微笑，好让自己看起来对妻子的安全确实很担心，"但是，还有一个问题，我的职业是一名会计师，你知道会计师对事情总是追求准确。所以，这个也是我的特点，嗨，我把工作的作风总是带到家里，为此，华莱士太太没少跟我吵过。"他的身子稍微动了一下，"可能是我多虑了，但不问清楚，我实在放不下心。 你们的报警系统，会不会出问题？ 我是说万一？"

沃瑟曼医生听到他问这个问题，确实有点惊奇，不过他还是在他的肩头轻拍了一下，以一个医生的态度来对病人的家属进行安慰：

"放心吧，华莱士先生，呼吸器的工作原理是这样的。 一旦面罩脱落，呼吸器的气流就会反向冲击气泵，这样，就会自动启动报警装置，护士台的报警装置就会响起来。 不过，现在我倒知道你在为什么而担心了，你是不是担心华莱士太太夜里拿开氧气罩？"

华莱士屏住呼吸等着医生说下去。

"她真会拿开吗？"医生笑了起来，"假如她拿开了的话，那么她必须立刻重新戴上，否则，我说过，警报器会响，而且，特护检查小组的巡查是半小时一次。 另外，你们还有按钟点收费的私人护士，华莱士太太的安全保障是双重的。"

他点点头，失望极了，但他又不能表露在医生面前，只好机械地微笑。 他还提那个私人特护，真是令人生气，那些护士花了他一大笔钱。 本来迈拉完全可以不雇私人护士，但她坚持要请，到死也不放弃她挥霍无度、奢侈浪费的本性。

但希望还是有的，那就是机器本身出毛病。 华莱士还没问，沃瑟曼医生就自己说了。

"至于机器本身，那更不用担心。 它有着非常强大的功能，而且它不止只有一种报警功能。 假如一切正常，至少有三种。"他伸出三个指头，朝华莱士晃晃，"我们医院还有十几台备用的呼吸器，还没有病人死于这方面的原因。 这一点，我还是很放心的。"

"那么……"华莱士摸摸耳朵，"如果停电了呢？"

"什么？"

"停电。我是说停电了会怎样？"

"哈哈哈，"他大笑着说，"华莱士先生，你太会开玩笑了。"随即，医生的脸严肃了起来，"先生，这些字眼在医院里您最好别说。我们有备用发电设备，法律规定了要这样做的。"他已经不耐烦了，这个华莱士先生问的简直太多了。

沃瑟曼医生抬腕看看表，站起身对华莱士说道："对不起，我要去查看病房了。"

沃瑟曼医生起身出去了，剩下两眼直直瞪着前方的马丁·华莱士，在办公桌前站了好一会儿。

他过了一会才朝着电梯门慢慢走去，里面还有几个超时的探视者茫然地望着楼层指示灯，马丁·华莱士停住了。

电梯门开了，他踱进去，看着继续闪烁的电梯指示灯：22—20—19—

花香随着晚风飘来，吹拂在脸上舒服极了，可华莱士却没有这份闲心来观花赏月。他一边走入停车场，脑子里一边回想着沃瑟曼医生刚刚说过的话："残疾……局部肌肉坏死……家庭呼吸器……肾透析……"这些都压得他连气都透不过来。

他以为他很快就能解脱了，他已经受够了 20 年的辱骂、唠叨与没完没了地盘问，而且现在看来他的美梦又要破灭了。迈拉在还没有躺倒的时候他就已经受够了。虽然那时候她也是高血压、失眠，否则她不会吃那么多的安定药。20 年来的折磨没有一天停止过。现在倒好了，残疾，看来他一辈子也摆脱不了迈拉了。

远远地他就看到了自己的车子，不，车子是迈拉的，是那辆黑色的卡迪拉克。他把钥匙找到，钻了进去，然后开始抽烟，烟雾袅袅地升上去。华莱士轻轻地把它吹了开去，他看见正好从车前走过的三个姑娘，她们个个风华正茂、青春靓丽，穿着牛仔裤和葱绿色的紧身衣，带卷儿的披肩长发衬托出她们优美的线条，她们一路都在说笑着，留给了华莱士无穷的遐想。他舔舔嘴唇，把升腾出来的欲望压抑住，迈拉的影子出现在他的脑海里。

迈拉，脚趾染成了红色。迈拉，眼圈画成蓝色的，戴着假睫毛，就是跳进她坚持修建的游泳池时，也是一身的富贵，叮叮当当。

迈拉，最喜欢看通俗小报和娱乐杂志。没有人知道她抽屉里有多少密不示人的图片；没有人知道罗卜特·雷德福爱上了格莱斯公主，只有她知道。

迈拉，像鳄鱼被钉在椅子上一样坐在电视机前瞪着双眼。

迈拉，和一帮狐朋狗友大呼小叫地打牌赌钱，在美容院的干发器下面一坐就是几个小时。

迈拉，一个孩子也不生，而且20年来从不曾有过这个念头，自私自利的人，简直可以和她画等号。迈拉，是鸡零狗碎的人。

迈拉，专业的、疯狂的、大手大脚的，采购起来又是磨磨蹭蹭的。

迈拉，读过的最新的一部小说是《爱情故事》。之前读了一部《娃娃谷》，这么多年她唯一感到兴奋的事就是参加当地妇女解放运动的支部活动。解放？自由？一头懒惰的老母牛要解放什么？又有谁比一头懒惰的老母牛更自由？

迈拉，百无一用的东西。他笑了一声，在方向盘上无力地趴着，泪水顺着他的面颊流了下来。

何不选择离婚呢？ 离婚会让他破财。 她为什么不死呢？ 那样他有 10 万人身保险赔偿金入账。 是的，可是她还没死，还在借着呼吸器维持着她那孱弱的生命。

华莱士看到自己的面孔被照进了后视镜里。 对一个年近 40 的人来说还不算太坏，刚到疗养胜地晒过太阳，健康的黑色皮肤，刚在商场买的衣服，是最新款式的；头发也刚在美容院里做了最新的。 一切都是新的，生活也不该例外，20 年来的、老套的、陈旧的生活方式让它见鬼去吧！他把引擎发动。

他从停车场把车开出去，离开了医院大楼。 不再去想她，不再想她一天花去他的 100 美元。 她就是躺在那里也能榨干他。 她的敢花钱在亲戚朋友中间是很有名的。 就是当病人，她也比一般病人消耗得多，她只是消耗。 她这一辈子从没生产出一件有用的东西，哪怕是一个做妻子的本分——一个孩子。 真不知道她来世上走一遭是为了什么，来折磨别人？

一个小时后他在市中心的加油站停了车。 自己走上了第三大街，那里的莫里亚帝酒吧，是他和生意伙伴相聚的地点。

生意上的三个伙伴在那里唱了一个小时，然后又乘出租车到东区，然后又跑遍全城。 他们边走边唱边喝。 此时，华莱士才算真正地放松了自己。

在一家餐馆吃过晚饭后，朋友们就各自分了手。 马丁·华莱士的眼中出现了那个充满魔力与温暖、光明与诱惑的岛。 他在广场饭店的大门前站着，眺望公园方向，然后用手梳梳头发，将外套上的灰尘弹了弹，把领带扶正，去实现那个盘亘已久的梦想。

大厅里到处是大理石的柱子和厚厚的地毯，华莱士被明亮的灯光照得有些睁不开眼。 一个有魅力的女人正微笑着面对他。

当房间里透进午后的阳光时，他才醒来。 洗了个澡，他拿起电话要了咖啡和面包圈，又要了一杯红酒。

他在沙发上仰靠着，抬头看着色彩斑斓的天花板，感慨着：就靠他的薪水，不算其他额外收入，不考虑迈拉那挥霍无度的花费，他完全负担得起这样的生活。

一所位于城里的漂亮房子；一周几次这样的狂欢享受之夜；时不时地在百老汇看一场演出；在楼下的牡蛎餐馆吃一顿阳光明媚的午餐；也许还能不时地出城去；也许从宾夕法尼亚火车站去汉普顿；或许可以坐火车去看一场西点的足球赛；午后的中央公园；周六的格林威治村。 在这所城市里，生活有无限可能，享受的乐趣也是无限的。

如果他能发一笔——比如说 10 万美元的横财，就可以过更好的生活。 而这只需要一次心跳的时间，怦怦怦，他竟听到了自己的胸腔中的心脏跳动的声音。

"唉，难呀！"他伸个懒腰，清了下喉咙就把电话拿了起来。

"是特别护理组吗？"

"嗯，这里就是。"

"还跳着吗？"

"什么？"

"噢，我是问我亲爱的妻子华莱士太太，她的情况如何？"

"请稍等，我帮你查查。"

马丁·华莱士等得很耐心。

"非常好，您的太太状态很好，现在您的私人护士正在给她洗澡。"

"太棒了，真可恶，谢谢。"他说了一句自相矛盾的话，把话筒狠狠地放下。

他重重地躺到那张大床上，把脸用枕头盖住。

"咚咚咚!"门被敲响了。

"请进。"

侍者送餐来了，一份《纽约时报》放在上面，好像电影中演的一样。

华莱士签了账单，侍者推着车离开了。他在椅子上坐着，看着这些饭店最好的食物，竟有了食欲。刚才还生了满肚子气，现在什么气也没有了。

华莱士尝了一口面包圈，觉得不怎么好吃；他又呷了一小口咖啡，味儿还挺地道的。然后，他把那份《纽约时报》打开，一边喝咖啡一边浏览了起来。吃早饭看报是他多年来的习惯，即便没看进什么，他还是一页页地翻着。

可实际上，他的脑子里装的还是迈拉的事。迈拉真是太可恶了，简直让他茶不思饭不想了。迈拉!嘭，嘭，嘭，这是她跳动的心脏，在以100美元一天的速率跳动，这颗心已经跳动了40年，它还能跳多久？20年？40年？那样，他只能甘心一辈子当一个穷光蛋、窝囊废、出气筒了。

可那又怎么样呢？你怎么能和一个残废离婚呢？即使你愿意分给她一半的财产。那么，一走了之吧，又干净又潇洒，但那样他的损失太大了，会丢掉体面的工作、亲密的朋友，失去多年奋斗积累的人缘、社会关系，但他为什么总是要躲开、吃亏呢？这20年来，他吃的亏，受的气还少吗？她怎么就不用受气呢？——为什么她不能消失呢？她一消失所有的问题就都能解决了。

"死吧！死吧！该死的，去死吧！"他突然不自觉地喊了出来。

他把报纸扔在床上，把咖啡一口气喝完。看看表，刚刚七点多一点儿。他实在无事可做，只好又捡起那张报纸，翻看着上面的大标题。突然他发现有一篇是讲生命维持系统的医学问题。他靠在沙发上，读得聚精会神，原来不止他一个人认为应该让那些该死的人去死。

上面写着，那些脑死亡的病人们，用人为的手段让他们的生命得以维持几个月或几年，也是于事无补。还有的病例与迈拉一样，服药过量，神经系统局部坏死。

作者言辞激烈地指出了不计任何代价让人的生命得以延长，他说病人家属心头的重负，是双重的，既有来自患病的亲人的痛苦，又要支付昂贵的医药费。而到最后，他们能看到的不过是呆呆傻傻的亲人和悄没声息的植物人。

这名作者可真是理解病人家属的感受啊！他想道，但是他更感兴趣的则是那些反对不计任何代价让病人的生命得到延长的机构和个人的名称与姓名。

他又咬了一口面包圈，发觉其实它味道还可以。

马丁·华莱士穿着一件褐色外套，系着所有的扣子。他就以这样一副装束来到了医院，将一个黄色的纸袋拎在手上。他挤进电梯时，还把那纸包高高举起，生怕碰坏了里面的东西。这样有点奇怪的穿着、举止在医院探视人群中，令人侧目。

他在特别护理小组的工作台前停下来，跟赫西小姐聊了一小会儿天。接着，他迈进病房，放下纸袋，点着头朝私人特护打招呼："埃伦，你好吗？"

埃伦抬起头笑着朝他说："我很好，华莱士先生。你怎么样？"她掖掖被角，问道。

"我也很好。华莱士太太的情况看起来不错？"

"是的，她气色好多了。那这样吧，您既然来了，我就先出去。"

迈拉两眼紧紧盯着华莱士好一会儿，然后对着自己的喉咙指了指。

他立即明白她想干吗：她又想说话了。于是他疲惫地点点头，走过去把面罩拿起来。当然这次他可没忘先关掉报警器。赫西护士真是面善心不善，不留一点情面给人。他可不想再出什么意外。

迈拉深深吸一口气，问他：

"你昨晚去哪了？为什么不在家里？"

华莱士的火"蹭"地就冒了出来：现在你卧病在床，还要盘问我，发号施令！可他还得把怒火尽量地压住，把声音弄得平静极了。

"是吗？我怎么不知道？可能是睡得太死了，我太累了。"

"哼！"她冷冷地看着他，挂着第三号表情在脸上：极度的猜疑。"那么，我要我的修指甲用具和指甲油。"

她用着责备的语气，他的胸腔里充满了愤怒的火药味儿。

"这女人太不可思议了！"他心里想道，"几天前还徘徊在上帝的门槛外，今天就想起了她的指甲油。这是怎么了？"他看她皱着眉头，满腔怒气的样子，心里一阵恶心，真想把她的浴后爽身液灌进氧气阀，看着她呛死，把自己这痛苦不堪的感觉结束掉。

"迈拉，很抱歉。"他再次无奈地说道。

"唉!"她叹一口气,望望床头柜上的黄色纸袋,"你总算还不是太蠢。"

他如果再不给她戴上面罩的话,他真会失去控制。

"亲爱的,别说了,吸几口氧气吧。"他一手扶着面罩,另一只手关掉气泵开关。机器立即执行了人的命令。她把手移向面罩,想把它拿开,但华莱士先生没让她得逞。

"不,迈拉,别这样,这是为你好。"

她愤怒地望着他。他的一只手还将她的左手腕扣住。于是她用右手把报警器摁响了,那玩意儿确实响得跟鬼叫一样。

"好了,就到这里吧。"华莱士把手伸向口袋,把两本杂志从里边抽出来,扔到床头柜上。

"你不如看看哪位明星又要结婚了。"

迈拉看看杂志,对依然鼓鼓的纸袋又看了看,狐疑地看着丈夫。

这时,埃伦赶来了。

"怎么,华莱士先生,出什么事了?"

华莱士把纸袋拎起来,看看迈拉,对埃伦说道:"华莱士太太似乎有什么需要。你在这儿好好看着她。她情绪有些不大稳定。"他站起身,"对不起,迈拉,我还有事,我跟朋友还有一些生意上的事要谈。"

他走向门口,临出门时,把头扭过来,看着房中的两人,说了一句:"再见。"

埃伦微笑着道:"再见"。

迈拉则用愤怒的表情来回答。

华莱士进入了走廊,走进电梯,摁下了通往地下室的 B 键。

电梯在大厅停了下来，门开了，走出了几个人，华莱士迅速地摁了"关门"键，电梯就继续往下运行。

指示灯表明，地下室到了。开了门，华莱士双手交叉在自己的胸口，嘴里念叨了一句什么，然后才走出电梯，来到一条空无一人的走廊。虽然很明显那儿没人，但他还是忍不住四下看看。他看向走廊尽头的一端，发现了一只垃圾桶，他脱下外套，塞了进去，然后用那些废弃的旧床单和不用了的脏台布盖住外套。这样，他把一件白大褂穿在外面。

在垃圾桶的这个走廊的尽头，有几扇门，有烹调的气味传来。他想，厨房一定是在这儿，那么，他应该走向走廊的另一端。

他这样想着，把他的纸袋拎上，一扇门一扇门地看过去。果然，在走廊的灯光昏暗的另一个尽头，被他找着了。

下层地下室，控制电力系统的房间。

华莱士面部的肌肉抽搐了一下。他慢慢地推开铁门，一条狭窄的楼梯出现在他面前。他没有犹豫，径直走下去。

楼梯的尽头，有另外一条走廊。他沿着灰色的水泥墙走过去。不远处，灯光突然变亮了。他快步走去想看个究竟。一个大瓦数的灯泡装在天花板上，发出刺目的光亮。

"上帝！谢天谢地!"他渴望已久的红字终于出现在一扇门上："配电室，高压，危险，非专业人员禁止入内。"

他推门进去，轻轻掩上门。

这是间很大的屋子。许多粗电缆在天花板上盘绕来盘绕去，绕得人眼花。各种各样的电闸都装在一一个个匣子里。有两台巨大的内燃电机耸立在不远处的平台上。每个电机上面都有一个排气通风装置。一块三角形的用白字写的警示牌挂在电机左侧：

"注意——电池为酸性。"华莱士笑得很诡异。

现在要解决的问题就是找到这套系统的致命弱点。 即便是最精密完善的系统，也有薄弱的环节，这是自然辩证法。

他再次环顾了这间屋子，然后向后墙走去，大约有 30 个仪表盘排列在靠后墙的地方，每个都挂着写有字的标签。 虽然一个个地看太费时了，可华莱士也不得不这样做了。

幸运的是，当他看到 1／3 处的时候，一个深颜色的板条箱引起了他的注意。 靠门一侧的开关柄的房边有句提示语：电力检测和继电器控制以及"内燃机"。 现在的开关位置是在"自动"一档上。 他把箱门打开，那门发出刺耳的吱呀声。 华莱士有点害怕。 他停了手，等了一会儿，什么动静也没有，才定定神，看了看里面的东西。

仍旧有一块提示牌在里面，写着："电力检测和继电器控制""主接点断开开关""内燃机"。 他应该是要把"主接点断开开关"断开，就是它了。 这个盒子就是整个电力控制系统的薄弱的一环，因为它是给医院供应电力的关键。 如果市电切断后，就开始消耗蓄电池里的电。 一切的一切都在这个盒子里汇总。 端掉这个盒子就端掉了医院的所有电力供应。 华莱士脑门冒出了细密的汗珠。

他自己可没觉察出来。 现在他的精神极度紧张。

他从拎着的纸袋里拿出一个大罐头盒，然后将盒子上的那层铝箔捣掉，把它装进裤兜里。

有从 50 发猎枪子弹里取出的火药在那里面。 如果在平常看来，50 发猎枪子弹里的火药简直没什么大不了的，充其量也就能将一些小动物打死，可华莱士现在打的是局部战争，并不是闹着玩。他目前讲究的是四两拨千斤，用最小的投入获得最大的产出。这就是要将"关键"的作用把握好。

还有一个发条定时钟、一个触闪电池开关和一个雷管在罐头盒里。

雷管是从子弹里取出的硝化甘油做成的，他的那猎枪子弹这次起了很大的作用。

能在这样普通的罐头盒里装什么呢？不过是病人们爱吃的馅饼或点心。即使碰上医院保安检查也不会被怀疑。可又有谁知道，这个罐头盒子里装的东西足以致许多人于死地呢？

他把手伸进罐头盒里，把时钟定在 10 点整，然后，连上线，立刻，在这个墓穴般阴冷恐怖的房子里响起了滴滴答答的声音。

他把这套令人恐惧的装置轻轻地放进盒子里。然后从大褂口袋里掏出一块手绢，用它轻轻地擦干净上面的指纹。关上了箱门，门上的手纹也用手绢擦了擦。这时，他脸上的汗已经流到了脖颈。

总算一切顺利，终于成功了。

他回到门前，把最后一件东西从纸袋里拿出来，一件示威游行用的标志衫。然后把它平铺在门上，接下来，他把自来水笔拿出来，写上了几个歪歪扭扭的大字：

上帝并没有让人类用人工手段来维持已了无生机的肌体。已经活到尽头了就该自然死去。

突然有脚步声从外面传来，华莱士背上的冷汗一下子就冒了出来。是两个男人从走廊里走过，他屏住呼吸，丝毫也不敢动，直到脚步声渐渐消失。

他再次看看自己的杰作：警察有几个月好忙了，让他们去查吧。 即使他们疑心到病人的亲戚朋友，那也与特别护理组没关系。 最起码有 50 个病人是在靠机器或药物来维持生命的。 其中有 30 个靠机器维持。 光是把这些人的亲戚朋友调查一遍就要花很长一段时间，最后，还得"抽查"提问。 问谁呢？ 重点怀疑对象又是谁？ 与这 30 人有关的怕得有好几百。 他们都被问到。 这就够烦死那些没耐心的警察们，再加上他们得调查那些反对生命维持系统的团体和个人，那些人可都是激进分子，不可能配合他们，没准那些人对华莱士的做法还很赞同呢。

可一想到那么多不相干的人也要跟着送命，华莱士感到很不安，可这不关他的事，要怪就让他去怪迈拉吧，他是被迈拉逼的。但是，他又想到：死人越多，怀疑面越大，这也让这件事更好玩了。

当然了，像那些只能在夜里接受手术的病人，他们只是需要在恢复知觉之前，靠那些机器挺过一段时间；也许术后他们会身体健康、精神饱满，还会有美满的家庭和体面的工作。 这多么不幸啊！ 但是，迈拉不死，他——马丁·华莱士就不能活。 没办法，还是让他们到阴间去和迈拉算账吧！

好了。 他将身上的尘土拍掉，慢慢地打开门，探出头去，左右望了一望，然后来到了走廊上。 一路小跑到了楼梯口，他又张望了一下，随即以最快速度上了楼梯。

依然没有人在地下室的走廊里。 他快步走到刚才扔东西的垃圾桶旁，把白大褂脱了下来，从桶里翻出埋在底下的褐色外套，顺手扔了纸袋。

他把白大褂和外套拿上，走到洗衣房时，顺手把白大褂扔到了外面的轮车上，再把外套穿上。 来到了电梯旁，摁了按钮，在那等着。 电梯来了，有几个人在里面，看着电梯指示灯，他紧张得双腿发抖。

感觉过了好久，电梯终于停了下来。

他擦擦脸上的汗，整整弄皱的外套，将面部表情放松一下，走了出去。

大厅外，灿烂的阳光还在。 路上的行人还是那么悠闲，门前的警卫还是懒洋洋的。

他偷偷地对那些警卫瞥了一眼，转过脸去，迈着剧烈发抖的腿冲大门跑去。

他想咽口唾沫，把发干的喉咙润一下，可结果差点儿呛到了；他想擦擦又冒出来的汗，却抬不起手。

他机械地迈着步。 一步，一步，一步。 越来越靠近门了。

他看到了盛开在大厦外的花坛里的许多花。

终于来到了门前：他把其中的一扇推开，过去了；门廊，过去了；又是大玻璃门，推开，直着走，终于走了出去。

终于出来了。 华莱士感到要虚脱了。

于是，他到停车场去了。

于是，他把卡迪拉克开上了高速。

然后，他出车祸了。

然后，他就在这家医院的病房里躺着。

因此，在这里他看见了熟悉的沃瑟曼医生、美丽的赫西护士、私人特护埃伦小姐、还有——他的太太，迈拉。

所以，在看了"十点新闻"时他泪如雨下。

结果，就像他所预料的，停电了。

结果，他身上的呼吸器不再搏动。

也许 20 分钟，也许半个小时，也许几个小时，如果华莱士有强烈的求生意志，或许能活下来，但他坚持不住了。他已经出现了幻觉，接着，一片色彩斑斓，一片白，一片黑。然后没有任何东西了。

他最终还是为自己的所作所为付出了生命的代价，即便他很不甘心。

私人战争

快 50 岁的杰克·兰迪斯在教高一历史课。他在五年前的一次车祸中伤了左腿。本来他以为自己可以复原，然而虽然他的腿有所恢复，但从此以后，他得拄着拐杖走路，他的膝盖因为车祸的后遗症而变得僵硬了。

做一名运动健将曾是他的梦想。但是在 44 岁之前，他没有实现这个愿望的可能了。他的拐杖却成为他课堂的亮点。当他讲到法国剑术时，可以借此比比划划的以勾起大家的兴趣。

现在他已经爬过那令他常感到费力而痛苦的楼梯，走进教室。他放下拐杖，然后在椅子上舒服地躺着，然后重重地出了一口气。待了一会儿，他从桌上学生的答卷中取出一沓，看了起来。但不知怎么了，他的目光落到手腕的表上。唉！才刚三点，还有整整两个小时要待。

正在他感到无聊的时候，响起了敲门声。他抬起头，开心地看到数学系的哈维·卡西迪像个小孩子似的从打开的门缝儿里探着头问他是否有时间。

"我当然有时间，请进来吧，哈维。 我有一点儿关于数学的看法要告诉你。"他用故作神秘的语气说，"数学就像巫术，你念过魔咒可以不将树砍断就知道它的截面积。"

"别开玩笑了。 这也好过你不停地回顾浑身是毛的猿人自相残杀呀！"他的脸色不大好看。 他在一张学生桌上靠着望着杰克。

"杰克，关于你班上那个谋杀犯我想和你谈谈。"

"你没有发烧吧！你什么意思？"杰克吃惊地望着他的朋友。

"我想说的是，你班上的学生阿里克·魏特南。"

"他怎么了？"

"你对他的感觉怎样？"

"他的成绩……"

"别管他的成绩，你告诉我他这个人怎么样。"

"我对他并不了解。"他想起这个孩子通常很安静，不爱动，可是有时又冷不丁地提出古怪的问题想让他出丑，"我觉得这是个让人头疼的孩子，但不怎么坏。"他还记得教自然科学的玛波尔·福斯曾认为那是个很可爱的孩子。

"这孩子出什么事了？"杰克问。

"如果我不告诉你，你绝对想象不到。"他目光尖锐地望着杰克，"他想杀死我，今天早上。"

"杀死你？"杰克愉快地笑了，"你生病了吧，阿里克在他的同学中都算矮小，而你则又高大又强壮。 我无法相信你的话。"

卡西迪做了一个手势止住杰克的话："别急，听我说，你就会明白。 今天我在下课前十分钟就把课讲完了，然后让大家做练习。 我发现屋子里很闷热……"

"可是你说你要给我解释为什么阿里克要杀你。 天气热跟这有什么关系？"

"你慢慢听着，就快知道了。 我把所有的窗户都打开，然后站在教室右边第一扇窗子那儿想透透气。 可是这时有一两个人的脚步声传到了我的耳朵里。"

"孩子们取铅笔和纸的声音？"

"的确，我听到脚步声。 不一会儿，我转过身，就看见一支大木棒，擦着我的耳朵飞出窗户，往下面的人行道上掉去。 那棒子是从阿里克手里挥出来的。"

"哈维，这木棒学生们常用来表演法国剑术，或扮作侠客。"

"废话！你难道不知道窗子和地面之间仅有几英尺，而且我已经半个身子探在窗户外边。 我想如果我不是鬼使神差地回头转身，我可能就头朝下地落到了地上，变成肉饼!"卡西迪怒吼着。

"哈维，不要那么紧张。 阿里克是调皮得太过分了，但他也许是开玩笑的。 他也被这事吓坏了呢!"杰克对卡西迪进行着安慰。

"你不懂。"卡西迪放轻了语气，用古怪的音调说，"他脸上的表情，使我知道他毫不害怕，他看上去对他的失手觉得……"他吐了一口气，"很失望。"

杰克自己也不知该说什么。 已经 3 点 15 分了，他默默地看着表。

"阿里克为什么会那样做，你知道原因吗？"杰克半晌才说。

"他前几天的一次测验没及格。"

"怎么？ 难道一切不及格的学生都会吓到你？"

"阿里克跟别的人不一样。"他想了想才说，"自从他拿到试卷，他就开始恨上我了。"

"你怎么知道他恨上你了，你听他说的吗？"

"他没有。 但是你知道吗，我是从他的眼睛和他向我提问的语调知道的，他的眼睛里有阴沉的怨恨，有阴森森的愤恨在他的声调里。"

"你确定不是你太敏感？"

"杰克！认为阿里克·魏特南阴险可怕的不仅是我一个人。"他加重了语气。 然后他把阿里克的另外一件事告诉了杰克。

高一棒球老师马尼·施尔伯格同阿里克发生了冲突。 由于阿里克成绩差，更由于他经常在训练时捣乱，马尼把他开除了。 这天训练结束的时候，马尼发现他的隐形眼镜掉在地板上了，于是他趴到地上去寻找他的隐形眼镜。 阿里克在这时来到更衣室，让他对那个决定再重新考虑一下。 趴在地上急得满脸通红的马尼听到这话，便对阿里克说了一声："你给我滚蛋吧！"几分钟之后，为了找眼镜，马尼爬到了架着杠铃的架子下，高高的架子上突然滚下来一副杠铃。 要不是他迅速地翻了一个筋斗滚到了一边，那杠铃就砸在了他的背上。 那么重的杠铃从三英尺高的地方直砸在一个人背上伤害会有多大你完全可以想象得到。

卡西迪望着杰克，希望他能同意自己的看法，可是杰克说："那可能是意外。"

"如果没人动它，杠铃不会自己掉下来。"卡西迪告诉他当时马尼根本没听见阿里克离开。 他可能趁马尼没注意，溜到架子的另一边，对那只杠铃动了手脚。

"马尼也有可能在弯腰时不小心碰到了架子。 原因多着呢。这只不过是两桩巧合的意外，别多想了。"杰克竭力想说服卡西迪，"自然科学的教师玛波尔·福斯有好几次都没让他及格。 可是他却没有向她做些什么过分的事，而且他们好得反而让人觉得惊奇。"

卡西迪对他的说法不以为然，他警告杰克说那孩子早晚会杀人的，让杰克小心点。

四天后的第三节课，在兰迪斯的历史课上那件事终于发生了。

兰迪斯发下历史试卷。 阿里克·魏特南发现他的历史成绩被批为不及格。 这是这学期他历史测验第一次不及格。

"兰迪斯先生，我应该得的是 61 分，我的试卷请你再看一下，这里。"阿里克对杰克说。

杰克对他的这种口气感到有点不高兴，他指着试卷对那孩子说："你对美国独立战争的起因只答了一个原因，本来需要答的是三点。 虽然你分析得很好，但那只是针对的一个原因。"

"可是先生，我以为这种深入的探讨你会鼓励。"

"我很遗憾，你想错了。 你没看清问题。"

"我只需要及格就行，加上 4 分就可以了。"

这种命令般的话，杰克觉得是好久以前才会听到的。 他直视阿里克："你可以出去了。"

阿里克做了一个满不在乎的动作，一动不动地站在他面前。

"再有半分钟，就会有学生从那边过来。 如果你不希望被人发现你是被踢出去的，最好马上离开。"杰克尽量放轻语气。

对于卡西迪说过的一切杰克突然就明白了。 他从阿里克的眼睛中发现了一种不属于孩子的深刻怨恨，阿里克写满愤恨的脸疯狂地扭曲着。 这让杰克感到毛骨悚然。 直到看到阿里克二话不说昂首大步朝教室外走去，他发现自己出了一身冷汗。

阿里克的威胁使杰克在此后的时间里头脑混乱甚至战栗着。他感到有什么事就要发生了。

下课了。杰克留在教室用超出寻常的速度飞快地判作业，他不知道判得这么快的原因，反正只有半本，他就要判完了。

这时，有响声突然从寂静的走廊传过来。

随着"吱呀"的响声，一扇门开了。但是没有人出现，不会有人在这个时候出现。门卫已经出去了，打扫卫生的卡尔斯特纳已经将大楼的这半边打扫完了。

"谁？"没人回答。

他拄起拐杖走进楼道，发现男厕所的门开了，没有什么人在旁边。他费力地往厕所挪去，却没发现任何人。他走出来关上门。关门的咝咝声在寂静的楼道中很清晰。

那头的楼梯上又传来小心的、轻轻的脚步声。他朝那脚步声追去，拄着拐杖跳到那里。

他知道学校是不允许学生在放学后留在教学楼内的，这是谁呢？

一声短促、尖锐的口哨从楼下传来，是哪个调皮鬼？杰克愤怒地吼叫："混蛋！我一定要抓住你！"他知道自己追不上那调皮的家伙，但至少可以吓唬他一下，赶走他。

只不过下这24级楼梯可够他难的。他先用右脚小心地支撑住身体，再把受伤的左脚和拐杖移到下面一级台阶，然后握紧扶手放下右脚。已经一级了。两级。三级。

他把身体重量全都移到拐杖上，然而当他迈下第四个台阶，那一向稳的包了橡胶的拐杖顶端猛然一滑，杰克本能地想用脚蹬住台阶，可是台阶太滑了。他重重地摔在台阶上，想伸手抓住台阶，他感到手在台阶上轻快地一滑，就滚下去了。 他本能地伸手护住头。

"骨碌、骨碌、骨碌，嘭"，他滚下楼梯，脑袋撞到了暖气片。

顿时，他仿佛进入了满天繁星的夜空，很长一段时间都晕乎乎的。 他小心地动了动胳膊，将他的右腿和残腿都动了动。 虽然从那么高的地方摔下来，但他感到很幸运。

"我好像应该摔得缺胳膊断腿，甚至把脖子和脊椎都摔断。 可是我只不过摔得头有点儿嗡嗡响，身上有点痛。 嗯，不算太坏，咦？ 这是什么味儿？"他发现从手上传来一股甜香的气味。他把手举到鼻子前，闻了闻那让他感到滑溜溜的东西。 见鬼。

学校厕所里使用的，他一看，发现他的左脚鞋上和拐杖顶端上都有皂液。

他吃力地爬到从上方数第四级台阶，发现有人把皂液慢慢地涂在台阶表面。

有人要害他，他明白了楼道里的声音，开了的门，就是要把他引下楼。

阿里克·魏特南。 这样一个名字在他头脑中闪过。

晚上，他在浴缸里泡着，考虑阿里克的问题。

"嗯，不能告诉别人。 我上星期还嘲笑过哈维·卡西迪。 天知道，他知晓了这件事会怎么笑我。"

"告诉警察。 但是我没有证据来证明。 如果警察知道我所能提供的只是楼梯上的皂液和孩子脸上怨恨的表情，只会嘲笑我。"

他在想了大概半个晚上后，终于做出了决定。

第二天，杰克到了资料室，把阿里克的档案取来翻看，从为数

237

不多的十来页纸上，杰克知道阿里克的母亲在他六岁时就去世了，他和他有钱的父亲住在德比大街。 阿里克在那附近最好的小学和初中上的学。 那是所新建的学校，名叫辛德尔公园学校。

小学六年中，阿里克的成绩基本上中等，基本都会及格，但是从上了初中开始他不及格的分数明显增加。 因为阿迪·特丽喜老师很严格，所以他的英语有三个 F。

考勤表上显示这孩子在初一一年内缺的课比他小学六年中缺的所有课还要多。 而且到初二时他的情况更加糟糕，他成绩更差，也缺了更多的课。

忽然杰克注意到了他初二教师鲍勃·豪森曼的评语。

随着日期的向后推移，阿里克由很安静变得情绪波动极大，有时性情甚至很暴躁。

在第九条，也就是最后一条评语中，杰克注意到有半句话被用线划掉了。 杰克费尽脑筋只能从中认出"今……阿里……想……"断断续续的几个字。

他看了看，明白是："阿里克今天想想……"

他明白这条信息鲍勃不想让任何人看到。 于是放下档案，他溜进一间办公室。 办公室很安静——因为一个人也没有。

他给豪森曼打了个电话。 由于正是上课时间，他被接电话的秘书狠狠训了一顿，但他竭力保证找豪森曼先生有很重要的事。秘书终于非常不情愿地照办了。

"喂！找我聚会吗，杰克？"

"噢，鲍勃。 你知道我正在干一件很重要的事，请你帮助我。 你还记得吗？ 你去年给一个学生——阿里克·魏特南做了一条最后的评语，就是被划掉的那条，我很感兴趣。"

"是的，杰克。 但是我不想让那孩子的家长……"好长一段时间的沉默后，鲍勃说。

"放心，鲍勃。 我不会让任何人知道，如果你告诉我。 我拿我教师的职业道德向你保证。"

"杰克，那孩子的父亲很粗暴。 我想他一定希望他的儿子很优秀。 所以若是阿里克没有及格，他肯定会被他父亲臭揍一顿。因为每次考试成绩不好，他总是歇上一两天，回到学校时总是满身淤伤。 如果你让别人知道了……"

"我不会的，说下去，鲍勃！"

"我不是在开玩笑。 我认为阿里克想杀掉我。 你知道这是真的。"

"我知道。"

"你？"鲍勃愣了一下，接着说，"他的表演天赋极好，他可以模仿任何人。 甚至有一天我发现他把我模仿得惟妙惟肖，我因为他出色的表演而选他做了一次聚会节目的主角。 于是我们就开始准备。"

"只有这些吗？"

"就要到了。"鲍勃把那些事情告诉了杰克，原来演出前三天，阿里克在语法课考试上被发现作弊，鲍勃把他的卷子撕了。这样他第二天没来上课（都是因为他的好爸爸）。 他返校的那天，彩排正在进行。 当然，另一个同学代替他成了主角。 鲍勃走到舞台上，站在两块木板上给演员说戏，他一说完就走向台前，就在那一霎间，那两块木板被撑幕布的一根棍子砸到了。 只听"喀"的一声，两块板都断裂了。 后来他发现拴棍子的绳子被人割断了。 他又听警卫说曾看见阿里克在舞台上方的顶楼里晃。 阿里克否认了这一切，而他也不能对他做什么。 鲍勃不想为此引起法律纠纷，所以把评语中的这一句话划了。

杰克知道了这一切差不多都晕了。 但经过分析，他还是有了结论：当遇到挫折的时候，阿里克就有杀人的欲望。 鲍勃·豪森曼、马尼·施尔伯特、哈维·卡西迪，以及他自己都能证明。

但是玛波尔·福斯，初一时的萨迪·特丽斯嘉，并没有发现他的不正常。 而且初二所有的老师都是女的，可是她们一点异常都没有察觉到。

对于女性，这孩子从没想过要伤害他们，即使他们同男人一样给予了他失败、挫折和家庭中的灾难（指被父亲毒打），可是一旦男人伤害了他，他就会用最有效果的方式进行疯狂的反击。

杰克直说可怕。

谋杀。

阿里克也许是把所有的男人都联系到了他粗暴的父亲。 而女人呢，是他根本就不把女性放在眼里，还是母亲的早逝使他在怜爱母亲的同时对女性产生了怜爱？

"这孩子制造了一系列可怕的事情对伤害他的男老师进行报复，而且是采用谋杀方式，可见他有多么的恨他们。 他显然在暗中进行一场私人战争，而且进行得如此巧妙。 我们这些被算计的人，只能忍受他的报复，却对他无可奈何。"杰克在头脑中飞快地分析着。

大约在晚上七点，杰克故意等到阿里克已经放学回家之后才打电话给阿里克的父亲——魏特南先生。

"如果是阿里克接的电话，我立刻就挂断再重打。"杰克心里已经决定好了。

"山姆·魏特南。 您是谁？"

直到低沉浑厚的男音从话筒里传来，杰克松了一口气，他说出了自己的名字，然后又把发生的一切事实都说给魏特南先生听。那一桩桩可怕的事件，以及大家共同的怀疑和判断——只是除了受害者的名字以外的那一切。 他告诉魏特南说他认为阿里克有问题，却不晓得要怎么办。

他不知道对方——那个粗暴的父亲会如何反应他的指控。 魏特南会不会狂吼起来，并且威胁他呢？

可是令杰克惊奇的是那个男人对他说，希望他找个时间去他家一趟，以便两个人研究一下办法，因为他也注意到了儿子的反常。

听到这一切后，杰克不知是什么感受，他呆呆地站了一会儿，说："就今晚吧？"

"好吧！就今晚，阿里克出去看电影了。 一个小时后见，你觉得如何？"

"好的。"

在德比大街上，杰克站在一幢极富有黄金时期建筑特色的宅子前，他停了一下，挂着拐杖艰难地上了台阶，他按响了门铃，很快门边的一盏小信号灯闪了一下。

"兰迪斯先生是吗？"是魏特南那低沉的声音。

"是的。"

"请进吧，我已经等了很久。 我在起居室右边的书房里。"

杰克推开门后发现了一个巨大的起居室。 屋里没有很明亮的灯光，但是仍然可以看清带有日式风格的装饰品：带有格子的壁纸上画着竹子、矮矮的桌子、墙上挂着一把武士刀。 这时，他发现一束强烈的灯光从隔壁屋里透出来。

杰克走到这束灯光的发源处——魏特南先生的书房，停在了门口。

他仿佛看见的是一个内战专家的房间。一种战争时期的气息充满了整个屋子。一个人坐在南部联邦旗帜下面，杰克肯定他就是山姆·魏特南。在这样暖和的天气里他竟然穿着一件鲜艳的羊毛长袍子。他双臂伸在桌子上令人觉得咄咄逼人。

杰克扫了他一眼，拄着拐杖走了进去，他咳了一下，抬起头看了一眼魏特南，准备将自己的想法跟他说一下。

可是他突然就呆住了，他发现魏特南那饱经风霜、仿佛雕刻出来的脸上那双眼睛空洞无物。一张蜘蛛网把他的嘴角的刚毅线条同桌角连了起来。

他转动目光发现那男人的衣服上、头上、手上都布满了薄薄的一层灰，而且桌上的茶杯里落了很多白灰。

杰克的喉咙里"嗬嗬"作响。他呆呆地盯着眼前的人，甚至没有察觉到他手中的拐杖往地上滑落下去。

阿里克的私人战争里已经合情合理地，也是成功地有了第一个受害人的出现。

杰克耳边又响起了那低沉的声音："欢迎，兰迪斯先生。"杰克一度以为那是魏特南先生的声音。

可是现在他想起来了。那孩子很有模仿天赋。

杰克·兰迪斯已经完全没信心了。他知道阿里克·魏特南就会有第二个受害者了，他站在那儿什么都说不出来。

然后传来了拔出武士刀的声音。

出人意料

借刀杀人

驱车行驶遇到路卡时，已是深夜。夜晚的暴雨似乎没有一丝要停的架势，透过卡车车灯那明晃晃的光线来看，雨帘就如同一张玻璃纸般闪着微光。

警察把路卡设在离转弯处大约五十码的地方，因此在远处你别指望能看见，除非绕过这个转弯后才能看见它。就在我们面前，两辆警车成 V 形朝北停着，二十码外还有另外两辆，成 V 形朝南停着。四辆警车车灯全亮着，在潮湿、黑暗的夜空下，车灯的光线相互交叉，看起来就跟探照灯一样。在四辆警车中央，两个硕大无比的木制临时路障稳稳放着，上面的红灯忽明忽灭。

我轻轻地踩了下刹车，卡车的速度开始减缓，座位上的那个孩子立马探身过来，恶狠狠地用猎刀顶住我的肋骨，低语道："听着！要是你乱说一句话，我立马把你给宰了！他们会抓住我，但我会先捅死你！"

我扭头回望了他一下，借着路卡那幽幽的暗光，我看到一张苍白的脸，腮帮和下巴上胡子拉碴的，有三四天没刮了。事实上，他并非一个孩子，只是给人印象如此。他身材高大、瘦削，一绺黑发垂在前额，上身穿着一件皮夹克，下面则是一条粗布斜纹裤子，上面还满是泥巴，脚下蹬着一双高筒靴，看上去好像从货车上跳下来的。

就在离这时一刻钟以前，在距 BC 镇四英里的地方，他劫持了我。 暴雨已经三天没停，路面非常糟糕，有将近三百码的路段积水达二三英尺深，我必须把车速降低，缓缓通过。 就在这时，卡车乘客座位那边的门猛地被拉开，这个孩子跳了上来，一把猎刀握在右手中，对我警告说不许喊叫，并让我继续开车。

我别无选择，只能继续用每小时四十公里的速度缓缓穿越那段积水区，心里暗想，这孩子为什么要劫持我和卡车呢？ 他犯了什么罪？ 他来自哪里？ 他的眼神很诡异，我可不想把他惹急了被猎刀捅死。

现在，我在距离警察十码处停下卡车，右边有一小片空地，以便我能在检查完后倒车。 但是，现在那里正站着一个身披黑色雨衣的警察，双手插在雨衣里，我猜他手里正端着枪，不禁紧张得有点喘不上来气。

一辆警车的前门开了，两位披着一模一样的雨衣的警察下了车，走向我的卡车。 一个走到车灯光线之外，隐没在夜色中观察着我们的一举一动；而圆脸的那个则径直走到我的车窗前，手里还抓着一个小手电筒。

我摇下车窗玻璃，他打开手电往车厢里照，刺眼的光线照得我眼睛眯了起来，装出一副不明情况的样子。

"警官，出什么事了？"我的声音显得有点别扭。

"你们准备往哪里去？"对方严肃地问道。

"桑诺。"我答道。

"这么晚了，去那儿做什么？"

"我去接我太太，她坐半夜的火车过来，丈母娘上星期病了，她去照顾她妈妈去了。"

他微微点了点头："你的名字？"

"麦克。"

"驾驶执照带了吗？"

"当然带了。"我说。 我掏出屁股口袋里的皮夹打开来，高举着给他看。 他用手电照了一下，点点头，接着又用手电照了照那个孩子，那孩子紧张地抿着嘴，把刀藏在右腿和车门之间视线的盲点处。

警察又问："他是谁？"

"我侄子杰里。"我赶紧应声。

"他也在格兰吉路住吗？"

"我们一起住。"

"BC 镇郊区的格兰吉，是吗？"

"没错。"

"今晚你们行驶过程中，有没有碰到什么人？"

"你是指？"

"有没有看到什么人在附近独自游荡或是要搭便车的？"

我倒抽一口冷气，"没有。"我对他说。 此刻，有个想法在我的脑子里渐渐萌生，但一想到它，我就浑身冒汗。 即便如此，我还是准备试试，那孩子手中的刀不断在我眼前浮现。

本来我的左手在我肚子上放着，现在，我开始悄悄地缓缓地移向车门，每次一寸。 我竭力装得平静如常，问："警官，怎么开始设置路卡了？ 发生什么事了？"

"大约三小时前，有人在 BC 镇抢劫，"警察回答说，"一个来自芝加哥的钻石推销员被抢劫了，抢走了价值两万元以上、未切割的钻石。 那个劫匪肯定对推销员的行程一清二楚，或者可能从芝加哥起就开始跟踪着。"

"警察知道那个劫匪是谁了吗？"

"还不清楚，"警察说，"只确定是一个男人，独行，开着一辆偷来的车，那车停在推销员住的旅馆后面，他拿着一根灌了铅的棍子把推销员打昏，谁知没彻底干掉对方，推销员醒来以后，立马狂喊救命，叫声把旅馆的经理和几位旅客给引了过来，歹徒从后门逃走了，长相没人记得，连推销员自己都没看清。"

现在，我的小指已经碰上门把手了，我得保持警察一直不停地讲话。"嗯，要是那歹徒开的是偷来的汽车，为何你们还要拦我们这种普通车呢？"

"他再没开那辆车，"警察说，"他逃离旅馆二十分钟后，我们在一片树丛里发现了被他遗弃的汽车，那里没有房屋，空无一物，因此我们断定他起码得徒步走一会儿。但他也可能再偷一辆车，或者以搭车为名再次劫车。"

"天哪！"我轻轻地呼了一口气，但是我能清晰地感觉到自己的肌肉变得紧张僵硬，我整个左手都在那个门把上搭着，手指死死地扣紧了它。如今只需向下一按即可，但是，我不知道那孩子的刀有多快。我发现，在我和警察谈话的过程中，他始终在紧紧盯着我，目光没移过一寸。

"叔叔，我们该走了，"那孩子突然开口道，用一种无比紧张和不安的语气，"我的意思是，如果警察先生允许我们离开，我们得去接婶婶——"

他的话没能讲完，因为他说话时，目光要从我身上移开落到警察身上，看看警察对他说话的反应，而我等的就是这个时机。我按下门把，拼尽全力冲下去。门猛地向外打开，把警察撞倒在雨地上。我左肩着地，顺势在地上打了几个滚，紧接着开始大喊：

"就是他！你们找的人就是他！就是他拿刀上了我的车！就是他！"

我从路面上滚了开来，又翻滚过路基，方才停下，回过头朝我的那辆卡车望去。那小孩正走出车门，手里握着猎刀，那个圆脸警察侧身躺在路上，一手伸进雨衣准备拿枪出来，同时另一只手亮起手电筒。然后，又有两个手电筒亮了起来，警车的门也被猛然打开，暴雨中一群人开始疯狂地又叫又跑。

那孩子终于跳了出来，站在卡车旁边，目光凶狠地环顾四周，手里的猎刀疯狂挥舞着。圆脸警察开了两枪，其他不知道哪个人又补了一枪，那孩子倒下，不再动弹。

我深吸一口气，慢慢直起身，那孩子身边围了一群警察，都在低头看着他，我也走上前，站到那个圆脸警察身旁，声音抖索地对他说："本来我在几里外的积水区正低速驾驶，他突然冲了上来，拿刀对着我，不许我声张，那眼神很是诡异。"

圆脸警察一脸严肃地朝我点了点头。"麦克先生，你刚才很勇敢，"他一手搭上我的肩膀，"你很容易被他所伤。"

"我觉得看他的眼神，他估计马上就会动手，"我说，"所以我想，最好还是在这里冒险拼一下。"

一个警察开始跪下搜那孩子的身，"空无一物，连皮夹也没有，口袋里什么都没有的，更别提钻石了。"

圆脸警察喊："吉尔，上卡车里看看。"接着他又问我："他跳上车时，你有没有看到他带什么东西？""没有。"

叫吉尔的那个警察拿着手电筒上卡车里检查了一番，然后摇着头回来了。圆脸警察问我："他劫持你的准确位置你还有印象吗？"

"当然记得。"我说，然后跟他讲了那位置。

"那么，钻石一定是被他放在那里的某处了，等雨势小点，我们派人去搜索一下。"

他们取出一条警车里的毛毯，把那孩子的尸体盖住，接着用无线对讲机通知 BC 镇的警察局，说钻石劫匪已经被他们抓获，要他们派辆救护车来。

我登上圆脸警察的巡逻车，他录了一份我的口供，签过了字，我问道："现在我能去桑诺吗？ 我太太肯定早都急得不行了。 另外，我也需要一杯酒，定定神。"

"当然能，"他说，"如果我们有需要，会跟你联系的。"

我跟他说了再见，回到卡车里，从路卡边慢慢地绕行，然后开车进入倾盆大雨中。 在夜色中又行了五里路后，我才慢慢稳住呼吸，不那么紧张了。

我还是对自己就这样轻松逃脱感到难以置信。

首先，我打那个推销员下手不够毒，他苏醒后就开始大喊大叫。 其次，我偷来的那辆该死的车半路上出了毛病，我迫不得已把它扔掉了。 最后，我来到一家农舍，把那个真正的麦克绑了起来，把他的嘴紧紧塞住，然后又把他的皮夹和卡车给偷过来，谁料，那个傻小子居然半路杀了出来。

我不知道他是怎么回事，但这些现在都无所谓了。 但我确定，他迟早会向我动刀子的，因此我才想到借刀杀人这招，在路卡边冒险，就像我告诉那个圆脸警察的那样，最好在那里冒险拼一下。

而此刻，我的腰包里，价值两万元的钻石正静静地躺着。

病人与杀手

那日，暮色降临得很快，秋日的夜幕如同一片黑色的浓雾，在刚刚犁耕过的田野上笼罩着，穿过农家院落的州际公路宛若缎带，也被夜色密密实实地捂起来。

农舍前的黑暗处，一个男人的身影突然出现，来人看起来又高又大，浓眉大眼，高鼻阔口，悄悄地行动，如同影子般悄无声息。他在农舍旁边停了下来，打量前门上的一盏小灯，窗帘后面的房屋里还亮着一些别的灯，他摇摇头，似乎在思考究竟要去敲前门，还是敲后门。

此刻，他开始安静地大步前进。当他走近前门时，屋里男人的说话声传入耳朵里。他在小灯泡发散出的昏黄光线下停住脚步，仔细聆听。他听出那声音来自收音机或电视的播音员。

"……此刻警方正全力搜捕今天下午从州立精神病医院外逃的一名病人，该病人将一名医院的工作人员杀害后逃走。我们再次作出警告，虽然病人看起来柔弱无害，但病情一旦发作，就会危及他人……稍后我们将会对此进行更为详尽的报道。有目击者称，一位金发女子曾在一家偏僻的加油站实施抢劫，关于这则重要新闻……"他一直等候着，一直到插播广告时才敲门。播音员那生机勃勃的语声戛然而止，现在，屋里传来的只是轻轻的脚步声，接着声音突然消失。

虽然他敲门时就知道纱门没有上锁，但他清楚内部的木门是锁着的。 他猜想，主人正透过门上的望孔对他进行初步的审视，他漫不经心地四下看了看，然后低头看了看自己的双脚。 这时门前那块蓝色的门垫映入他的眼帘，上面印着白色的"默迪"两个字。无人开门。 他稍等了一会儿，又耐心敲了一遍。

"有人在家吗？"他说，"我是比恩，刚到麦克先生家做工，他差我过来借一些工具。"一阵轻轻的脚步声再度传来，过了片刻，里面的门打开，一位黑发、身材娇小的妇人向外警惕地看着。"默迪太太吗？"他在纱门前问。

"你想干什么？"

"很抱歉这个点儿过来打扰您，我需要向您借套带全部螺旋钳的工具，麦克先生告诉我，您先生清楚我需要的是哪一套。"他看见默迪太太在皱眉头，露出不高兴的表情，同时撩开面颊上的一撮头发。"哦！ 我不知道。"

"我对您的疑心毫不介意，因为你过去没有见过我。 我是今天新来的，不过，如果您愿意让默迪先生跟我谈下，他会知道是哪一套工具。"

"我先生——他这会儿不在。"默迪太太说。

比恩用手在下巴上搓了搓："哦，也许我应该等他回来，麦克先生带着家里人一起看电影去了，所以才派我来，他明天一大早就得用到那套。"比恩接着故作严肃地点了点头："我还是等您先生回来为妙，他是不是马上就能到家啦？"

"不！"默迪太太迅速回答，随即又露出微笑，"我的意思是，你最好还是等明早再过来一趟，那会儿他肯定在家。"说着，她准备关门送客。

"太太，能不能麻烦您在我走之前给我杯水喝，从麦克先生家到这儿，路程并不算近。"

"当然行，我这就给你拿去。"

她刚一扭身，比恩就不声不响地跟她进了屋，悄悄地穿过前面客厅。当她接过水，从水槽边转过身，一眼看到他就在厨房门口站着。

她吃了一惊，双目大睁，杯中的水溅出了一点，她怒斥道："没有人请你进来。"

"请勿动怒，太太，我不会伤害你。"

"你差点没把我吓死，你怎么可以像那样跟在我后面？"

"我知道，"比恩点点头，同时竭力在那张丑陋的脸上挤出一丝微笑，想要让它变得明朗好看点，"我知道你想说什么，我这个人粗鲁难看还不机灵，您要说尽管说，以前我已听过很多次了。"

"我完全没那样想，比恩先生，真的，我无意伤害你，非常抱歉，我并没有在想你的长相。这是你要的水，喝完后，请你离开。"

他接过水来，像很久没喝过水一样，一饮而尽。她伸手想要把茶杯接过来，但他并没有递还给她。"您知道，"他说，"这种夜晚，你不该独自一人在家里待着。"

"我很好，现在，麻烦你离开。"

"今天听新闻上讲，说有位病人从'精神病院'逃了出来，那里可跟这儿离得不远，说不定他现在会直接来到这儿。有时那种人可是很恐怖的，要是你独身一人在家被他们发现，你想想看他们会做出什么举动？"

"我相信我能照顾好自己的安全，谢谢你。现在请你离开，我会把每扇门都锁得牢牢的，我会安排得很好。"

比恩摇摇头，晃着他那大脑袋。"默迪太太，你完全不懂，一旦那种人决心做什么事或到什么地方的时候，门窗压根就没一点抵抗力。 他们可以像猴子一样，出入自如；一旦他们发作起来，力大无比，任何东西只要被他们看见，都会被打破撕裂甚至是杀害，但他们的外表跟你我丝毫无异。 而多数人对此都毫不知情，你可以看见一个病人在街上向你走过来，而你不会产生任何想法。"比恩咧开嘴笑笑，试图使她确信，"我想告诉你的是，今天这个逃出精神病院的人，说不定会直接走到你的门前，你或许会直接放他进屋，因为他外表看来并不凶暴，也没有疯狂的眼神。 你可能觉得，那只是一个车子半路熄火，急需帮助，或者想借用电话，或任何有类似借口的人，你丝毫不会生疑。 可是，一旦发现你先生不在，家中只有你一人，很可能他会立刻脸色大变，你可能会遇害，你根本无法用常理去推测他们的行径。"

默迪太太的眼睛盯着他，面无血色，过了好半天，她才喃喃地说："你对——对精神病院里的那些人，好像很了解。"

"我在那儿待了两年。"她吓了一大跳，连连后退，人撞上水槽，喊道："哦，不！"

那喊声中透出的惊恐比恩一清二楚，他马上澄清道："不是病人，太太，我是园丁，他们叫作管理员，大约三年前，我在那儿辞职不干了。"

她深深地呼出一口气，然后说："你差点儿吓死我。"

比恩开始咧嘴大笑。"你知道，我正要告诉你这些，因为我长相不好，你怕我是今天从精神病院逃出来的病人，跟您讲，人不可貌相，在那儿，我可是看到过不少外表跟您一样的妇女，甜甜的，一点儿也看不出会伤人。"

"是的，"她说，"我能想象出来，不过，我还是觉得你没必要非留在这儿等我先生，我向你保证，比恩先生，一个陌生人我也不会放进屋子，放心好了。"

"那样就对了，太太，当你独自在家时，千万别让任何人走进屋子里。靠近你门口的陌生人，最好连话都不要谈，我在精神病院里跟那些人聊过很多次，除非深入了解，他们告诉你的事，你甚至会向天发誓他们绝无半点虚言。也可以说，他们都是出色的演员。"

"哦，好的，请你离开，等你一走，我就把门闩起来，把每扇窗户都关得严严实实，比恩先生，我向你保证，任何陌生的人，我一句话都不会跟他们说。"她再次伸手要水杯，这回他还给了她。

当她在水槽里放下水杯时，比恩说："太太，感谢你的耐心，许多人，尤其是那些太太小姐，对我根本无法忍受。每当我想对她们说点什么，她们要不逃走，要不就尖叫救命。我并没有多少和女士们谈话的机会。当我跟你来到厨房时，我只是单纯地想聊聊天，你会了解，单是站在这儿和你聊一聊，对我来说有多么美好！"

默迪太太微笑："哦，以后欢迎你随时造访。"

前门突然响起一阵急促的敲门声，默迪太太惊恐地呆住，目光里充满惊惶。突然，她开始左右摇头，如同一只困兽在寻找逃路，嘴已张开，发出一声尖叫。比恩冲上前去，用那双巨大的手掌把她的大半边脸给紧紧捂住。

她想要挣脱那双巨掌的紧扣，拼命挣扎，但是比恩用力把她推到冰箱上，用自己的身体顶住她，令她动弹不得。又过了一会儿，敲门声再次响起。他们对双方的位置很是满意，外面的人在

254

纱门外完全看不到他们的身影，比恩以高过耳语的声音说："默迪太太，原谅我得制止你可能的尖叫声，他们可能会误会，以为我在伤害你，那样一来，我就会被麦克先生辞退。所以你知道，我才这样对你。那或许只是个邻居过来而已，等你一平静，我就让你去开门。"

他感觉到手掌下的嘴巴想要发声，并且默迪太太的身体扭得很厉害，想挣脱开来。

"别这样，默迪太太，放松点，就作出刚才咱们谈话时那种样子，可能是一位朋友来访，你这样躁动不安，我怎么放心由你开门。若是熟人，那么会看出我们只是随便聊聊，拜访一下罢了；若是个陌生人，不用你担心，我会应付。我会紧紧盯着，不让他们伤害你。"

他缓缓移开她脸上的大掌，接着抓住她的手臂，然和温柔地推她上前，两人一起走出厨房，走到前面的起居室。

然后，他停了下来，她则继续前进。透过纱门，他能看到外面是一位苗条的金发女子。默迪太太害怕地问："谁呀？"

"我汽车抛锚了，需要帮忙，车胎破在了半路。"

"进来吧！"

比恩悄无声息地站着，紧盯来人，看着她走了进来。那女子很年轻，身穿一件黑色毛衣，长裤子，军装式的风衣，布满了星星点点的污渍，而且皱巴巴的，前面没扣，看起来有点过大、不合身。

女孩微笑："我的车走到离这里四分之一里左右的时候在路上抛锚了，信不信由你们，我不会换轮胎。"

"这是我先生，"默迪太太介绍说，"说不定他能帮帮你。"

比恩听到这话一下子愣住了，接着恍然大悟，她可真聪明，因为这个女孩是陌生人，她要他来应付。女孩说："那太好了。"然后朝比恩微微一笑，"您可真可爱。"

"当然，他的确很可爱。"默迪太太说。

比恩开始脸红，她说他可爱，不过看得出，她口是心非。

从来没有女人觉得他可爱。他压抑着声音中的怒气，说："你们女人都一样，当你们要男人做些繁重的工作时，就一副笑意尽说些好听的；可是，当我这样一个丑陋的人想和你们说话，仅仅是想友好地聊聊时，你们就吓跑了。"他气鼓鼓地大喊："小姐，你还是找别人给你换那个轮胎吧。"

女孩从外衣口袋里伸出右手，手里握着一把左轮手枪。

她直指比恩胸前。"好的，老兄，如果让你产生了这种感觉，我也没办法，现在，我们要用你的车，带上你太太一起。"她后退一步，又用手枪示意他们继续往前。

"我们走！"

"啊！别那样！"默迪太太轻呼。

新闻里的播音突然又在比恩的耳畔响起，播音员提到有关金发女子和加油站的抢劫。此刻瞅瞅那女子，以及她握着的枪，他终于明白过来，眼前的人就是新闻里的女劫匪。

"赶快走！"金发女子说，"走快点，该死的家伙。"

比恩的那张脸因为愤怒扭曲成一个无比难看的面具。

他板着脸走向前门，谁料，他突然出其不意地挥出手臂，像根树枝一样狠狠打在女子持枪的手腕上，手枪落地，飞过地板，滑向了墙角。

比恩向她冲过去，把她牢牢扣住，她先是用双脚和手指甲挣扎了一阵，接着他向她的下巴上重击一拳，她立刻倒在了地板上。待他移身离开那女子时，枪声从身后响起声，墙上的泥灰溅了他一头。 比恩怒声大吼，迅速冲过房间。 左轮手枪早被默迪太太拾在手中，开了一枪，正想再打一枪时，他猛地冲向了她。

他狠狠撞了一下，她禁不住连连后退，凭那一撞，给了他伸出双臂的机会，可以在她倒地之前抓住她。 她高声尖叫着，拼命挣扎，一心想挣脱他的控制，以便开枪。 比恩打掉她手中的枪，然后猛切她的后颈，她短暂地昏厥了过去，软绵绵地瘫倒在地板上。

比恩脸部扭曲，气喘吁吁。 他在屋子中央站着，打量两个妇人之前，先捡起了手枪。 然后摇摇头，脑子里暗想，有些女人，像那个金发女子，她一辈子都不会懂，但凡提到他的外貌，都会让他无比火大。

他对她下手有点狠，会昏迷好一阵，一会儿再去打电话报警。

此刻，他关心的是默迪太太，事情一发生，他就知道面对这种情形，她肯定会阵脚大乱不知所措。 自己留下来，没有立刻走开，反倒对了。 出于对那名金发女人的同情，她可能被劫持或杀害。 现在，他得照顾她，可怜的人。

他转身，把她温柔地抱起来，他要送她进卧室，那个地方最合适，他会把她放上床，用冷毛巾敷她，好让她清醒过来。 他抱着她走过过道，第一道门出现在眼前，推开来是浴室。 隔壁是另一个房间，一片漆黑，比恩摸索着把灯打开，走了进去。

他倒吸一口冷气，凝视着床上的女人。 那人一头红发，胸口插了一把刀，已然死去。

比恩皱起眉头，摇了摇脑袋，试图弄明白是怎么回事。 他麻木地将视线从床上移开，然后茫然四顾。

梳妆台上的一张彩色结婚照映入他的眼帘，男人的衣服上有一朵花，但那穿白婚纱的新娘却吸引了比恩的注意。她也是一头红发，和躺在床上、已香消玉殒的是同一个人。

比恩端详着自己怀中的女人。

怎么会这样？一点儿也看不出来她是个刚从精神病院逃出来的病人呀。

临死前的推理

八尺高的围墙，碎玻璃像锯齿一样插满了墙头，如高塔般的约棉树沿着墙挺立着，在微风中摇曳。马斯特的屋子坐落在正中央，四周簇拥着一大片绿油油的草坪。就在这里，就在一个阴雨的夜晚，一桩谋杀案发生了。整幢三层楼的房子，只有马斯特一个人，今天他让女管家玛格丽特休假去了，其他人也都走光了，其实，独处对马斯特来说并没有什么大不了，只是在生活上会不大方便。

他晚饭吃得早，现在，他离开客厅，穿过走廊，来到洁净宽敞的厨房，开始做晚茶。细心的玛格丽特担心主人找不到水壶，早已把水壶放在炉灶上。马斯特打开壶盖，放进一些高级茶叶。他点燃炉灶后，轻轻关掉屋里的灯，然后穿过走廊向书房走去。

书房门一打开，几声低沉的吠声从阴暗的角落扑面而来，灯一亮，那只肥大的德国牧羊犬歪着头坐了起来，看到是主人后，它慢慢躺下，又打起盹来。

马斯特对那条狗笑笑，这条牧羊犬取名叫"上校"，自小到现在跟着马斯特已经有十二个年头，对他忠心耿耿，虽然现在它老是打盹，但仍然很警觉。

马斯特极其信任这条狗，但能让他信任的人却很少，所以他总是小心谨慎，步步为营。每个晚上，为防止不速之客闯进来，他会在和她太太准备休息的时候把房屋内的整个安全系统都启动。马斯特有很大一笔财产，身体也非常健康，这是不停奋战五十年的结果。

窗外狂风呼啸，雨滴击打着黑色的玻璃。雨已经下了一整天了，马斯特感觉很烦闷，他走到窗前，拉起窗帘，他罗马人的体型透过窗户暴露无遗，魁梧威猛，还很高傲自负的样子。红色的窗帘像真正的舞台谢幕一样从两边向中间合拢，遮住了马斯特的身影。

马斯特在书房的一张大桌子旁坐着，无聊地玩弄着一把金制刀柄的拆信刀，一阵难以察觉的细碎的吱吱声从房间的另一边传来，这一定是风吹动的，马斯特根本不加理会。他考虑一下，觉得还是应该做一些事情来打发这段时间。他把拆信刀丢在桌上，站起来，走向橡木书架。

马斯特用力将书架往里压了半英寸，然后向右一推，书架滑进墙后的隧道里去了。一座酷似保险箱的大铁门出现在眼前，马斯特非常费力地把铁门旋转出来，然后走进保险箱中。

这是一个地道，宽约六尺，高有八尺，墙边有无数的架子和保险柜，马斯特拉开右边档案柜的一个抽屉，翻了几分钟案卷，在他翻到夏季那一部分档案时，传来茶水烧开的声音。

打破静寂的茶壶的咆哮声使马斯特感到恐惧，他怒吼着把文件放好。 他转身正要走出去时，一个人影在书房里闪过，这人一定是利用茶壶发出的声响来转移他的注意力。 就在快到达出口时，马斯特惊恐地看到铁门缓缓地合拢起来。 尽管他使劲地推，拼命地喊，铁门依然是合上了。 顿时，地道里一片黑暗。

马斯特一辈子也没有像现在这样惊慌过。 今晚，没有人会进入这房子，玛格丽特最早也要明天早上才来。 马斯特确信，这人把他关在地道内的目的就是要置他于死地，从他目前的情况看，空气迅速耗掉后，他只有死路一条。

马斯特做梦也不会想到，这样的事情竟然会发生在他身上。

经过最初的绝望后，马斯特逐渐平静下来。 他预测自己将会在二到六个小时之后在这黑暗的地道里窒息而死。 他后悔当初没有在这里安装照明设备。

马斯特摸黑找到一个角落，背靠着书架坐下。 他知道，自己一定要保持镇定，并且要和缓地呼吸，以保存氧气。

一个小时过去了，接着第二个小时也过去了，马斯特的呼吸开始有点困难了。

他心里只思考一件事，那就是，究竟是谁想杀他？

为了减轻这不断加重的恐惧感，马斯特对这一问题开始认真思考。

许多人浮现在他脑海中。 他在商场上一向是冷酷无情的，但是，在所有马斯特认为有嫌疑的人中，又想不出这些人要杀死他的理由。

突然，马斯特想起一件事，不禁得意地笑起来。 这件事能缩小嫌疑人的范围。 进入书房并关掉保险门的人不管是谁，都得从"上校"身旁经过，这意味着，那凶手一定是"上校"很熟悉的。

马斯特又在脑中列了一些名字。

他太太丽达，对，她的动机很充分——钱以及自由。 丽达比马斯特年轻二十岁，她身材苗条诱人。 前一段时间，丽达有一些不安分的举动传到他耳里。 但两天前，他亲自送丽达上了飞机，到纽约探望她姐姐——一位时髦、成功的百老汇演员。 丽达现在应该远在千里之外。

马斯特的弟弟查理，他是一位艺术家，这不是很奇怪吗？ 弟兄两人，一个是钢铁制造商，一个是山水画家，真是天壤之别！ 查理虽然在绘画上很有才华，但卖画所挣的钱并不能养活自己。 信托基金每月的补助，维持他的生活已经足够。 钱，就是动机。 查理知道遗嘱中规定，只有兄长去世，其他兄弟才能依次继承，其他非继承者，只能继续领取生活费。 这表明他死后查理将继承他的财产。 查理置他于死地的理由很充分。

不过，马斯特和他的弟弟一向和睦相处，至少他很清楚弟弟的为人。 马斯特确信，他搞艺术的弟弟不是凶手。

今天早晨，马斯特还打电话约查理一起吃午饭，但查理婉言谢绝了，他兴奋地说起公路边上的向日葵，他想在向日葵被建筑商捣毁之前把它们画下来。 查理总是这样，只要看到美景，他就忍不住要画下来。 但是查理答应他，要是没画好，他会打个电话过来的。 查理到现在还没有打来电话，大概画家依然沉醉在花的世界里。

第三位嫌疑犯是洛克，他是马斯特的助手，公司的副经理。只要马斯特不在，他就全权负责公司的财政。 洛克应该在圣路易市与一家棉纺织公司谈判。 所以，他跟丽达一样，根本不在城里。

马斯特确信，除此之外，应该没有其他人了。

他们三人中到底哪一个会是凶手？ 空气越来越少了，马斯特要很费力地吸气才能满足肺的需要。 他知道自己的时间不多了，所以专心致志地思考这个问题。

丽达早晨曾打来长途电话。 要是她早上从姐姐那里坐飞机回来，是完全有时间完成任务的，并且可以在他的尸体僵硬前离开。马斯特记起，早晨他曾和丽达的姐姐在电话里通过话，这表明丽达的确在纽约。 从纽约赶回来，就算是乘坐直达飞机，也需要一天的时间。 说她们两人合谋杀他，那简直毫无理由。 如果丽达一整天不在，她姐姐一定会发现的。 事实上，他死后丽达所获得的遗产还不如她现在拥有的多，因此，凶手不是丽达。 接着，他又想到在圣路易市的洛克，他们曾在几个小时前通过电话，洛克还答应他，计算好价格后会带着所有的资料回来给他过目。 他们约定晚上九点再联系一次。 洛克是个很守信用的人。 马斯特看了看手表，显示的是八点五十二分。 倘若电话在九点整响起来，就证明他不是凶手。 如果他是凶手，又何必再打电话来呢？

问题是，从这里能听到电话铃声吗？ 应该可以。 马斯特猜测，凶手是在把这制造成一个意外事件，因此外面的书架一定还在隧道里，没有推回来，声音应该能透过铁门。

还有五分钟就到九点了，马斯特站起来，踱到门口，耳朵紧贴在门上。

如果九点时铃声不响，那洛克一定是凶手，如果响的话——

突然，一阵微弱的电话声传进马斯特的耳朵。 错不了，一定不是洛克，差一分就九点，洛克提前一分钟打来电话。

马斯特回到原来的位置，呼吸越来越困难，只是他极力回避想它。

如果他敲响铁门，能否引起外面的人的注意呢？ 马斯特躺在地上，听不到任何风声，推开书架，也感觉不到墙壁传来任何凉意。 外面的声音确实难以传进来。 他居然指望有人能听到他微弱的声音，根本不会有人进来——除非玛格丽特忘了东西回来拿。马斯特再次将耳朵紧贴在铁门上，想知道外面的雨停了没有。

马斯特往旁边一倒，他忘了铁柜在那里，撞得头晕眼花。

对了，今天整天在下雨，查理却说要去马路边画那些将要被除掉的向日葵，这是不可能的事情。 另外，他还说过，如果画不成的话，他会再打电话来。 不过马斯特承认，他弟弟可能刚刚睡醒，所以可能把刚才的话忘记了。

洛克在圣路易市，丽达在纽约，那最有可能的便是查理了。

马斯特心情平静了一些，对自己也不再那么苛求。 现在他即将死去，他的心放宽了许多，他甚至觉得查理是可以原谅的，谋财害命，多不值得呀。

跟查理在一起，马斯特从小就处处占上风。

马斯特从衬衫的口袋里摸出圆珠笔，为了照明，他打着了打火机——虽然他知道打火机会加速他的死亡。 呼吸更加困难了，马斯特把一张纸从文件上撕下来，左手举着打火机，右手打开圆珠笔。

马斯特在纸的背面写上查理的名字，还有"我看见他靠近这扇门"，"这是预谋"，这些字只花了三十秒钟。 后面这四个字，会使查理也在一间黑暗的房子里死去的。

马斯特艰难地签署自己的名字，此时，打火机的火焰渐渐熄灭，屋里又是一片漆黑。

"你看到这书架推开了，所以打电话报警？"警长对玛格丽特耐心地问道。

玛格丽特点点头。

地下室的铁门被打开，警察局的照相人员拍完照后，验尸的医生向大家宣告马斯特已经去世。玛格丽特一直在哭，直到人们把马斯特的尸体搬运到救护车上。大家都出去了，包括"上校"，它今天早上还没有活动呢！

"上校"在草地上打滚，显然不如以前灵活，却依然感到快活，它大概是想叫主人把那刺耳的茶壶声给止住，就跳起来撞击铁门，由于用力过猛，撞伤了右腿，走起路就有点跛。

"谁是查理？"屋里，警长这么询问玛格丽特。

邻家的秘密

"我觉得是菲利普先生谋杀了他的太太，然后把她埋在后花园里了。"某天夜里，雷勒太太告诉她的丈夫。

雷勒早已习惯了他太太丰富的想象力，不过，他还是从棋盘上抬起头，惊讶地问："谁是菲利普？"

"我告诉过你，我从来没有看见过'她'——问题就在这里。夏令营我们这一区轮流接送孩子的家长中，菲利普先生也是其中一员，他的小儿子和我们家的比尔是一个组的。"

"我们的比尔让一个凶手来接送，我不敢说这是好事，还是坏事。"雷勒先生讽刺地说。"亲爱的，别开玩笑，我可是当真的。我觉得那家人不同寻常，六个星期以来，我每个周一到他家接送他们的孩子，都不曾看见过那孩子的母亲，每次都是菲利普先生出来迎送。 由他们接送的日子，也都是菲利普先生亲自开车。"

"也许他是个鳏夫，他太太死了。"

"不对，他每次说到他太太都是用现在时，而不是过去时。"

"也许她不会开车，也许她病了。"

"这也不是不可能。 自然有很多种解释，只是我总是觉得怪怪的，好像哪里不对劲。"

"我常常觉得，如果你写小说的话，一定会很成功。"雷勒的声音轻轻的，一边说话一边在棋盘上移动一个棋子。

雷勒太太不耐烦地哼了一声。 其实，她很后悔提到这一话题，更不指望丈夫来分享她的推理，不过，菲利普仍然让她觉得非常神秘。

夏令营开营的第一天，指导员丽娜向她走来并向她介绍菲利普先生。 她说："他是一位教授，是个不错的人，刚从芝加哥搬到这儿，同你们住一个区。"

轮流开车接送孩子这件事，雷勒太太和派克太太早有安排，菲利普先生加进来，她是很乐意的，因为夏令营是每星期三天：星期一、星期三、星期五，这意味着每星期只要接送一次就够了。 因此，她愉快地答应了。

"好极了，就这么决定，"丽娜小姐很高兴地说，"我把他们两家的住址给你。"

第一个星期一，雷勒太太载着自己的孩子和派克家的孩子，来到华伦斯大街。 菲利普家的房子在街角，很整齐，一点独特之处都没有。 一个男人和一个男孩站在前面院子等候。

"你是雷勒太太吗？"她停下车，有个男人靠近她问道，"我叫菲利普，这是我的儿子勃拉尼。"雷勒太太很高兴见到菲利普父子。 勃拉尼长得非常清秀，穿着短裤和 T 恤衫，他向雷勒太太点点头，把帆布袋拎起来，爬上汽车后座，和两位小朋友坐在一起。

雷勒太太说："勃拉尼，很高兴你加入我们。"然后对菲利普先生说，"星期五菲利普太太有时间吗？ 如果有的话，派克太太想在星期三接送。"

"没问题，"他说，声调有点死板。 他四十出头，清瘦，个子不高，表情冷冷的，给人一种拒人千里之外的感觉。 雷勒太太想，这人好冷漠，不知道他太太怎么样？

星期五早上，雷勒听到喇叭的声响，马上放下手中的咖啡，送比尔到外面，菲利普家的汽车正停在门前。 他们家的汽车是蓝色的轿车。 雷勒太太在心中这样描摹菲利普太太：精明能干，纤瘦，相貌平平，却很有学问。

"哦，早晨好，菲利普先生，我以为是菲利普太太呢！"

"今天由我替她，"他解释说，"这个暑假我没有课，所以有空。"

"哦，"她有些尴尬，"是的，这儿的天气与芝加哥相比怎么样？ 是不是比较热？"

"不，"他说，"芝加哥也很热，啊，再见。 中午我或者我的妻子会把孩子接回来的。"

她看着蓝色的轿车离开，心中嘀咕着，这个人如此冰冷，带有敌意，到底是为什么？ 这是因为害羞呢，还是因为心不在焉？ 也许是因为她拿他和丈夫相比？ 雷勒先生具有开朗的性格，并且和气待人。

那天中午，雷勒太太有个午餐会，当她回到家时，比尔已经从夏令营回到家了。

"你游泳学得怎么样？"她问儿子，"中午送你回来的是不是勃拉尼的妈妈？她长得什么样？"

"送我们回来的是菲利普先生，"比尔说，"我的游泳学得还可以。"

三个星期后，雷勒终于放弃了要会会神秘的菲利普太太的想法。那时，由教授在星期五接送孩子已经成了惯例。每个星期一，由雷勒太太负责接送孩子的时候，菲利普太太也从来没有出现过。

她偶尔会向勃拉尼问起他的母亲。他是一个安分的好孩子，从不吵闹，但有一点与众不同，那就是他过于谨慎的态度以及过于成熟的措辞。

有一天，雷勒太太说："勃拉尼，你的母亲怎么样了，是不是不舒服，我怎么都没见过她？"

"没有啊，"他惊讶地说，"她身体很好，谢谢您。"

"她很少外出，是吗？"

"是的，很少外出。"

他生涩的回答使她难以再问下去，再问下去就是暗探了。她本来不喜欢逼问孩子的。她责备自己："你怎么对菲利普太太那么的感兴趣，把自己变成一个爱管闲事的人？见不见她有什么关系呢？"但是，她还是控制不住自己想象教授的太太是什么样子的：一个娇小的女人，皮肤苍白，被自己冷酷无情的丈夫拘禁在自己的家里。

也许菲利普太太是个不正常的人。雷勒太太认为雷勒先生会赞同她这个推论的。 但是，这种推论又太荒唐了。 菲利普一家从芝加哥搬到这里是为了什么？ 难道是为了更好的工作环境？ 或者想混在陌生人中？

雷勒先生的目光停留在棋盘上，正想下一步棋怎么走，雷勒太太冷不防地打岔说："明天我一定能见到她。"

雷勒先生的思路被打断了，他对他的太太感到厌烦，问："见到谁？""菲利普太太。"

"我以为她已经被谋杀了。"

"别开这个玩笑了，亲爱的，我对她的好奇你是无法想象的。但是，明天她一定会露面——她躲不掉的。 明天夏令营就要结束了，孩子们要为母亲们举行聚会。"

雷勒先生看着妻子说："亲爱的，她不过是一个平凡的女子，当你迫切地想要见到她时，你会相当失望的，如果那样你会有什么感觉？"

"放心吧，菲利普太太绝对是个不平凡的人。"

"为什么？ 我是这样推测的，菲利普太太讨厌开车，菲利普替她开车，那是体贴她。 你完全是瞎操心。"

"也许你说得对。"雷勒太太承认说。

虽然如此，第二天参加聚会时，她还是满怀着希望。 那天，天气不太好，乌云满天，还刮起大风，还好，一场小雨很快过去，天气渐渐好转，她十一点到达营地，这时太阳已经出来了。

比尔一看到母亲，就拉着她，想让她把他的手工艺品欣赏一番——一条用珠子串起来的腰带，一张涂得乱七八糟的橡树叶。 一位穿花格子衣服的小女孩，把一杯饮料递给雷勒太太。 丽娜小姐把雷勒太太拉到一边，对她说，比尔是一位模范学员。

最后，她看见派克太太，后者对一件皮革制品很有兴趣。她问派克太太，看见菲利普太太没有。"没有看见，她来了吗？"派克太太兴致勃勃地问，"说真的，我还一直没有看见过她，我疑心她是否存在。"

雷勒太太觉得自己和派克太太的感觉很相似，她说："我也一直在怀疑。就算我见到她，也不会认识她。她没有和勃拉尼在一起吗？"

"我没有看见勃拉尼。"

雷勒太太找到丽娜小姐，问她勃拉尼来了没有。

"勃拉尼？哦，他没有来。他的父亲在天气还阴沉的时候打电话过来，说这里的大风吹得他们不适应。"

她说："那孩子没有来参加这次聚会真是一大遗憾，他的手非常灵巧，做的东西非常漂亮。"说着，她抬头看看雷勒太太："你能否帮我个忙，把他的作品送到他家？"

"当然可以，"雷勒太太说，"我很乐意。"

她喝完饮料，吃了一块蛋糕，再吩咐比尔把勃拉尼的作品收拾起来，才开车回家。她想借着这个理由到菲利普家拜访这个菲利普太太。

出乎意料的是，在她洗午饭的碗盘的时候，比尔跑进厨房，说："妈，勃拉尼的妈妈来了，她来拿勃拉尼的东西，你把东西放到哪儿了？"

"勃拉尼的母亲？真的吗？"雷勒太太赶紧把手擦干，跟着比尔出来。可能吗？她觉得非常不安。

一个女人站在门前，她的样子跟雷勒太太想象中的菲利普太太截然不同，以致她呆呆地盯着对方，说不出话来。菲利普太太还很年轻，看上去要比菲利普先生年轻十岁，身材修长，一头黑发，穿着玫瑰色的衣服，手腕上戴着一条金手链。

"我是菲利普太太，"她亲切地微笑着说，"我刚才给丽娜小姐打电话，她说勃拉尼的东西你帮忙带回来了。 勃拉尼没有参加聚会，心里很难过，都怪早晨天气不好——天气预报说今天会有暴风雨的，我和勃拉尼都很害怕。"

"我知道那种风很吓人，"雷勒太太说，恢复了镇定，"你进来坐坐吧。 比尔，把勃拉尼的东西拿出来给菲利普太太，好吗？"

"我只坐一会儿，"菲利普太太说，尴尬地笑笑，"我来这里，勃拉尼并不知道，找不到我他会担心的，那孩子可胆小了，又喜欢操心。"

在客厅，雷勒太太陪同客人坐在沙发上，面对这位美丽的女人，她越看越觉得自己的幻想是多么可笑。 看着菲利普太太的指甲修整一新，白色的凉鞋，乌黑的头发，雷勒太太觉得自己太简陋了。 她高兴地承认说："菲利普太太，我曾经怀疑，菲利普太太是否存在。"

"哦，真的，"客人大笑着说，"我也常常想见见你，只是一直没有机会。"她边说边从皮包里抽出一支香烟，接着从桌上随手拿起一只银质打火机，麻利地把烟点着了。 "这打火机太漂亮了，而且非常灵活。 对不起，你抽烟吗？"

"谢谢，我不抽烟，"雷勒太太说，把烟灰缸往前推了推，"我一直在想象着你的样子，结果错得一塌糊涂，我丈夫都说我太爱幻想了。"

雷勒很庆幸丈夫不在，要是丈夫也在场，非被嘲笑得无地自容了，他会供认她把菲利普太太想象成被囚禁在壁橱里的可怜人儿。她决定不把菲利普太太来家里的事告诉丈夫。

一大堆木头、皮革和金属制作的手工艺品被比尔捧进来了，菲利普太太接过来，放到腿上，分门别类地分开，同时高兴地喊道："真有趣，这些东西。 这是什么东西？ 究竟是手链，还是餐巾圈？ 无论如何这些东西都很可爱，我真为勃拉尼骄傲。"

"你应该为勃拉尼感到骄傲，丽娜小姐也夸他手巧呢，哪天有空了，要带他过来玩玩啊！并且你们还可以顺便吃饭。"雷勒太太冲动地说，"你离开芝加哥来到这里，人生地不熟的，一定很寂寞。"

"是啊，你无法想象的寂寞。 我很乐意来，我喜欢你的房子，你有许多漂亮的东西。 我喜欢漂亮的东西。"说着，菲利普太太的黑眼珠就不住地向四周溜达，"我不认识多少人，所以我不常到外面走动。 另外，勃拉尼也喜欢我在家里陪他。"

在一瞬间，雷勒太太明白了，菲利普太太神秘的答案就在这里。 教授潜意识里妒忌心很强，他要独占这位美丽的妻子，他不想让妻子认识别人。 雷勒太太对这类事早有耳闻，这在老夫少妻中是很常见的。 突然，她觉得菲利普太太很可怜。 被一个冷漠、有强烈占有欲的人围困，可想而知，她的生活一定很可怕。 雷勒太太想起来，她从来没有见过菲利普先生的笑容呢！

"有空一定来啊！"她热情地对菲利普太太说，"我会跟你联系的。"

菲利普太太把手中的香烟掐灭，收拾起儿子夏令营的作品。"雷勒太太，你太好了，"她微笑着站起来，"现在，我真得走了。 再次对你表示感谢。"

雷勒太太亲自把她送到汽车前，跟她挥手告别，那手链在阳光中闪烁。

雷勒太太慢慢回到屋里，继续做着中午没有做完的事，脑子里尽想着刚刚那位客人的事。

大约二十分钟后，电话铃响了。

打电话的竟是菲利普先生，真是出乎意料。

"我妻子说，她刚才去你家，雷勒太太，这是真的吗？"

她刚走，他就来追问了，真可笑！"是的，她是到过我家，"雷勒太太的声音很严厉，"你反对吗？"

他的声音疲倦而无奈。"请问，你有什么东西不见了吗？"他问。

"你这是什么话，当然没有。"

"一个缸型的打火机？ 银质的？"

茶几正好在雷勒太太的视线中，她眼睛往那儿一扫，不错，打火机不见了。 不知怎么搞的，她竟然一句话都说不出来。

沉默了几分钟后，他疲倦地说："真对不起，发生了这种事。我会送还它的。"他的声音显得很无奈，好像这种令他尴尬的事情发生已经不是一次两次了。

雷勒太太把电话轻轻地放下，用手把脸捂上，突然哭了起来，却不知为何。

小佛像

在天上悬挂着一轮明月。

272

我的酒吧生意冷清，我得以悠闲地看报纸，只有一个金发女人，她喝着伏特加酒，忧郁地对着吧台后面的镜子，好像希望镜中的影像不是自己一样。

　　大约半夜时，进来一个男子，他走到一把凳子前坐下，要了一杯加冰的威士忌。他大约三十岁，身材高大结实，头发乌黑，长着一张开朗的脸。桶里的冰有点结在一起了，我用冰锥刺开，然后把锥子放在吧台上，给他倒了酒，双手抱胸，靠着吧台休息。

　　那人指着冰锥说："拿开这个玩意。"

　　我把冰锥放到下面。

　　"对不起，"他说，"我心里很反感这个玩意，我一看见它就神经紧张。"

　　他这种人我见得多了，他有心事，想找个人发泄出来。我意识到，不管我有没有兴趣，他都是要说的。

　　"那只是个冰锥啊！"我说。

　　"对于你可能如此，对我就不同了。"他说，指指空酒杯。

　　我给他倒满酒。我向来对顾客很温顺，我说："这话很新鲜。"

　　他咧嘴笑笑说："也许你不想听。"

　　我指指差不多空着的酒吧，说："没有关系，对于倾听，我很乐意的。"

　　"你相信运气吗？"

　　金发女人突然大笑起来，她说："我相信，三个月来，我的运气坏极了！"

　　"真为你遗憾，"那人说，"过去我信，但我买了这个东西之后，我就不信了。"他从口袋里把一个玉做的小佛像掏出来，放在吧台上。 小佛像刻得很精致，一只手就可以握住。

"啊，"女人叫起来，"真是太可爱了。"说着，伸手去拿。他把她的手轻轻挡住，说："请你别碰它。"

"这真是漂亮了，"她说，"我可以买一条精巧的项链，把它系在上面当坠子，你愿意卖吗？"

"这可是无价之宝啊。"他说。

"这值不了几个钱，"我说，"我见过这类的东西有很多。"

"那些跟我这个是不同的，这是我的幸运符，可灵验了。"

"真是幸运符吗？"女人问。

"真的。"

"我很喜欢这种东西，"她说，"我非常需要一个。 你觉得这个东西给你带来幸运，你有证据吗？"

"在香港，自从我把它买下之后，便财运亨通，玩扑克、赌轮盘和买马票，无一不赢，不仅如此，还有更幸运的事呢。"

我认为他的话是编出来的，想骗人，但是他想骗谁就不得而知了，是那金发女郎，还是我。

"冰锥跟这有关系吗？"

"那和我弟弟尼尔森有关。"

"他出什么事了？"

他示意一下他的空酒杯，我再次给他满上。

"你们两位都想听吗？"

"我没有别的地方可以去，"她指指我，"他反正要留在酒吧里。"

"那么好吧，我跟你们说，你们也许不信，但这没关系，你们听着就是了。"

他一进入酒吧，我就知道他会说的。

他开始说。

精神病院的走廊很长，日光灯吊在上边，已有一半是报废了的。 我左边的墙本来是漆成黑色的，现在已经脱落成灰色。 我右边是窗户，装着铁条，关得紧紧的，外面的草坪都看不见。 这是我所见过的最压抑的地方。

看守来到一道门前，停下脚说："就是这儿。"

门上边，眼睛平视的地方有一个一尺见方的金属网孔，我从那儿望进去，发现房间很小，一张低矮且狭小的床是唯一的摆设。

坐在小床上的应该就是我弟弟尼尔森，但是，要是在路上遇见他，我不一定能认出他来，尽管他是我的亲弟弟。 弟弟和我们家所有的人一样，高大结实，皮肤黑黑的，头发乌黑且又浓又密。现在，这个穿着褐色衣服的人抬起头，他脸色苍白，一点生气都没有。

"哥哥，是你？"他声音沙哑地问。

"是我，尼尔森。"我说。

他三步并两步地走过房间，触摸网眼，我也把手放在网眼上，算是握手吧，但是，钢条阻碍了我们兄弟的交流。

弟弟嘴一歪，大哭起来。 我不知道怎么安慰他，只好静静地看着他。

"哥哥，你来了我很高兴。"他说。

"如果我早知道你在这里，我早就来看你了，"我说，"我出国去了，昨天才回来，他们一告诉我，我就马不停蹄地赶过来。"

他抬起头说："哥哥，让他们打开这道门。"

"我已经试过了，但他们不肯，因为他们说你太野蛮了，他们被你打得很惨。"

"难道他们不晓得，我不会伤害自己的哥哥吗？"

"你一直不停地跟他们打斗，他们不相信你。"

他擦擦眼泪说："因为我不该被关在这里。"

"你靠打架是无法证明的。"

他低头看着地板说："这些墙壁叫我难受，他们不该把我困在这。"

"他们指控你杀了一个女人。 有这回事吗？"

"根本没有那回事。"

"从头说！"我严肃地说。

他深吸了一口气，说："你走之后，我凭着自己的能力，找到一份送货员的工作，我干得很卖力。 你知道，对空旷的地方，我一向很喜欢，喜欢大自然，我无法忍受被关在围墙里。 我有一栋小公寓和一辆卡车，我可以每个周末开车到山上露宿。 我身体很棒，每天精力充沛。 有一天晚上，我出去买啤酒喝，结果糊里糊涂地被警察抓走，他们什么也没说，只是把我和其他一些人排列在一起，然后告诉我，一个女人在公园里被害，凶手逃跑时被人看见了，他们指控凶手就是我。"

"他们说你杀死了那女人？"

"不仅仅是一个，而是三个，且都是用同样的方式杀害：用一根冰锥把她们刺死，然后用口红在她们额头画一个大大的 X。"他低下双眼不看我，似乎在等我做出审判。

"他们指控是你干的，肯定有他们的理由，"我说，"他们一定有证据。"

"每一个案子，我都可以证明自己不在场，哥哥。"

"他们需要的不仅是这个。"

"有个叫朱迪的女孩，上周陪我到山上度假，她走的时候她的口红掉在我的卡车里，我捡起来，放进口袋，打算再次见面时还给她。 结果他们搜到那支口红，说是和凶手做记号的口红颜色相同，牌子相同。"

"我觉得有点不对劲，女孩跟你度假的事你有跟他们说吗？"

"我跟他们说了，我的律师也告诉他们了。 那种口红很普通，哪都能买到，但他们充耳不闻。"

"那个叫朱迪的女孩怎么说？"

他的头低垂着："她无法证明那支口红是她的，或者她的口红曾遗忘在我的车上。"

"还有什么吗？尼尔森。"他仍低垂着他的头："还有血迹。"

"什么血迹？"

"那女人衣服上有血迹，她在被害时一定挣扎过，并把凶手的手给抓伤了。 他们说血迹的血型和我的一样。"

"你的手被抓伤了？"

"我在换轮胎的时候手被擦伤了。"

"整个案情就是这样？ 还有，动机是什么？"

"他们说，疯子是不需要动机的。 有人说，我对妇女怀恨在心，因为我很小就失去了母亲，因此，我憎恨所有的女人。 我听不懂他们在说些什么，但是陪审团却很凛然的样子。 他们说我有罪，法官判我到这个地方来，他说，用这种方式杀害妇女，无论谁，都需要治疗。"

我知道还有其他的原因，但是他告诉我的已经能够证明他有罪了，一切证据都对他不利，没有一条是可以辩驳的，很容易定罪。

我记得那时感到很无助，但不知道上哪去求助，我渴望得到某种帮助，无意中我摸了摸袋子中的小佛像。

那个看守用手肘碰碰我说："还有两分钟。"

我点点头。

"哥哥，你能想出办法把我弄出去吗？"

"我试试看，尼尔森，那个律师的名字叫什么？"

"爱德华，"他说，"他是指定给我当辩护律师的，因为我没钱请律师。"他告诉我那人的住址和电话号码，然后，扯扯衣领说："哥哥，我被送到这儿来已经有半年了，我憋了半年啊，你知道不，如果不把我早点弄出去，我早晚会死在这里的！"

这点我倒相信。弟弟被无端关押在不见天日的监牢里，肯定受不住。如果不发生这件事的话，说不定他已经在某个树林里，或者某个农场里。

"我会死在这儿的，"他说，"我会疯掉并且死去的，他们说是要治疗我，其实是在谋杀我。"

"耐心等候，尼尔森，"我说，"不跟他们打架，不跟他们动手，按他们的话去做就行了。"

"我尽量试着做就是了。"

"如果你继续跟他们对着干，我也帮不了你了。"

"好吧，我听你的话。"

我离开他，心里明白，如果我不把他从那个封闭的房间救出来，他会死在那儿的。

我来到医生的办公室。医生叫史劳德，从表面看是个温和的人，他说的跟我弟弟告诉我的分毫不差，但是我要弟弟亲口告诉我。

史劳德医生雪白的外衣、厚厚的眼镜和淡然的态度，给我这样的感觉：他对文书工作的兴趣，远远胜过对病人的兴趣。

我希望他能把尼尔森换到看守相对轻松、宽敞些的房间，我费尽心思说服他。但他不买账，因为尼尔森在这儿举止粗暴，态度恶劣。我辩解说，任何无辜者都会像尼尔森那样表示抵抗，他本是无辜的，却无缘无故地被逮捕，又被送到这人间地狱般的地方。但医生坚持说，那是因为尼尔森心理失常，有三位精神病医生确诊证明。我告诉他，正常人被误诊为精神有毛病的事儿不是没有发生过，但是他没听进去。我想我的话是有些得罪他了，他后来竟然威胁我，要把我也关起来，因为我和尼尔森一样不正常。

接着，我去找爱德华律师。他还很年轻，留着长发，西装革履。我认为，凭他的收入，他是买不起这种西装的。他告诉我，曾提出过上诉，但希望渺茫。我告诉他，尼尔森一直说他是无辜的。我问他，警方和他为什么不设法找出真正的凶手。他的回答让我大吃一惊。

他说，在抓到尼尔森之前，凶手每次作案都是在满月之时，但是，擒获尼尔森之后，凶手就销声匿迹了，如果他是无辜的，为什么凶手不作案了呢？我无言以对。

在审判期间，爱德华一直盼着凶杀案再次发生，那样一来，尼尔森的罪名就推翻了，但是，一直都没有再发生凶案，因此，他和警察一样，认为真正的凶手是尼尔森。

尼尔森说他无辜也有这样的可能，他已经忘记了自己的行动，这样的例子以前也有过。

我告诉自己，尼尔森是我的弟弟，我对他的话必须相信。

三年前我离开家乡，到现在什么样的人都接触过一些。所以，当我离开律师办公室后，我在公共电话亭拨了几个电话，找到了一个我要找的人。我叫了辆出租车去他那儿。

那是城中贫民窟的一栋公寓，破败不堪，对此我并不感到意外。那人住在三楼，他看到我似乎很不高兴。

我告诉他，我需要他帮我安排一个人越狱，据说他是一个安排越狱的专家。

他问我是哪一个监狱。

我对他说，是城边的一家精神病医院。

他大笑起来，说安排精神病人出逃是一件很棘手的事，因为精神病人的行为不可靠，再说，一个拿着冰锥到处杀人的病人也不值得他去帮助。给他多少钱他也不愿干。

这一下我一点办法都没有了。

但是，我要他出来，他是我弟弟，我有责任照顾他，如果他死在医院里，那就是我的失责。

我买了一瓶威士忌回旅馆，一边喝一边想。想了很长时间，也许是威士忌给了我灵感，我终于想出了一个办法。

我走出旅馆，找到一家小型超市，挑了一些宴会用品，然后把一把冰锥藏在当中。至于口红，为了不引人注目，我偷了一支。

离开超市后，我从袋子中取出冰锥，其他东西扔进垃圾桶里。然后，我从一条街逛到另一条街，直到深夜。我在一个无人的角落里藏着，一个少女从公共汽车上下来。

我跟踪她来到一条黑暗的胡同。她是一个小巧、纤瘦的女孩，我从后面用一只手扼住她，另一只手举起冰锥，她惊恐地叫了一声。

但是，我下不了手。

也许是我潜意识的良知苏醒了，也许是我的酒醒了，不管是什么吧，反正我手中的冰锥没有刺下去。

我放开她，转身就跑，她的尖叫声在寂静的夜晚里显得特别刺耳。

我没跑多远，就被巡逻车截住了。他们麻利地从我身上搜出冰锥和口红。

我被押到警察局的审问室里，办案人员则来回踱步。他是个矮胖的秃顶男人，看上去不像个警察，倒像个商人。

"去年，那个傻瓜在城边被他们抓到后，我以为冰锥和口红这个案子已经结束了，"他说，"看来，他们抓错人了。"

我开心地微笑。不管怎样，尼尔森没事了。

"不过，也许事情不是这样。"

我不笑了。

他打开我的钱包，打量着身份证说："这名字很熟。"

他一脚踏在椅子上，仔细地瞧着身份证。"我以前在哪儿见过这个名字，"他说，"我想起来了，你的名字跟判了杀人罪的那个人的名字是一样的，如果不是巧合的话，那就是你们家族人有用这种方式杀人的癖好。"我没有说话。

他拍拍我的肩膀说："你坐在这儿，别乱动。"

他出去了。我如坐针毡，心乱如麻，事情超出了我的掌控，不仅没有救出弟弟，连我本人也搭进去，真是失策。

他终于回来了，手里拿着一个卷宗。他把卷宗小心翼翼地放在桌子中间，说："全在这儿，在州立医院的是你弟弟。"

他探过身说："我猜想，你想杀个女人，然后做上记号，这样就可以使我们以为抓错人了，你真是太幼稚了。 只要比较一下杀人的方法，就可以知道是不同的人所为。 作案手法各有不同。 幸亏你没有杀人，我们只能以人身攻击的罪名将你捕押，不能指控你谋杀，听那位女孩的语气，她倒是不想控告你，这让我觉得奇怪。"

我想到的是，对不起尼尔森。

搜身的时候，我的小佛像也被搜出来了，现在就放在桌子的中间。 我看到它时，心想：这算是什么幸运符啊！

办案人员走到窗前，把百叶窗掀开。 天已经亮了。

"我不知道是什么使你没有下手，"他说，"不过这倒变成一件幸运的事，对你、对那无辜的女孩、对你弟弟，都是一件幸运的事，只是另一个女人很不幸。"

我忍不住问道："什么另一个女人？"

"有个城里的女人遇害了，她差不多是在你动手的时候被害的。 她被冰锥刺死，而且用口红做了记号，专家说，作案的手法跟以前那些如出一辙，看来，你弟弟是清白的，而且不用你来帮忙了。"

他说的没错，尽管我尽力了，但此事与我没有关系。

后来呢？

太阳已经升到屋顶，阳光从百叶窗照进来，撒在小佛像身上，小佛像发出亮光，我可以发誓说，它在微笑。

我可以告诉你们，我相信我的幸运符把好运带给了我。

那人轻轻地抚摸小佛像。

"这么说，你以为这一切是这精致的小东西帮了你？"

"没有别的解释了。"那人看着我问："你觉得呢？"

我耸耸肩。

对我来说，小佛像不过是个毫无意义的小玩意，只是，我们每个人都需要某种信仰和精神寄托，他在那个小佛像上找到了精神寄托。

那个女人目不转睛地凝视着小佛像，可以看出来，她也相信小佛像能带来好运。

"你弟弟被放出来没有？"我问。

"还没有，办手续需要一定的时间。我接他出来后，还要带他去看医生，那些精神病医生的诊断并不全是错误，他确实需要治疗。"

"真奇怪，我为什么没有在报纸上看到有关此事的报道呢？"女人说。

"这没什么奇怪的，"那人说，"警方不愿公开承认自己抓错人了。"

"还没有把真正的凶手抓到吗？"女人问。

"没有，"那人说，"不过，那只是一个月前的事。如果凶手还要再次行凶的话，就在这几天了。"

女人打了个冷战说："一想到他仍然逍遥法外，就感到非常可怕。他为什么要作案呢，为什么停了还要做呢？"

"除非抓到他，否则我们不会知道的。"那人带着敬意拿起小佛像，放在口袋里，扔一张二十元的钞票在吧台上。"我得走了，这是我们的酒钱，不用找了。"

女人迅速从凳子上溜下来，给他一个拥抱，吻他的脸颊，高兴地说："非常感谢你，好久没有人请我喝酒了。"

那人点点头，走了出去，虽然他没少喝酒，但没有醉意，走路依然平稳。"再来一杯怎么样？"我问那女人，"他留下的酒钱还足够我们再喝上一顿。"

她微笑着点点头。

我给她倒上酒。

"听了冰锥的事，我不敢到外面去了。"她说。

"酒吧关门后，我送你回去吧。"

"那真是太好了。"她说。

我把酒吧的灯都关掉后，来到吧台后面，冰锥依然在那里，我偷偷地把冰锥和那天偷来的口红放进我的口袋。

今天是满月，是时候了。

没有人可以救她，就像没有救其他那些被我杀害的女人那样。正如我的老婆一般，那些女人总是涂抹着眼妆，大声吵嚷。我早在很久以前就把我老婆给干掉了，可是，她依旧吵个不停，用不同的相貌、不同的装饰、不同的声音来烦扰我。一年前，我以为她终于被我赶走了，但是，她上个月又回来了。当然，这次她一走进酒吧门，我就把她认出来了。我知道，她骗不了我。

我必须再次下手。

逍遥法外

亨利·托曼得意扬扬，因为他杀了一个人，但是没有得到任何惩罚。

他经常回味这件事，越回味越觉得自己了不起。他认为自己已经跻身最聪明、最卓越的犯罪之列了，由此藐视芸芸众生。 他是一个逍遥法外的谋杀犯！

只有他的妻子路易丝知道这件事。 那天晚上，她正好在客厅里。 她明显看到两个身影走到阳台边。 开始是两个人的身影，接着就只剩下一个了。

正是因为路易丝，他才杀人的。

他把司各特·兰辛推下阳台之后，很担心路易丝会对他不利。女人是很情绪化的，她更是如此，这也许因为她是一个戏剧演员。有那么一会儿，她表现得正如一幕戏的人物那样：她惊呆了，瞪着大眼睛，一动不动。

但是，亨利在警察赶到之前就已经使她恢复了平静。 这实际上很简单。 他指出，她没有办法证明她所知道的一切。 另外，她不想卷入一场丑闻中，不希望自己的照片出现在报纸的头版头条上，更不希望自己跟司各特的风流韵事成为人们茶余饭后的笑料。再说，她还要考虑她的母亲。 老太太已经七十多岁了，心脏很不好。 路易丝不希望因自己的事使年迈的母亲心脏病突然发作而死去，对不对？

最后，路易丝屈服了。 她乖乖地回答了警察的询问，她的回答是袒护亨利的。

她说，是的，那天晚上司各特确乎很低落。 他已经很久没有工作了，甚至电视台的工作都丢了。 在晚饭前和晚饭中，他都喝了许多酒。 在接受调查的其他人当中，也有人证明，司各特最近喝酒喝得很疯狂。

对尸体的解剖证明，那天晚上司各特喝了很多酒——这一切很有利于亨利。

路易丝说司各特心情低落，这不是在撒谎。 司各特最亲密的朋友也证实，最近他的心情很抑郁，甚至有些绝望。 最后，她描述了司各特烦躁时走到阳台前孤独一人的所作所为。 她没有提到亨利跟着他走到阳台一事。

她对那张照片也没有提过。

正是那张照片才导致这一切的发生，它是导火线，导致这场残忍的谋杀的发生。

路易丝坚持说，照片本来就没有什么特别的意思，全是亨利自己嫉妒心太重，把事情往坏的方面想。 那是一张司各特的大头像，他面带微笑，一看就知道是拍给经纪人和导演看的。 上面有一段很谄媚的献词，那是典型的演艺圈人的风格："献给我的女主角——你永远的奴隶。"

路易丝向亨利解释这句话没有什么特殊的内涵，每个演员都会写类似的话，其中不表达任何真实情感。 她和司各特的交情很一般，不过在那个演戏的时节一起演过几场对手戏，吃过几顿饭，仅此而已。

但是，任凭路易丝费尽口舌，亨利就是不相信她。 亨利不会忘记舞台上那些爱情场面，不会忘记那个闷热的夜晚，他在台下是如何地坐立不安。 还有，当初路易丝在要不要跟他结婚这件事上，是很犹豫不决的——会不会是因为她和司各特那段时间的暧昧关系呢？ 结婚后，司各特常常来他们家，其频繁程度让他起了疑心。 路易丝说，这是因为司各特喜欢到别人家蹭饭。 亨利难以接受这种解释，嫉妒和猜忌像癌细胞那样吞噬着他，直到他再也忍受不了那种疼痛。

就在这时，他在她的抽屉里发现了那张照片，看到那张微笑的脸和那些肉麻的题词，他知道，他必须把司各特·兰辛干掉。

因为不管他是清醒的还是睡着了，那张笑脸总是出现在脑海里，那张脸似乎无处不在。他举目四望，视线所及全是他的笑脸，那张脸无时无刻不在凝视着他，甚至进入了他的梦中。那张脸越变越大，侵犯了他的生活，毁坏了他的生活，他别无选择，只能铲除拥有那张笑脸的人。只有这样，他才不会再受那张脸的折磨。

警察离开的最后一天，他感到如释重负，就像一个人身上的肿瘤终于连根切除了。他对路易丝喊道："他永远消失了！我彻底消灭了司各特，就像这个世界上从来没有他一样。我再也不会看到他或想起他了！我把司各特彻底摆脱了。明白吗？"

她直直地看着他，这是她发现他是一个杀人犯之后，第一次正视他。她的眼睛很平静，什么表情也读不出来。他知道，她仍然感到震惊。也许她对他已经没有任何感情了。但这没有关系，这种情况会改变，他会把这种改变促成的。现在司各特已经死了，他们会变得亲密无间，会化为一体，这种境界是他一直渴望实现的。

她开口说话了，她的声音中只有好奇，她问道："你真的这么想吗？你真的可以像什么也没有发生那样心安理得地继续生活吗？你会受到惩罚的，亨利。"

他恼怒起来，这是他的胜利时刻，而她却要破坏他的好心情。他很想打她几个耳光。"别冲我说教，"他吼道，"我杀死了你的情夫，就像杀死那些威胁我们安全的野兽那样简单。谁都会这么做的，这种事情天经地义，哪儿谈得上什么惩罚不惩罚的呢？"

那是她最后一次想让他相信，司各特和她的关系只是普通朋友，是她结婚前十几位朋友中的一位。 结婚后，面对她丈夫的粗鲁和乖戾，他是唯一的一个人，能跟她保持正常的朋友关系。 为了独占她，亨利赶走了她的其他朋友。

亨利发现，甚至在谋杀后，那张脸也并没有消失。

他们夫妇参加了司各特的葬礼，并送了花圈。 在葬礼中，他们在长凳上静静地坐着，就类似于司各特的两个亲戚。

亨利的本意是，在葬礼结束后，那张脸就会永远消失了。

但是，在他面前还是不断地出现那张脸。 他开始担心，这是不是司各特的什么遗物在作祟。 他把路易丝的东西仔细地翻检，把她过去的纪念品和节目单都搜出来，凡是与司各特有关的都烧掉。 那张照片没有被他发现。

他气坏了，最后，他质问路易丝把那张照片藏在哪里了。 她很冷静地回答说，她已经把那张照片烧掉了。

他安静了几个小时。

但是，接着，又出现了那张脸。

被他杀掉的那个人的幽灵，恐怕就在这屋里待着了吧？ 他是从十二层高的阳台把司各特推下去的，司各特的幽灵是否仍在阳台上待着呢？ 路易丝是在客厅看到那可怕的一幕的，客厅会不会有幽灵呢？

他开始考虑换一所房子住。 在一个不熟悉的环境里，他和路易丝可能会忘记那天晚上发生的一切。 她仍然躲着他。 自从他杀了司各特后，他们之间没有了性爱，她似乎很厌恶他碰她。 她跟她母亲在一起的时间越来越多，好像和她母亲在一起，能让她暂时回到无忧无虑的童年。 他认为，他们应该到一个遥远的地方去居住：如果我能带着她远离这里，那么那张脸就无法跟着我们了。

好运气找上了亨利，他刚想离开这里，这机会就来了，看来，命运之神在对他微笑。他被提拔为经理，管理中西部的地区，这意味着他要搬到芝加哥，意味着更大的责任、更高的工资。

当然，路易丝开始不愿意离开。她并不想舍弃她的母亲和在纽约仅有的几位朋友；她不喜欢到一个陌生的城市去。

亨利有自己的办法。

"你的老母亲！"他不屑地说，"你的挡箭牌总是她！"

"她身体真的不好，"路易丝恳求道，"我对这一点必须要考虑。我不能扔下她一个人在这儿。"

"你给我好好想想。想想你的情夫，想想我干掉他的原因是什么。你想把这事告诉她吗？你最好不要告诉她，那只会害了她。"

从她的眼睛里，他看出她在想什么。她惊恐地意识到，他这个人很是顽固，如果她不顺从的话，他能做出任何事情来。

"既然这样，那我还能说什么？"她无助地问道，"但是你要向我做出保证，保证我可以经常回来对她进行探望。"

他做出了保证，但那个保证也很是空洞，没有什么意义。他们俩都知道，他们是再也不会回来了。从此以后，她的生活里面便只有他们两个人了。

他们离开纽约的那天大雨倾盆。亨利在前面小心翼翼地开着车，汽车后座上堆着路易丝不愿让搬运公司搬运的一些东西。

"天气一晴，我们便可以看到美丽的田园风光了，"他们穿过乔治·华盛顿大桥后，亨利说，"我们不用着急。我的报到时间是一个星期之后。我们可以轻轻松松的，想停就停，想玩就玩。这就像度第二个蜜月，只有你和我两人。我一直渴望这样的生活。"

她打了个冷战，把身上的厚大衣紧了紧，没有回答。 他意识到，他必须给她时间。 她会逐渐恢复过来的。 那时，他就什么都有了——金钱、成功，还有他的妻子——只属于他一个人。 最终他将完全彻底地摆脱司各特。

傍晚时分，天空依然下着大雨。 能见度低，再加上道路很滑，车开得非常慢。 亨利驶下高速公路，想找一家汽车旅馆。 在第二条公路上，他们在一辆大卡车后面紧跟着。 连续几英里，他们的汽车一直被那辆汽车堵着，那个庞然大物在他们前面慢吞吞地开着。

亨利越来越不耐烦。 他轻声咒骂着，不停地按喇叭。 那辆卡车最终在路边停靠，并且慢慢停了下来。 亨利脚猛地把油门一踩，越过白线，向前飞驶而去。

就在那一瞬间，迎面扑来一对耀眼的车灯。 从对面驶来的一辆汽车，正对着他们冲过来。

亨利赶紧刹车，但已经太晚了。 两辆车迎头撞个正着，亨利被从挡风玻璃抛了出去。

但是，他没有死。 他感到异常开心。 路易丝只受了一点轻伤，当她来到他床边，他的第一句话就是："你所说的惩罚纯属瞎扯！按照你的说法，我的命应该丧失在这场车祸中。 可是你瞧，我还活着，医生说我会活下来的。"

他脸上缠满了绷带，他说话的声音连他自己都听不到了。 但他说的是实话。 医生的话就像最美妙的音乐一样回响在他的耳边。

"这是一个奇迹，托曼先生，但是你会恢复过来的。 不久你就会痊愈。"

亨利必须告诉路易丝这些话，虽然他连说话都很困难。"一个奇迹，这就是他的原话。这个词是用在圣人身上的，在罪犯的身上却用不到！"他得意地说。

她要他别说话。后来，她待在他病房的时间越来越长，她非常温柔和安静。他高兴地告诉自己，在差点失去他之后，她现在对他的宝贵性终于可以意识到了。

当然，他很烦躁于总是待在医院。在床上度过了几个星期后，他经常对护士和医生恶言相向。他觉得他们把他在医院的时间故意延长，不让他和妻子团聚。

从他车祸后一直负责他的那位医生告诉他，他马上便可以不用抱怨了。"你很快就会出院了。你有什么可着急的呢？还给你留着你的职务，这是你的妻子为你争取的。你不用为医药费发愁，这笔钱保险公司会出的。现在，我们要做的，就是给你受伤的脸部做个整容手术，然后你就可以去工作了。"

这时亨利才知道，出车祸的那天晚上，几乎毁了他的整张脸。如果他不想成为一个人见人怕的怪物的话，那么整容手术他必须要做。

那是他唯一的希望。

大家都极力安慰他，说现在有着非常先进的整容手术能够创造奇迹。手术后，不会留下伤疤，他的容貌也会快速复原。

也许医生、护士甚至路易丝以为他对整容手术非常害怕，所以才这么安慰他。其实，他根本不怕做整容手术。现在，他觉得自己是上帝的宠儿，是不同于一般人的。他杀了人，却逍遥法外。一次可怕的车祸都被他遇上了，他却活了下来。为什么他要害怕一次小小的整容手术呢？ 在他刚打了麻醉药，等着被抬进手术室时，他对路易丝轻声地嘲笑着说："你说犯罪就会受到惩罚，怎么我没有受到惩罚呢？"

然后他把牙齿紧紧地咬住，决心在麻醉解除前一句话也不说。这是唯一让他感到不安的事，他担心自己在麻醉时把不该说的话说出来。

手术结束后，他醒来的第一件事，就是问护士他是否在麻醉中说话了。

"一句话也没说，"护士安慰他说，"你非常安静，丝毫未动。"

太好了。 他唯一的担心也烟消云散了……当他们给他解绷带时，他的身边便是路易丝。 她带来了一个带手柄的镜子，这样，他就可以看到手术后的结果了。 他从床上坐起来，她把镜子递到他的手中。 这时，医生和护士退后了几步，对外科医生的杰作表示赞叹。

亨利抬起一只手，把柔软的、新移植过去的皮肤轻轻地抚摸着。 医生告诉他，要用一种特殊的护肤油擦脸，一直到这皮肤变得结实才行。

"因为这皮肤非常娇嫩，所以你对它要好好加以保护。"医生对他说。

亨利不耐烦地咕噜了一声，举起了镜子，看着他的新面孔。

而在那一瞬间，便如噩梦一般，当他发出一声尖叫时，他明白了，他突然明白了，路易丝这几个月来，把司各特·兰辛的照片一直保留着。 当外科医生在楼上手术室给他做一副新的面孔时，那张照片便是他们的依据。

此刻，正是司各特·兰辛的那张脸，透过镜子，瞪着大大的眼睛看着亨利。

黑帮老大

在海员俱乐部的胡同里，哈迪并非故意把那个老头杀死。

哈迪已经连续三个月没有出海了，他需要钱。不仅他自己需要钱，等候在旅馆里的曼娜更需要钱。

所以，他一看到那个老头就动了心。

那人年纪很大，身上却穿着昂贵的衣服，好像很容易下手。哈迪冲到他身后，一只手臂扼住他的喉咙，而把刀揣在另一只手里，但是，那个人想要反抗，哈迪情急之下，一刀捅了进去。

在码头区，大晚上又不可能去别的地方，再加上他身无分文，只好逃回曼娜正在等候的小旅馆。曼娜是一个妓女，三个月前，他找到了她，当时他刚从海上航行回来，身上很有钱。现在，钱用光了，又没有找到新工作，但是，曼娜还是跟着他，也许她已经爱上他了。

他一进门，她就问："怎么样？弄到钱了吗？"她没有睡觉，在一扇窗户边一直坐着，不停地抽着烟，同时望着街头忽明忽暗的霓虹灯。

"没有钱，"哈迪说，把额头上的汗擦了擦，"糟了，曼娜，我杀死了一个人。"

她慢慢地站起身。虽然从窗帘里依旧有霓虹灯射进来，但是，她还是脸色惨白。

"发生什么事了？"

他把发生的事告诉她，说得很快，全盘托出。他说完后，她转过脸，没有像他想象的那样安慰他。

"我必须离开这里，"他说，"我必须出海，等到事情平息才行，警方会调查所有没有工作的海员，也许他们能顺着那把刀一路追查下去。"

"你出不去，"她冷静地说，"这几个月来，你一直在找机会出海。"

"有谁可以帮助我呢？这是你的家乡，曼娜，你一定知道有谁可以帮忙！"

她想了一会儿，然后说："马克坐第一把交椅，但是，没有人见过马克，他只和船长们打交道，对你这样的无名小卒根本不会召见。"

"你认识他吗？"

她沉思地说："我只见过他一次，我们有过一夜情。他是一位真正的绅士，但是很厉害。"

"你的名字他会记住吗？"

"可能记得。"她把一支烟点燃，想了想，"但是，我不知道怎么去找他，他这个人很奇怪，对谁也不相信。"

"我要找到他，"哈迪说，"我必须找到他，我得跟他说，他的帮助我很需要，曼娜也需要帮助。"

"哈迪——"

"什么事？"他在门口停下。

"祝你好运。"

钟声酒吧的吧台侍者皱着眉头说:"马克!你真的想找他?这里他从来都没有来过。你找他干什么?"

他舔舔嘴唇说:"有急事,我需要马上出海,不管干什么活,最要紧的便是能出海。"

"这种事倒的确应该找马克,但是对你能找到他,我很是怀疑。他可是帮里的老大啊。"

"我知道。"哈迪离开酒吧,把海员俱乐部绕过去,向另一家酒吧走去。走到半途时,听到远处的警笛声,他心中立刻明白,胡同里的尸体被别人发现了。他加快了脚步。

在第二家酒吧,他又问同样的话:"我在哪里可以找到马克?"

吧台侍者过去调弄起彩色电视来:"没有人找马克,都是他找他们。"

"别开玩笑,我有急事。我是曼娜的朋友。"

"我不认识曼娜。"侍者说,但他没有走开。过了一会儿,他说:"鲁比是马克的心腹,他是唯一能够告诉你在哪里能找到马克的人。"

"好,我怎么才能找到鲁比呢?"

"他在市中心开了一家俱乐部,不过晚上这个时候,他通常待在他的公寓里。他为上层人物提供午夜娱乐。"他把地址写在一张纸上,"啊,朋友,不过我要告诉你,你这一身打扮是进不去的。"

哈迪乘地铁到市中心,在侍者给他的地址前站着。那是一栋豪华的公寓大厦,门前种着各种各样的花,还有一位具有高大身材的门卫。

哈迪对门卫说："我是来找鲁比的。"

门卫把哈迪肮脏的毛衣和粗布裤子仔细打量了一番，说："送货是太晚了。"

"不是送货，是谈正事。"

门卫拿起室内电话，把一个号码拨通。他问哈迪："你叫什么名字？"

"他不认识我，告诉他说，是有关马克的事。"

门卫把哈迪的话说了一遍，然后挂上电话，把哈迪带到电梯里。

"我搜过身后，你就可以上去了。"他说。

说完，他双手迅速搜过哈迪的全身，搜得非常仔细，任何一个地方都没有遗漏。搜完后，他哼了一声，走出电梯。"不许耍花招。"他警告说，并把电梯门关上。

到了顶层，门重新打开。哈迪走出电梯，在一条极其华丽的走廊里走着，走廊上有一个拿着手枪的男人在等候。那人冷静地说："把你的来意说出来，你提到马克，你是不是有他的消息？"

"把你的枪收起来吧。"哈迪看到一间客厅里，有十来个男人站在一张赌桌旁。"为了防止被抢劫，枪总是被我们端在手中。"

"你是鲁比？"

这个黑发男人点点头。他穿着一套条纹西装，很像电影里的那些黑帮人物。"我是鲁比，你是谁？马克手下的水手？"

"我是个海员，我必须离开这里，我听说只有马克可以帮我。"

鲁比哈哈大笑起来："只要你有钱，他便会帮忙。"

"我——没有。"

"没钱？"

"我是曼娜的朋友，她说马克欠她一份情。"

"马克不欠任何人的情。"赌桌上有人喊他，他回答说："一会儿就来！"

"只要你告诉我，马克人在哪里就可以啦。"

"现在马克早就上床睡觉了，明天早上再说吧。"

"明天早上我肯定来不及了，"哈迪舔舔嘴唇，"警察在追捕我，我必须现在见他！"

"我无能为力，没有人敢打扰马克的休息，"他把枪收起来，冲电梯点点头，"走吧！滚开！"

此时，离开赌桌的还有一个穿晚礼服的老头，他急匆匆地走进电梯。 他说："鲁比，你把我赢得精光，我想这下你满意了吧。"

"下次赢回来，布朗先生。"鲁比站在那里，看着哈迪，一直到关上电梯门。

在电梯里，布朗不停地喃喃自语道："他在赌具上做了手脚这件事我并不想说，不过，我的运气从来没有这么坏过。"他的眼睛落到哈迪身上，似乎把他突然忘记了。 "小伙子，你和那个枪手有什么事吗？"

"我来看马克，那个便是黑帮老大。"

布朗先生咯咯一笑："对，马克是帮里的老大。"

"你认识他吗？"

"马克谁都会认识。"

"我需要出国，我需要一艘船。"

"马克会把你弄出去的，他对你这个年纪的年轻人特别喜欢。他会给你找到一艘船，此外，可能还会把一百元给你。"

"真的吗？"

"当然是真的。"

"可是，他在哪儿呢？我已经找他好几个小时了！"

"谁知道呢？他从来都不说他的住址。"

"我必须找到他。"

"也许跟他的情妇在一块。"

"她是谁？"

"住在豪华公寓，名叫玛丽。"

"你是说，他很喜欢年轻人。"

布朗先生咯咯笑道："马克对所有的人都很喜欢，所以他才成为帮里的老大。"

豪华公寓并没有带枪的门卫。但它在城市的另一面，所以哈迪又向那边赶去。

"现在是凌晨三点！"金发女郎打开门，大声叫道，"见鬼，你是谁？"

"我来找马克。"

"他不在这里！滚开！"

"你是玛丽小姐吗？"

"是，可是这里没有他。"

"我有很重要的事情，必须找到他。"

"我说，你赶快滚开，否则我要叫警察了，我可不是恐吓你！"

"我不会伤害你。但是我必须要找到马克，我需要他帮忙。"

"当然，需要帮助的包括每一个人。"但是，她冷静了一些，也许她以前见过像他这样的来客，"他是来过这里，但现在已经走了，半夜前走的。"

"他会到哪儿去呢？"

她耸耸肩，把门缝开大一些："也许回家了，他偶尔回去一次。"

"他家在哪儿？"

"在他太太那里，她是一头老肥猪。"

"我是说地址。"

"他不喜欢人家去找他，他住在那里，但是用的是化名。"

哈迪灵机一动，问："他是不是化名布朗？"

"不，"她哈哈大笑起来，"不是布朗。派你来的是他吗？"

"是的。"

她叹了口气："好吧，我告诉你。在河边，马克和他太太有栋房子，就是十六号码头对面棕色石头砌的那栋，你不会弄错的。罗宾是他的化名。"

"谢谢。"

"不要告诉他，告诉你这些的人就是我。"

他向十六号码头走去，心想，总算快找到了。警车没有在这里巡逻。他知道他们正在搜索他，但是，他不再害怕。马克会听他说，帮助他的便是马克，天亮前会让他上船，远离那些巡逻的警察。

隔着一条街，那栋房子便被他看到了，因为现在是凌晨，那栋房子却灯火通明，马克还没有睡，他是在等候像哈迪这样的人。

棕色的大门口，有一个门卫带着枪。 他打开门，对哈迪皱起眉头。

哈迪说："是马克先生家吗？"

"你找他？"门卫问。

"事情很重要，有大半夜我都在找他了。"

门卫做了个手势："走道尽头。"

哈迪走进黑暗的走道，他看见前面有灯光，也有低语声。 从珠帘中照出的灯光不是很明亮，只是路却能够让人看清楚。 他慢慢地走过去，撩开珠帘，走进屋里。 一个肥胖的老太婆坐在桌边，有两个男人站在身旁。 当他进去时，他们抬起头，等他开口。

"我来的时候走了很多路了，"哈迪说，"我需要帮助。 你是马克太太吗？"

老太婆点点头："我是马克太太。"

"我需要你丈夫马克先生的帮助，叫我来找他的另有其人，因为他是帮里的老大。"他看看旁边的两个男人，但是他们的脸上仍然没有表情。

"你要找马克？"老太婆再次问道。

"是的。"他嘴巴发干，两腿发软。

"只是，你还是来晚了，"那个老太婆说，"今天晚上，他在海员俱乐部旁边的胡同里遇害了，有人用刀把他杀害了。"

钩心斗角

宠物公墓

兰克夫妇默默地站在一个挖好的小墓穴边。 兰克太太胖胖的脸上满是悲痛。 约瑟夫很同情地看着她。

兰克先生大约五十来岁，长得又矮又瘦，背挺得笔直，很不耐烦地站在那里，他不停地摇摆着身体，长着一双干瘦的双手。

"我们在等什么？"他带着法国口音问。

约瑟夫正要回答，响起了教堂的钟声。 他没有说话，冲钟声方向点点头，然后弯腰拎起墓穴旁边小小的木箱。 是自己买的，不是自己钉的木箱。

约瑟夫麻利而小心地把箱子平放进三尺见方的墓穴里，箱子角远离墓穴的四周，接着，他又把小石碑上的黑土擦去，站起身来。

小石碑上刻有：

"巴克，1965—1977 一个忠实的伴侣"

约瑟夫退后站到一旁，让兰克夫妇单独在他们心爱的狗的坟墓旁站一会儿。 十年前，当他开始做为人埋宠物这行时，他总会在坟前说几句，但那些话听起来不太实际，于是他决定换用教堂的钟声给下葬作陪衬。

约瑟夫站在那里，公路上都是汽车的隆隆声，那条公路紧挨着他这座专门埋葬宠物的公墓。

"走吧！"他听到兰克先生说，"要不然就迟到了。"

约瑟夫看到兰克太太没有动，两眼仍然注视着墓穴。 兰克先

302

生转过身，向约瑟夫走去，兰克太太依依不舍地又看了墓穴一会儿，这才跟着走过去。 现在，教堂的钟声停止了敲动，它清脆的余音仍然在夏天的空气中回荡，逐渐远去。

"我该给你多少钱？"兰克先生问约瑟夫。

兰克太太说："兰克，他说给我们寄账单。"

"我可以列一份费用单。"约瑟夫说。

兰克先生身高只到太太的眼睛，他严厉地看了她一眼。 "我们最好现在结束这件事情。"他严厉地看着约瑟夫。

约瑟夫点点头。 "随你的便，"他没有看兰克太太，"一般收费五十。"

兰克先生从西装口袋里掏出支票簿，用圆珠笔签了一张支票，递给约瑟夫，转身就走。

兰克太太伤心地看着约瑟夫。

"你可以随时过来这里探望。"约瑟夫对她说。

"谢谢！"她笑了笑，然后跟着丈夫走向他们崭新的红色汽车，径自打开车门上了车，夹紧膝盖坐着。 当他们缓缓驶过铁丝围着的狗栏时，狗叫个不停。

约瑟夫看着汽车绕过拐角，上了碎石车道，向他住的白色小木屋驶去。 然后他就看不到汽车了，但仍然可以听到车轮辗在碎石上的声音。 兰克先生在公路上疾驰，那些狗也安静下来。

约瑟夫肃立了一会儿，心里想着兰克太太。 他可以感觉到他们夫妇之间的紧张。

昨天，兰克太太来商量埋葬事宜时，约瑟夫立刻看出，她很喜欢那条叫巴克的苏格兰狗，那不是一般的喜欢，而是感情非常深。他们说好第二天把巴克埋在宠物公园，兰克太太要求约瑟夫用昂贵的杉木，而不是普通的松木。 约瑟夫觉得，兰克夫妇是有钱人家。 "巴克几岁？"他送她上车时问道。

"十一岁，"兰克太太回答说，"可是我们相信她不是老死的，而是吃东西药死的。"约瑟夫觉得，从她的语气中可以听出，她怀疑有人毒死了她的狗。 "你要不要找个兽医验尸？"他问。

她摇摇头，勉强笑笑："就是发现巴克是被毒死的，也于事无补。"

今天早晨，兰克夫妇带狗来的时候，包着一条大毛巾，约瑟夫看到狗扭曲的肌肉和狞笑的样子，马上就明白那是中毒而死，但是，他没有说话。

他自己的一条英国狗路克的叫声，把他从沉思中唤醒，他记起自己还要做很多工作。

第二个星期的周末，兰克太太带着一束雏菊来了。 她看上去精神不错，非常亲切地向约瑟夫打招呼。

她来的时候，他正在冲洗狗栏的水泥地面，他关掉水，冲她微微一笑。 不知为什么，兰克太太很像他已故的妻子。

她的微笑有些尴尬。 "我……我来给巴克献花，"她说，"我知道这有点儿傻……"

他看到她体态优雅地走向狗坟，然后蹲下来，把雏菊放在墓碑前。 当她回来时，他问她，是否想喝一杯咖啡？ 她同意了。

他们走进小办公室，只有一个咖啡壶在里面，他倒了两杯咖啡。 兰克太太没有加牛奶或糖，只是在一张破旧的椅子上坐好，喝着苦咖啡。

她看到约瑟夫办公桌后面墙上的纪念品和奖状，问："这些都是比赛赢的？"

"是路克赢的，"约瑟夫微笑着说，"那是它的照片，取得过三届全国冠军，不过，那是很久以前了。那时候，我和太太经常参加狗的比赛，但是六年前她去世后，我对赛狗就没兴趣了。"

"你这地方不错，"兰克太太说，"非常安静，你一定很喜欢动物。"

不知为什么，约瑟夫突然说："我认为有人毒死了巴克，你先生不喜欢狗，是吗？"

兰克太太很吃惊，然后慢慢地端起咖啡杯，喝了一口。

"对不起。"约瑟夫说，摸摸自己晒得黑黑的脸，满是疲倦。

"你说得很对，"兰克太太说，"兰克先生不喜欢巴克，他不喜欢动物。你说得非常对……"她意识到说多了，急忙补充说，"和所有的人一样，谁都有缺点。"

"当然。"约瑟夫说，靠着桌边坐下。

"我知道你在想什么，"兰克太太闲聊似的说，"你正在想，可能兰克先生并不爱我。"她的手仍然稳拿着咖啡杯。

约瑟夫觉得很尴尬，他承认说："你说对了，我就是那么想的。"他勉强一笑，"我承认，我不应该这么做。"

"我先生和所有的人一样，有他的看法。"兰克太太为他辩解。

"你说过，他有缺点。"约瑟夫提醒她说。

"我说过，是吗？"兰克太太说，"两种话都有。"她看看手表，站了起来："啊，我要赶去园艺俱乐部，要迟到了！"

"我不耽搁你的时间了。"约瑟夫说。

兰克太太的微笑让他放下心来："这是我自己造成的，不是你的错。"

他把她的空杯子拿起来，为她拉开纱门。

"谢谢你的咖啡。"她彬彬有礼地说，拿着包走出去了。

约瑟夫在办公桌旁坐下，听着她的汽车离开。 她在小小的办公室里留下了一股中年妇女常用的香水味，好像紫丁香的味。

从此以后，兰克太太经常来公墓，有时候给巴克献花，有时候只站在那里，低头看一会儿。 每次去都等一下再走，和约瑟夫喝杯咖啡，聊聊天。

兰克太太没有说过她丈夫任何不好。 不过，她和约瑟夫在一起很愉快，他们有共同语言，慢慢地，他们越来越信任和了解对方。

有一天，她来办公室时，约瑟夫看出她哭过。 她眼睛湿润，满是愤怒。 开始，他以为她是为死去的狗而流泪，但是，当她接过咖啡杯时，他发现她全身发抖。

"怎么啦？"他在她身边蹲下，握住她的手，试图让她平静下来。

"我们吵架了！"兰克太太冷静地说，"就这样。"

"为什么？"

"这个问题已经不重要了。"

"他说什么了？"

兰克太太抽出手，端着温暖的咖啡杯。 她说："他要移居欧洲，我不同意。 这儿是我的家，我的城市，我的祖国，我母亲也住在这儿，我要照顾她。 他和我吵个不停，我想这没什么了不起的，不过，我们总是为一些小事争吵。"

"你没有想过让他自己过去？"约瑟夫问。

"如果我不和他一起去，他会一个人去的，那样的话，我就会失去一切。"

"你肯定会有一些积蓄，像生活费、赡养费等。"

"他嫌我老，"她说，"总是说我老，老，老……"

约瑟夫站起身，蹲久了，背部感觉很疼，他把手放到她的肩膀上。

一阵喇叭声传来，他看向窗外，原来一位顾客用皮带牵着一条小狗站在外面。约瑟夫走出去，检查免疫证明，把狗安置到围栏里，又回到办公室。这时，兰克太太已经不哭了，平静地喝着咖啡。

接着，他们若无其事地聊了很久，没有谈吵架。最后，当兰克太太告辞时，她小心地对约瑟夫说：

"我决定再养一条狗，一条大狗。"

约瑟夫点点头："这很不错。"

她微笑着。

她走了，但屋里仍然留有她的香水味。

约瑟夫忙着登记养狗文件，因为他的那条英国母狗刚刚生了一窝狗。他忘记了兰克太太说的大狗。

兰克太太两周后来了。

她来的时候，约瑟夫正在油漆公墓大门的柱子。那天天气不冷不热，有些微风，所以他们在外面谈话。

"我待不了多久。"兰克太太说，瞥了一眼只漆了一半的门柱。

"随便你。"约瑟夫放下刷子，盖上油漆罐的盖子。

兰克太太微微一笑，用淡蓝色的眼睛看着他："我是来谈我买的那条大狗——上次我告诉过你，还记得吗？"

约瑟夫靠在柱子上，点点头。

兰克太太低头看着地面："它……它死了。"

约瑟夫仔细看着她，阳光下，她脸上的皱纹非常清晰。"中毒死的？"

"我想是的，"她说，眼睛仍然低垂着，"我想问问，可不可以在这儿埋葬？"

一阵风吹过来，工具棚屋顶上的风信机转了方向。"可以。"约瑟夫慎重而温和地说。兰克太太松了一口气，露出微笑。"我……这次得用箱子，我有一口大箱子，一只旧的大衣箱。"

"好，"约瑟夫说，用脚跟踩着油漆罐的盖，"要石碑吗？"

"一个十字架就够了。"兰克太太说。

"当然可以，"约瑟夫说，"你那条狗刚买的吧！叫什么名字？"

"国王，"兰克太太沉思道，"它叫国王。"

"明天一早？"

她点点头："谢谢你，约瑟夫。"

约瑟夫目送她走回汽车，车门打开时，她转身看看他。他正在裤腿上擦手，向她微笑。当她缓缓驶过狗栏时，那些狗轻吠几声。

第二天一大早，她自己驾着车过来了，约瑟夫在外面迎接她。衣箱是黑色的，系扣是铜的，外面绑着很厚的皮带，衣箱边有纸和胶的痕迹。兰克太太看着约瑟夫搬下衣箱，放到挖好的墓穴边。

他们站着，谁也没说话，在寂静的清晨，约瑟夫只听到自己沉重的呼吸声。接着，教堂的钟声响起来，他把箱子搁进墓穴，然后低头看着破旧、褪色的箱盖。

兰克太太离开到办公室等着去了，约瑟夫留下来填土。 当他弯腰填土时，可以感觉到她站在窗前，死盯着他。

约瑟夫干完后，回到办公室。 他们聊了一会儿，然后兰克太太离开了。

从此以后，兰克太太经常去找约瑟夫喝咖啡聊天。 约瑟夫觉得，她似乎更快乐、更满足了，但也许真实情况不是这样。 有时候，她会带一小束雏菊放到巴克墓前，但约瑟夫从来没有看见她给"大狗"献过花。

约瑟夫明白，"大狗"不是狗，是她丈夫。

谋杀植物

哈里·格里萨姆对着那盆植物说："我要干掉你，我要把你捏碎撕碎，冲进下水道里，对此你作何感想？"

即使这株植物能感受到他的威吓，也不会有反应。

然而这种做法与他妻子弗罗拉对它的态度大不相同。

哈里的鼻子抽搐着，满是眼泪，他打了个喷嚏。

他迅速离它远远的，诅咒着弗罗拉和那个喷雾器，她就是用它喷洒农药来保养她那些奇花异卉的。

他的手在颤抖。 "我真正喜欢做的，"他再次提醒自己，当然，"是把这双手在弗罗拉的脖子上缠着，然后掐紧，掐紧……"他闭上眼睛，握紧拳头，得意地笑了，这种幻想让他感觉很满足。

"你——在——干——什——么？"

他被女人的尖叫吓了一跳。

"我希望，"弗罗拉·格利萨姆怒容满面地说，她的视线扫视房间，就像个复仇的幽灵，"你没有惹烦黛西，你知道它很敏感。"

哈里强忍着把溜到嘴边的粗话咽了下去。 一株花会对人的话敏感吗？ 真是可笑至极，不可理喻。

因为弗罗拉经常跟花说话，他曾经一度认为她的这种反常做法很有趣。 后来一些古怪的科学家们提出一个理论：如果人们和植物说话，用关爱的语言安慰这些长叶的情人，它们就会长得更加茂盛。

呸!

当然，还有其他方式，希尔迪不止一次提到过的解决方法，可以一劳永逸。 希尔迪是一个年轻女人，充满活力，不像弗罗拉那么老气，骨瘦如柴。 希尔迪也多次提过她不会永远等下去。

"使它看上去像次意外，"希尔迪说，"或者是一次出乎意料的抢劫。 那你就可以得到弗罗拉的钱了——还能娶我！"

听起来主意不错——特别是能得到弗罗拉的钱这点尤其令他心动，那两万美元的存款是挂在弗罗拉名下的。 另外还有风流迷人的希尔迪朝夕相伴，这真是惬意啊！

"喂，喂，黛西情人，"弗罗拉对着那株植物温柔地说着话，"那个大块头的臭男人恐吓我的小宝贝了吗？ 不要害怕，甜心，有妈妈在。"

哈里的肚子里一阵翻江倒海，他不知道是不是那个喷雾器依然在刺激着他的鼻孔。 他既不能忍受耳朵里传来的甜言蜜语，也不堪忍受与弗罗拉共处一室。

但可以肯定一件事——他不能就这样继续下去。离婚或分居不是解决问题的方法。那样，为了养活自己，他不得不回去工作，而且他还养不起希尔迪——至少不能以她喜欢的那种方式养着她。两万美元并不算多，但如果能够投资得当的话——比如说很有把握的项目——很容易可以赚回百倍的钱。

弗罗拉挺直身子，目光如鹰，犀利地盯着她的丈夫："我要你远离黛西，你的粗话已经使它精神萎靡。"

"噢？"哈里装出无辜的表情，"它告诉你的？"

"你的冷讽热嘲对我没有用，哈里·格里萨姆，"她厉声说道，"我的植物是我最好的朋友，你只是我名义上的丈夫。"

哈里被这刺人的话吓住了。他妻子名叫弗罗拉（即"植物"之意），但是更适合叫她"仙人掌。"这些植物是她真正的朋友，尤其有一株植物——那株开着黄色花瓣的黛西——吸引了她所有的注意力，她对它尤为爱护。

她对这株植物照顾得无微不至，经常细心地松松它根部周围的泥土，仔细计算着确保它健康生长的化肥，定时喷洒农药，以杀死虫子。

"难道虫子就没权利生存吗？"哈里曾这样问过她。

"当然有，不过是在某些地方。"她回答说，对他的话不置可否。

他不能忍受那些喷雾剂，那株植物，甚至弗罗拉本人。为了使自己好受些，他不止一次想干掉那株植物——噢，上帝，现在他把它当成了一个活物——但后果是弗罗拉可能会对他大发雷霆，甚至有可能干掉他。

她似乎是真心爱那些花，爱得比她曾经对丈夫付出的爱还要深。 首先，他对此非常感激，因为这使他有时间追求其他感兴趣的东西——像芬芳迷人的希尔迪。 他是在一个金色的下午在失业求职队伍里和她认识的。

当然他可以去游山玩水，他之所以去求职是因为弗罗拉坚持认为从她的前任丈夫那里继承的养老金不足以维持生活，她的新任丈夫，也就是哈里，必须出门找份工作。 哈里反驳说没人会要自己的，因为他犯过罪。

在排队过程中，哈里跟那个撩人情欲的金发女郎攀谈了起来。希尔迪是个离过婚的女人，她丈夫跟另一个女人私奔到外国去了，只留下她一个人，她不得不出来找份工作糊口。

她邀请哈里到她简朴的公寓里做客，喝了点酒，讲了些笑话。哈里没有提起他糟糕透顶的妻子，他们都没意识到这一点。

尽管谈话是快乐的，但希尔迪很快就变得焦躁起来。

"我准备改遗嘱。"弗罗拉说。

这话一开始哈里并没注意，但当他回味过来，怔怔地沉默了片刻后，嘶哑的嗓子终于发出声来："改变你的遗嘱？ 怎么改？"

她狞笑着："噢，你还是会拥有这笔钱的，不要担心。 但是如果我突然死去的话，我不想看到黛西无人照顾。"

"死去？"哈里几乎要忍俊不禁，"是什么会使你想到突然死去？"

"我有这种预感……"她摇着灰白的脑袋，"噢，你不要介意。 我会把所有的钱都留给你的——但有一个条件。"

哈里等着，脊椎一阵阵发冷。

"你必须得一个人在这栋房子里住着，为我照看着黛西，"弗罗拉接着说，"在我死后，黛西至少要活一年以上。 如果做不到，那么钱将被捐给慈善机构。"

哈里开始颤抖起来，胸中满是愤怒和沮丧："你……你不能那样做，我根本不会照顾植物！"

"那你就跟我学，不行吗？"她眯着眼睛直截了当地说，"我也不希望你的女友在这个房间里住着。"

哈里大吃一惊："什……什么？"

弗罗拉傻笑着："你以为我什么都不知道，嘿？我什么都知道。"

她都知道了。哈里咬着嘴唇，当然他已告诉了希尔迪那株植物，并且他们对他妻子的痴迷大笑不已。希尔迪想看看这件东西，因此一天弗罗拉到医生那里体检时，他把希尔迪带到家中，领她看了那株植物。希尔迪曾说过许多猥亵的话，这些话足以使黛西萎谢凋零，他们也冒着危险对她冷嘲热讽。而黛西呢，有周围那层香水的保护，对他们措辞激烈的长篇演说并没有什么不适反应。

哈里只是呆站在那里，不知该怎么办才好，他的眼睛打量着弗罗拉狞笑的面孔。她竟然知道希尔迪，他搞不清她是怎么知道的——他们一直非常小心——但那已经不重要，重要的是她知道了。现在除非他与她断绝关系，否则弗罗拉就要更改遗嘱。

两万美元和希尔迪的形象同时在他眼前晃动着，眼前瞬时一片漆黑。

"不！"他叫喊起来。在他还没有意识到自己在做什么之前，强有力的双手已扼在弗罗拉柔弱的脖子上，掐着，掐着，就像以前自己在幻想中无数次演练过的那样。

那女人骨瘦如柴的手指抓着他，但没有用，她的眼珠瞪得圆圆的，喉管里发出粗粗的喘息声。

在她将死之前，哈里曾一度意识到自己是在杀人。 但等他想缩回手时已经太晚了。 他手头又加了加力，她死了，像一株枯萎的花一样死去了。

好一阵，房间里静悄悄的，只有哈里急促的呼吸声。 "我杀死了她，"他告诉自己，"我真的杀死了她，我得去告诉希尔迪。 不，等会儿，首先，我得把这伪装成是一起偶然事故——或者遭了强盗。"

很明显她是被扼死的，这就排除了偶然事故的可能性。 一个强盗闯入了屋子想要洗劫，被女主人发现，然后强盗把她杀死了——对，就这么办。

哈里慌慌张张地穿梭在一个个房间内，推翻椅子，拉出抽屉；从厨房里的小饼罐里拿出十二美元钞票，然后砸翻罐子，在碎片间留下一些零头钞票。 回到起居室后，他又把窗上的一块玻璃砸碎，拉开插销。

不在犯罪现场——他必须有证据证明不在现场。 他抬起弗罗拉的手腕时，不敢看她的脸，他把她的手表拨快了一个半钟头，然后砸向地板，砸碎了水晶表壳，让时间停留在那个时刻。

真是太好了，这样她的死亡时间就确定了。 多亏了这块摔碎的手表，一个钟头前他还在工作。

哈里对自己伪造现场的安排感到有些自豪。

他在门口顿了顿，转过头来重新审视着屋里，看看是否遗漏了什么。 他的眼睛扫来扫去，最后看到那株开着黄花的植物。

"我要杀死你。"他哈哈大笑。

他迫不及待地穿过房间，抡起一只手，那株花掉落到地板上。

当他离开屋子时，确信半掩着前门。

哈里·格里萨姆非常兴奋，但也有点紧张，也许——但不管怎样，他第一次杀人了，即使他曾是多么讨厌弗罗拉，但对她不是没有感情。 不过现在他感到一种彻底的解脱，美好的生活就在前方。

他将不得不忍受警察没完没了的调查，装出一副对弗罗拉的死很悲痛的样子，但他坚信自己能顺利过关，同时他被那两万美元和一个美丽女人的爱所鼓舞着。

他匆忙赶到求职办公室，打电话通知了警察。 他说他是格里萨姆的一个邻居，经过那栋房子时听到里面传出尖叫声和物品的摔打声。 然后他就将电话挂断，没有留下自己的名字。

做完这一切后，他来到一扇明亮的玻璃窗前，旁边是一面标记着"工作"的柜台。 他情绪激动地质询求职办公室竟然没有给他这样一个男人介绍份工作，他渴望工作，而且急需工作来养家糊口。

柜台后的女孩把哈里带到一个面色严峻的男人面前，他询问了哈里的情况，没有表现出对他的反感情绪，最后给他提供了三个简单的体力劳动岗位供他选择。

回家时，哈里大喊着："弗罗拉，好消息，我有工作了！"警察已经在那里了，正在等着他。

"弗罗拉，死了？"哈里听到这个消息时，他目瞪口呆，倒在一把椅子上，"这不可能，我和她告别时，她还好好的，到底是怎么了？"

"我们认为也许你能告诉我们此事的具体细节，格里萨姆先生？"

"我？　这怎么可能。　你们知道：案发时我是在求职办公室里，我能证明——"

那个警察举起手示意他闭嘴："在逮捕你之前，格里萨姆先生，我先读一下你应有的权利。"

哈里听着，当警察告诉他有保持安静诸如此类的权利时，他不禁糊涂了。　于是他问道："我可以见她吗？"对她的丈夫来说，这很自然。

"当然可以。"警察给他打开门。

弗罗拉仰面躺在地板上，跟活着的时候一样丑陋，她身边是被他摔碎的那株植物的残骸，花盆摔得七零八碎，泥土都溅到壁炉边的地毯上了。　在掉落的泥土中——哈里好奇地靠上前想看清一些——有一个发光的黑色小玩意，一个小孔里伸出一根细小的天线。

"你妻子在植物里面安有'窃听器'，格里萨姆先生。"警察说。

"那不是真的，"哈里说，"她从来没把喷雾器（在英语中喷雾器的'喷嘴'与'窃听器'同义）放在那里。"

警察禁不住笑了："我的意思不是那种喷嘴，我的意思是窃听器。　很明显她对你起了疑心，因此要把你说的话录下来。　于是她就这么做了，如果那个花盆没有摔到地板上的话，我们也许永远也找不到谜底了。"

"不！"哈里哭喊着。　他想到的是即将得到的那两万美元和美丽的希尔迪将永远离他而去。

"有句谚语说得对：黛西不会说话，但这个黛西会说话。"警察幽默地说。

私人侦探

有两个人在公寓里等我，一高一矮，高个子很瘦，穿着呢子大衣，坐在转椅上，一条腿在扶手上搁着。矮个很结实，靠窗站着，面无表情。

我从没见过这两个人，不过我知道是谁派他们来的，也知道他们来的原因。

我随手把门关上，盯着他们问："你们怎么进来的？"

高个耸耸肩，说："门没上锁。"

"是啊！"我跨过房间，顺手把外套扔在沙发上，走到酒吧前，调了一杯酒给自己。

"胖老大要见你。"高个儿站在我身后说。

"等一等，"我说，"我冲澡换件衣服。"

"现在就走。"高个儿很不耐烦。

我转头看着他："如果我不想现在去呢？"

高个儿又耸耸肩。

我淡淡地一笑："我敢打赌，你们两个人的外套口袋里都有手枪。"

他把外套里的手枪掏出来。我一口喝完酒，说："走吧。"

从我住的地方到胖老大的游乐场，需要三十分钟。他的游乐场在本市北面的海边，我们从后楼梯来到他的办公室。胖老大重三百五十磅，他身穿淡黄色的丝质西服，里面衬衫是淡蓝色的，系着漂亮的领带。

胖老大巴尔克是个赌徒和鸡头。 不过很奇怪，他非常喜欢猫，听说他养了二十多只纯种猫，实际上，有一只就蹲在他书桌的角落上。 那只猫正在舔胡子，十分肥胖。 胖老大请我坐下，然后对我说："夏洛克，我不想说废话，你知道我找你来的目的。"

"是的，我知道。"我说。

"那个妞儿在哪儿？"他问。

"哪个妞儿？"

"就是朱莉娅。"胖老大说，"她在哪儿？"

"我昨晚告诉过你。"

"再说一遍。"

"这种事，你应该记下来，"我说，"你的记性不好。"

"别跟我贫嘴，"他说，"我问你，那个妞儿在哪儿？"

我叹了口气："她在加州边界狄福小镇里，住在白金汉旅馆9号房。"

胖老大摇摇头："你再想一想。"

我皱起眉头："你想干什么？"

他一脸凶相。 "你昨天打完电话以后，阿尔和伍德就乘一架私人飞机去了狄福镇。"他说，"她不在那儿，也从来没去过那儿。"

"我不想和你争论，"我说，"不过，她确实是在那里，我亲眼看见的，我亲眼看见她在饭店餐厅吃午饭，我一直跟着她走到拐角的药房。"

"别胡说八道。"胖老大说，"你想骗谁？"

"我谁也不想骗，"我说，"昨天下午四点钟的时候，她还在那儿，她的房间号还是我从总台服务员那儿知道的。"

"总台服务员说没见过她，伍德拿照片给他看了。"

"他撒谎！"

"他为什么要撒谎呢？"

"也许他被收买了。"我说，耸耸肩。

"从昨天到现在，你在哪里？"

"如果你要的话，我可以写出日程。"

"别跟我转移话题。"胖老大恶狠狠地说，"你在哪儿？"

"从这儿到狄福镇，需要六个小时的车程，"我告诉他，"我很累，我在汽车旅馆休息。"

"哪一家旅馆？"

"牛津镇外的玫瑰旅馆。"

"我要去查。"

"请便吧。"

"你打电话给我之后，为什么不原地等着我？"

"你没有要我等。"

"那只是你的借口，"胖老大说，"你应该等。"

"为什么？"我问，"你请我的目的是找到她，我找到她，任务已经完成了。"

"他妈的，"胖老大说，"她不在那儿，你逗我玩啊。"

"她昨天是在那儿。"我说，"这点儿我已经说过了。"

"你知道我在想什么吗？"胖老大说，"我认为你在骗我。"

"我为什么骗你呢？"

"也许那个妞儿把你买通了，"他回答说，"也许她把钱分给你一部分，叫你替她撒谎。"

"是啊，"我说，"她给我一半的钱，我把钱存在外套的夹层里。"

"我已经受够了你的油腔滑调，"胖老大说，"你要我让这位伍德修理你吗？"

我看看在屋里的伍德，他就是那个矮个儿，他的手臂像一般人的腰那么粗。我转向胖老大，"不要，"我说，"我可不喜欢。"

"那么老老实实地回答我的问题，我已经快失去耐心了。我一定要找到那个妞儿，我要找回五万块钱。如果你不想挨揍的话，你最好说实话。"

"我说的是实话，"我说，"你瞧，如果她买通我骗你，我不会编一个更可信的故事吗？我会说她已经到加拿大或墨西哥，让你根本没法找到她。"

他听着我的话，仔细考虑，他那个大脑袋想问题是很吃力的，不过他总算想明白了。"你说得对，"他说，"夏洛克，你在本市的信誉还不错，所以我相信你的话。你还能再次找到朱莉娅吗？"

"可以。"

"我要你今天就出发，"胖老大说，"我们要抓紧时间了。"

"很好，"我说，低头打量着我的手指，"还有一件小事，就出发。"

"什么事？"

"我的费用。"

"你的费用？什么意思？我已经照你的意思给你一千五了。"

"那个费用是第一次找她需要的，"我说，"我一找到她，完成了任务，那么我们的合约就算终止了，服务报告提出后，服务费就付清。"

他眯起眼睛："你想敲诈我吗？"

"哎呀，你这话真让我吃惊，我们是在谈生意，你必须重新雇用我，这是规矩。"我停了一下，"你知道，我也要养家糊口啊。"

他咬着一根粉红色的香肠，皱皱眉，说："好吧，夏洛克，我再给你一千五，不过我警告你，这次必须找到她，别让她又溜了，懂吗？"

"懂。"

他挥手让我离开。我站起身，桌上的大黑猫恶毒地看着我，叫了一声。

胖老大看看猫，对站在门口的伍德说："伍德，弄点儿牛奶给咪咪喝，它饿了。"

"是，老板。"伍德说。这是我第一次听到他说话，我还以为他是个哑巴。他走到冰箱那边，取出一瓶牛奶，在盘子里倒了一点儿，端过来，放在桌子上。咪咪伸了个懒腰，嗅一嗅，然后开始舔牛奶。

"乖咪咪。"伍德说，拍拍咪咪的头。

"乖咪咪。"胖老大说，拍拍咪咪的屁股。

我向门口走去，那个叫阿尔的瘦子看看我，翻翻眼睛，我冲他点点头。

到了外面，我打的回到公寓。

我冲了个澡，换了件衣服，然后开车驶去北方。

那天晚上九点，我到达狄福镇，那是一个小渔村。 我径直来到白金汉旅馆，总台服务员是个瘦小男子。 我问他值日班的查尔斯在哪儿。 服务员说，他可能在旅馆的休息室。

果然，在旅馆的酒吧里我找到了他，他正在喝酒，我在他身边坐下，要了一杯酒。

"你好，查尔斯。"我说。

他转过头，小眼睛眯着："噢，是你。"

"是我。"

他向我咧嘴一笑。 "你说对了，昨天晚上有两个男人来找那个女孩，我把你教我的话告诉了他们，做得怎么样？"

"做得非常好，"说着，我从皮夹里取出一张二十元的钞票放在吧台上，"我想她已经结账离开了吧。"

他用食指的指尖碰碰钞票上的人头："是的，你走后半小时，她就走了。"

"你知道她到哪儿去了吗？"

"我问她去哪儿，但她没有回答。 不过，她让我给她打的。"

"你知道出租车带她去哪儿了吗？"

"知道。 送她的那位司机我认识，今天早上一见到他，我就问了。"

"去哪儿了？"

"他送她去了普士顿。"

"在哪儿？"

"距离这里十公里，在东南方向。"

"在普士顿的哪里？"

"不知道，"查尔斯说，"他只送她到当地的火车站。你知道，我们这儿没有火车站。"

"好了，查尔斯，给你的二十元。"

他小心翼翼地把钱折好，塞进衬衫口袋里，说："我不是好管闲事，不过，这妞儿到底怎么了？"

"别问。"我说。

"为什么？"

"这和你没什么关系。"我说完就离开了他。

天晚了，但是我决定开车到普士顿。她昨晚六七点钟到达那里的，火车站有日夜班，现在去，很可能是同一个售票员。

通往普士顿的公路，实在急需修理。

火车站是一栋位于郊外的孤零零的木屋。我把车停在车站外面，走了进去。

售票员是个二十岁的小伙子，留着一头长发，看着很傲慢。我走过去，他问："你有事吗？"

"你昨晚六七点值班了吗？"

他抿了一下嘴唇："干吗？"

我从口袋里把朱莉娅的照片掏出来，放在他面前。"昨晚六七点钟，你卖票给这个女孩了吗？"

他看看照片，从他的眼神中，我察觉出他认出了那个女孩，但是，他狡猾地舔舔嘴唇，很傲慢地说："没有见过。"

我以为他想要钱，就同样很傲慢地说："真的吗？"

"真的，老兄。"

"你最好老实点儿，小子。"

"你什么意思？"

"我们老大可不喜欢撒谎的人，"我说，"他会很不高兴，他不高兴的话——"我故意不说完，盯着他。

他的傲慢明显收敛了："老大？"

"是的，老大，"我说，"我记得那次老大发现彼得撒谎。"我告诉他彼得的悲惨下场。其实，彼得这个人是我瞎编的。

他脸都吓绿了。"听我说，"他的口气软了下来，"真的吗？"

"信不信由你。"我探过身，抖开外套，让他看见我身上的枪。

他的脸更绿了。"嘿，"他说，"嘿，我……"

我耸耸肩："我只希望你能诚实告诉我，小子。"

"我……我记起来了，"他很快地说，"是的，是的，我记起来了。她是从狄福镇开来的出租车上下来的，高个，金发，面容姣好，我想起来了。"

"你的记忆不错，"我说，"她买票了吗？"

"买了，当然买了，买了到波士顿的八点钟的对号车。"

"她带行李了吗？"

"一个行李箱，一只褐色的旅行袋。"

"下一趟去波士顿的火车是几点？"

"半夜。"

"给我一张往返票。"

"好，一张往返票。"现在，他明显在讨好我。他递给我车票，我拍拍他的头，朝门口走去。"嘿，先生，"他在我身后喊道，"请别给老大说，好吗？我的意思是，我没有撒谎，我只是想不起来了。"

“我不会说的。”我说。

他松了一口气：“谢谢，谢谢你，先生。”

我走到外面，在附近的一家餐厅吃了点东西，然后打电话给胖老大，告诉他事情的进展。

“波士顿？那个大城市？夏洛克，你认为在那里你能找到人吗？”

“办法很多，”我说，“可能需要几天时间，不过总会找到的。”

“好吧，不过，记住，别骗我。”

“胖老大，你不相信我？”

“事关五万美元，我是不相信你。”

“别担心，向咪咪问好。”

我乘半夜的火车到波士顿，然后登记入住在城里的一家旅馆，一觉睡到第二天上午十一点，然后打电话给当地的一位联络人，告诉他我的情况。一年前，我帮过他的忙，所以他同意帮忙。不久，他来到旅馆，我把朱莉娅的照片给他看，答应酬谢他一百元。

他花了四天时间，终于帮我找到了朱莉娅。

那天，我正在旅馆看报纸，他电话通知我说：“她住在光明路的伊比公寓六号。”然后告诉我去那里的方法。

我向他表示谢意，并告诉他，一星期之内，我就会寄给他支票，然后挂断电话。我乘市内公共汽车到伊比公寓去。

那是一栋西班牙风格的房子，找到六号楼后，我敲敲门。

没有人应声。

我看看锁，花费了半分钟就撬开了。公寓里面空荡荡的，我打开壁橱，里面有一个箱子，形状和普士顿火车站那个家伙说的一样，但不见旅行袋，显然，她对钱是很当心的。

我点了一支烟，坐在客厅的一张椅子上。

二十分钟后，我听到钥匙插进钥匙孔的声音。她走进来，手里拎着一只旅行袋。她一看见我，就睁大双眼跑向外面。

我已经把大门堵住了，一伸手，抓住她的手腕，把她拉过来，让她坐在床上。我从她手中把旅行袋夺过来，打开看看，然后看着她。

"你好，朱莉娅小姐。"我说。

她大约二十三岁，身材修长，一头乱蓬蓬的金发。她长得很漂亮，有一对惊恐而又柔顺的褐色眼睛。

"你就是那个在狄福镇跟踪我的人。"她凝视着我说。

"是的。"我微笑着说。

"你想怎么样？"

"我认为这显而易见。"

"胖老大？"

"对，胖老大。"

她舐舐粉红色的嘴唇，叹了口气。"我真后悔拿他的钱。"她说。

"是的，拿他的钱，你真不应该。"

"那一天，"她轻声说，"我在找一些文件时无意间看到了一本小册子，那上面写有保险箱的密码。"

"胖老大太大意了。"我说。

"有一天晚上，他离开之后，我打开保险箱，看到里面有许多钱，我想我是疯了，我用牛皮纸信封装好，直接从游乐场到了汽车站。我以为自己可以远走高飞，不会被抓住。"

"你为什么去狄福镇？"

"我认为，胖老大只会在大城市找我，小地方会很安全。"

"我花了两天时间找到你，"我说，"你留下了不少线索。"

她耸耸肩。"这我不知道。"她抬头看看我，"你是私人侦探吗？"

"你怎么知道？"

"你看上去像个私人侦探，另外，我认识胖老大的手下。"她嘴角浮起一丝微笑，"你的行动很容易发现，你没有注意到吗？"

"我？"

"我在狄福镇就老是看到你，我吃午饭，到药房，你都在监视我，跟踪我，你就像是故意要让我注意。"

"为什么我要让你注意我呢？"

"我也不知道，"朱莉娅说，"你知道吗？"

"当然不知道。"

"那时你为什么不抓住我呢？"

我微微一笑："生意问题。"

"反正，这些都已经不重要了，你又找到我了。"

"是的，我又把你找到了。"

"现在怎么办？"她问，"把我交给胖老大吗？"

"为什么要这么做呢？胖老大要的只是他的钱。"

"你不是在骗我吧？"朱莉娅说，"我为他工作那么久，我知道他的想法，他想要我的命。"

我悲伤地摇摇头："真是胡思乱想。"

"你不打算把我带给胖老大？"

"是的。"

"你要放我走吗？"

"为什么不呢？"我说，"不过，我要忠告你，离开原来那个城市。"

"我不明白你在说什么。"

"朱莉娅小姐，"我说，"你问太多了。"

"好吧，"她说，"不过，我不明白……"

我咳了一声："你从哪儿来？ 我的意思是，你的家乡在哪儿？"

"佛罗里达州。"

"那儿有亲戚家？"

"有。"

"如果你愿意听我的劝告的话，"我说，"回到你的家乡去吧，当个办公室秘书，老板的东西别动，明白吗？"

"明白。"

"好，"我拉开旅行袋，看看里面，"这是所有的钱吗？"

"少了二百，"朱莉娅说，"我用掉的。"

我从袋子里拿出三百元，放在她身边的床上。 "这些够你飞回佛罗里达了。"我说。

她嘴巴张大又闭上，一脸的迷惘。

我将袋子的拉链拉上，夹在腋下，向门口走去。 走到门口时，转身对她说："向你的家人问好。"她坐在那里，目瞪口呆。

我打的直奔火车站，搭五点钟的火车，回到普士顿火车站，领回我放在那里的汽车，吃过晚饭后回到城市。

胖老大在游乐场办公室里。 这回，他穿着淡紫色西装，阿尔也在那里，和平常一样，一脸的不耐烦。 没看见伍德和咪咪。

走进办公室，我把旅行袋往胖老大面前一扔。

"这是什么？"他惊讶地问。

"你的钱。"我说。

他眨眨眼，摸摸鼻子，愣了一会儿："我的五万元？"

"不太对，"我说，"四万元左右。"

"另外那一万元呢？"

"那个妞儿拿走了。"

"她去哪儿了？"

"现在在欧洲了。"

"欧洲？"胖老大冒火了，"夏洛克，你最好赶快给我解释下这是怎么回事。"

"通过波士顿的联络人，我很轻松地找到朱莉娅。 我到了她的住所，想确定她是否仍然还住在那儿。"

"是吗？"

"可是她已经走了，很匆忙地走的。 她一定知道我们在找她，没有时间收拾零星东西，所以我到达时，在她房间找到一把汽车站存物间的钥匙，到汽车站后，发现了这个装有四万元的袋子。显然，她把另外的一万元带在身上。"

"很好，可是她人呢？"

"我正要告诉你，"我说，"我联系了当地的联络人，他了解到，同一天下午，她乘飞机从波士顿离开，她乘的是国际航班，直飞伦敦。"

"英国的伦敦？"

"是。"

他一拳砸在办公桌上。 "夏洛克，你他妈真该死！"他吼道，"她把我的一万元带走了！"

"如果你想要的话，"我说，"我可以乘飞机试着去找找她。不过，我无法作出保证，欧洲很大，我只能试试看。"

胖老大凝视着我，慢慢地点点头："是啊，如果我雇用你，付费给你的话，你可以飞到那儿，对不对？"

"不全是那样，"我说，"她第二次躲过我，所以我要自费到欧洲找她。毕竟，除了使你高兴之外，我还要为了我的信誉。"

他没有料到这一招。"你会那样做吗？"他不解地问。

"那是我应该做的。"我说。

胖老大咬咬嘴唇，想了一会儿。"实际上，"他说，"你干得不错，你给我带回四万元，天知道，你完全可以说那个妞儿带着钱逃跑了。"

"胖老大，"我说，"你这么说我真是伤心。"

当然，我可以吞下那四万九千五百元，不过，你知道，贪婪都没有好下场……何况我不是一个贪婪的人。此外，我喜欢简单愉快的生活，我不知道如何去花四万九千五百元。

当然，我一直想去欧洲度假，然后——我在心里迅速盘算一下：第一次找朱莉娅的一千五百元加上第二次的一千五百元，一共三千元，再加上旅行袋里少给胖老大的九千五百元，总共是一万二千五百元，够一个人在国外好好玩一阵了。听说法国南部的里维耶拉这个季节最美不过了。

我意识到胖老大在说话。"你知道，夏洛克，我喜欢你，也许等你回来，我们可以再合作。我偶尔需要你这样的人帮忙。"

我强迫自己表现得很正直的样子："我希望如此。"

"是啊，"胖老大说，"你很不错，大部分私人侦探都不靠谱，但你不是，你知道你和其他无赖不同的是什么吗？"

"是什么？"我问。

"道德，"胖老大说，"现在很难找到有道德的人了。"

我忍俊不禁："真的吗？"

失踪的钱

海伦的麻烦开始于她决定杀掉她丈夫，讽刺的是，如果她坚持决定，麻烦会少得多。

海伦的丈夫胡克是个房地产商人，四十二岁，嗜酒如命，总是在酒吧里谈生意。他经常到各地看房子，低价买进，高价卖出，一去就是一两天。海伦很讨厌他这种生活方式，她之所以还待在胡克身边，完全是为了钱，甚至连胡克跟丽莎那样的女人睡觉，她也隐忍了。

不过，海伦的生活还是很舒适的。她在郊区有自己的房子，没有孩子，经常参加妇女俱乐部的活动，并义务到医院工作，日子很充实。她就是在医院认识霍克斯医生的。霍克斯英俊潇洒，最近刚刚离异，海伦被他迷得神魂颠倒。突然之间，三十七岁的海伦仿佛又变成了少女。

夏天的一个夜晚，她决定正式和胡克谈离婚，但是，发生了一件意外的事情，令她改变了主意。

那天晚上，胡克一回到家，就扔到桌子上十五沓百元大钞。

"天哪，胡克，这么多钱哪儿来的？"

"瞧，海伦，每沓一百张，总共十五万美元！你见过这么多钱吗？"

"可是，这是谁的啊？"

他非常得意地笑起来："我的，全部都是我的！我刚刚做了一笔生意。"

"什么生意，胡克？什么生意会用十五万崭新的百元大钞付账？"

"这你不用管，我们这个国家，到处是钱，只要你会捞。"

"这是你偷来的？"

"当然不是！我告诉过你，前几天我去大西洋城办事，那天在赌场，有些赌徒想摆阔，结果我高价将一块好地卖出了。"

"你是说，这钱合法？"

"嗯，"他狡黠地说，"不是完全合法，至少我不能把它存到银行里。"

"你打算怎么做？"

他凝视着那堆钱："他们随时可以拿着搜索证来搜查这屋子。"

"你是说警察？"

"海伦，冷静点好吗？不会有事的。要是我坐牢的话，本州的一些大政客也会陪我坐的。不过，这笔钱不能马上花掉，也不能存银行。我不想把钱放到可以被搜到的地方。"他停了一会儿，然后扳扳指头，"我把它干脆埋在后院吧！"

"后院？"

"暂时埋到那里，风平浪静后再挖出来。来吧！拿上手电筒，我们这就把这些钱埋起来。"她跟他来到外面，这突如其来的钱搞得她不知所措，离婚的念头暂时消失了。

胡克接过手电筒，向玫瑰花坛走去。那是一个有花木掩护的好地方，他挖土的时候不会被邻居看到，挖过之后，也不会留下线索。他走回屋里，从衣柜里拿出一件多年没穿的廉价塑料雨衣，小心地把钱包好，再用绳子捆好，带到外面。她看着他把钱埋到挖好的坑里。

"钱不会烂掉吗？"回到屋中，她问。

"不会放很久的，"他一边洗手一边说，"海伦，只有你知道钱埋在哪里，如果钱不见了的话，就是你拿走的。"

第二天下午在医院，霍克斯找了个借口来到海伦工作的地方。"我以为你会打电话告诉我，你跟他谈了吗？"她很难受地对他说："我暂时没说，家里出了点儿状况。"

"什么事？"

她本来不想把钱的事告诉他，但现在她觉得非说不可了。"他在大西洋城做成了一笔生意，带回一大笔现金，那么多钱，我从没见过。"

"多少钱？"

她深深地吸了一口气："十五万。"

"如果我自己开业的话，两年也可以赚到那么多。"

"免交所得税吗？"

"这么说，你打算跟他继续生活了？"

"当然不！我在等待时机。"

"那么，把钱偷出来。如果他那笔钱是不合法的，他都不敢报案。"

"他会杀了我的！"

霍克斯没有见过胡克，但从海伦口中，知道胡克是一个什么样的人。"那倒是，我想他会那么干的。"

"让我好好想想。"

那天稍晚时，她有了主意。如果胡克死了，那么她自由和钱财都有了。她一点都不怀疑，如果她偷了钱，他一定会把她杀掉。她只有先下手为强。

考虑了各种方法后，最后决定用毒药。她从没想过用枪或刀之类的东西。

另外，毒药在医院里很容易看到。

单独和霍克斯待着时，她开始小心翼翼地向他提些关于药品的问题。如果他明白她的意图，那他也没有明说。他痛痛快快地回答了她的问题，她则暗暗地在心中记下了答案。

有一天，在药房工作时，她偷了几片霍克斯提过的药。那天晚上，霍克斯在她手提包里找香烟时，看到了那些药片，但他们只是互相看了一眼，没说什么，彼此心照不宣。

那天晚上睡觉前，她给胡克倒了一杯威士忌，扔进去几片药，搅一搅，让它们完全溶化。

胡克喝了一口，立即吐到地上："天哪，海伦，这是什么酒？肯定不是威士忌！你一定拿错酒瓶了！"

"对不起，胡克。"

她把酒倒掉，把剩下的药片掉进抽水马桶里冲掉。

第二天，霍克斯遇见她时，探询地看着她，她摇摇头说："不行，我下不了手。"

他没有再说什么。

接下来的一个星期，胡克有好几晚出去谈生意，其中至少有两次是和一个叫哈里的人谈。 她期待着他某个晚上带大笔的钱回来，但是，那样的事没有发生。 她不禁怀疑，和哈里的见面只是借口，他其实是与丽莎约会去了。 这几个月来，他一直没有提到她，这就更让她怀疑了。

星期五晚上，他回来很晚，一回来就抱怨胸口疼。 他显然喝了酒，所以她并没有认真地对待他的抱怨。 但是，第二天上午，他疼得更厉害了。 她给家庭医生打电话，约好在医院急诊室见面。 医生检查后对她说："可能是心脏病，但并不严重。"不严重？ 可是胡克的脸色面如死灰。

她开车离开医院，回家后的第一件事，就是到后院他埋钱的地方挖掘。

钱不见了！

她差不多挖遍了半个花坛，仍然没有找到钱。

她又开车回到医院。 到达医院时，她的心情非常低落。 那么大一笔钱啊！ 居然不见了！

她没有告诉任何人钱藏在哪儿，连霍克斯都没有告诉。

唯一的可能，就是胡克自己挖出了钱。

多年以来，她第一次希望他可以好好活下去。

主治医生在走廊遇见她，对她说："胡克太太，你只有一会儿时间，我必须告诉你，他情况不好。"

她站在病床边，紧张地望着丈夫。 他睁开眼睛，有气无力地说："你好，海伦。""胡克，胡克，你听见我的话了吗？ 那笔钱不见了，不在玫瑰花坛里！"

他的双眼闭起又睁开："我知道……挖起来……藏在屋里。"

"哪儿，胡克？ 胡克？"

"……你会找到的……一旦你需要。"

"胡克!"

但是他的两眼又闭了起来，好像睡着了。 这时，护士走进来，海伦去外面等候。 接着一阵手忙脚乱，医生和急救人员进进出出。

二十分钟后，她的家庭医生告诉她胡克死亡的消息。

人还没有下葬，她又开始找钱。 她先搜索卧室、壁橱和衣箱，然后是地下室的工作间，甚至连壁炉都搜查过了，但毫无结果。

火化那天，他们回家后，她告诉霍克斯自己多失望。 "他说钱在屋里的什么地方，他说当我需要的时候，我就会找到。 但是，我把房子快拆了，也没有找到!"

"别着急，海伦，我们仔细想想。 反正胡克死了，这不是已经达到目的了吗? 我们慢慢找，不用着急。"

不过，他也想得到那笔钱。 于是，他们一起一个房间接一个房间地寻找。 在厨房，他们甚至打开那包冷冻的大包食品，以确定那里装的不是钞票。 在胡克的书房，他们搬出一卷一卷的地图，检查地图后面的壁龛。 霍克斯医生还检查车库的汽车底下。凡是有点松动的墙板，都卸下来看看，再装回去。

到了第三天，霍克斯医生彻底失望了: "海伦，钱不在屋里。"

"一定有地方我们没有搜到。 会不会在烟囱里呢?"

"他不会笨得把钱藏在那里，那就烧掉了!"

"夏天不会，走，去看看。"

烟囱里除了冬天留下的烟灰，别无他物。

"这下你死心了吧？"他问。

"不，胡克讲究小聪明，他可能取下一些地板，藏到下面，然后再重新钉好。 他擅长干这种事。"

于是他们又开始了新一轮搜索。 地毯被掀开，墙壁全被敲打过，甚至天花板也被撬开过。 但仍然一无所获。 霍克斯感到很疲倦，停下来点着一根烟。 "海伦，他一定对你说谎了。"

"不会的！"她嘴里这么说，心里却很担心。

"你提起过一个叫什么莎的女人，会不会她拿着？"

"丽莎。"

"他会不会把钱给她了？"

"为什么？"

"因为他信任她。"

她记起胡克吐掉那口苦酒时脸上的表情。 他会不会就此产生了怀疑？ 会不会因此挖出后院的钱，交给他的情妇呢？

"好，我去看看她。"她说。

"干什么？"

"看看钱是不是在她手里。"

"你认为她会告诉你真话吗？"

海伦越想越气："她理所当然会告诉我，我会让她说实话的！那钱应该是我的！他娶的是我，不是那个贱货！"

"冷静一点，好好想想。 如果钱在她那里，她不可能向你承认的。 我们需要想个主意。"

"什么办法？"

他想了一会儿。 "我陪你去，但是我在汽车里等候。 如果你们吵起来了，我可以扮作警察，吓吓她。"

第二天，他们开车到丽莎的豪华大厦去。海伦看得出，她这么多年来，房地产生意做得不错。

丽莎只比海伦小几岁，但看上去却像只有二十几岁。她手里拿着钥匙，转身打量着海伦，好像不记得她了。"你找我吗？我正要出去。"

"我是胡克太太，我们吃过饭的。"

"啊，想起来了，我很难过听到你丈夫去世的消息。我一向很喜欢胡克。"

"丽莎小姐，我想和你聊聊。"

"我正要——"她看到海伦脸上的表情，马上改口说，"好吧，就五分钟。"

海伦跟她走进屋里，直截了当地说："胡克去世前给你一个包裹，我想要回来。"

"包裹？胡克太太，说实话，你丈夫去世前半年，我们就不见面了。"

"我知道你们是情人关系。"

丽莎满不在乎地说："胡克太太，我很难过你丈夫去世了，但你没有理由这么指责我。我和胡克早已经结束了。"

"丽莎小姐，我要那个包裹和那笔钱。"

"钱？"

"要不我就报警。"

"我不知道你在说什么，我跟你说，你给我赶快滚。"

"好吧，我警告你了。"

海伦离开公寓，回到霍克斯医生在等候的地方。他听完她的叙述后说："好了，我来吓吓她。"

几分钟后，当丽莎下楼时，霍克斯医生走过去拦住她，海伦在他后面跟着。

"你是丽莎小姐吗？ 我是警察局的比尔警官，我正在追查一宗钱财失踪案，这位胡克太太说在你这儿。"

"警察？"丽莎怀疑地注视着他，"这是怎么回事？ 你的证件让我看看。"

霍克斯医生掏出一张事先预备好的、伪造的证件，晃了一晃："丽莎小姐，我不想请你到局里去，只有你交出包裹——"

"我没有包裹，比尔警官，是你的名字吗？"

"丽莎小姐，我们听说胡克去世一星期前，曾带着钱到过你这里，如果你交出包裹的话，我可以不追究你，否则——"

"警官先生，我没有包裹。 还要我说几遍？"她推开他，扬长而去。

"嗯，"海伦说，"事情不太顺利啊。"

"也许她没说谎。"

海伦看着丽莎驾车离去。 "但是，如果她这儿没有钱，又在哪儿呢？"

"胡克告诉你，他从大西洋城赌博时弄来那笔钱，也许他想碰碰运气，又输掉了。"

海伦用力摇摇头："胡克这一生从来不赌博，不会现在才开始赌博，更何况是那么短的时间里输掉那么大一笔钱。"

"那么，我们该怎么做？"

海伦耸耸肩："再搜一遍屋子。"

他们找来找去，将近黄昏，还是没有收获。

傍晚时分，门口开来一辆汽车。 从汽车里走出一位矮胖的中年人，那人走路的姿态就像脚疼，他向迎出来的海伦打招呼。

"胡克太太吗？ 我是警察局的斯蒂尔森，"他亮出警徽和证件，海伦觉得有点头晕，"有一位丽莎小姐报警说，你一直在骚扰她，向她敲诈勒索。"

"那不是……"

"她还说，有个人冒充警察和你在一起。"

霍克斯听见外面的说话声，来到门边，海伦知道警察看见他了，于是说："瞧，斯蒂尔森先生——"

"丽莎小姐打电话给我们，要我们彻查这件事情，我们局里没有叫比尔的警官。"说着，他的视线落到站在门边的霍克斯身上，"那个人就是你吗？ 先生？"

"我是胡克先生的朋友，霍克斯医生。"

"是的，"警察在记事本上做了一个记号，"嗯，也许丽莎小姐可以将伪装成警察的人指认出来。"

霍克斯医生干咳了一声："我陪胡克太太去的。 她也许误会我是警方的人。"

斯蒂尔森警官点点头："我想我们最好进里面，谈清楚这件事。"

海伦犹豫着："屋子里很乱，我丈夫——"

"我知道，你丈夫上周刚刚去世，我很难过。"他说着迈步走上台阶，海伦知道阻止不了他了。

"你好像对我一清二楚。"她说着，为他开门。

斯蒂尔森对她的话毫不理会，环顾四周，看到撬开的地板，乱七八糟的天花板。 "看来你们俩在找什么东西。"

"这是我的房子。"海伦说。

"那当然。"

她和霍克斯交换了一下眼色，然后说："也不算什么秘密，我来告诉你是怎么回事。我丈夫在报所得税上做了些手脚，你知道，大家都少报。他把几千美元藏起来了，现在我找不到了。"

"你认为他把钱给那个丽莎了？"

"是的，我是那么想的。"

警察朝四处看了看："嗯，我觉得，你们找的钱不止几千元。"

"确实是几千块而已。"海伦坚持说。

他们的对面就是胡克的书房，斯蒂尔森走进里面。"假如只是那么一点儿钱的话，它可能藏在这张小写字桌里，你们没搜过这桌子。"

"我们已经搜过了。"海伦肯定地说。

警察从壁橱里拉出一堆卷成圆筒的地图。"这些是什么？"

"地图和地籍图。我先生是做房地产——"说到这儿，她张大着嘴，彻底无语了。

她的双眼正盯着斯蒂尔森警官打开的地图，注视着从地图里面掉落出来的那堆百元大钞。

"我们从来没有打开那些地图！"霍克斯喃喃地说，"我们只察看地图堆的后面，但是没把地图打开过。"

警察拉出更多的地图，更多的钞票掉出来。"看来，这儿不止几千美元。"他说。

海伦觉得天旋地转。"钱是捆成一沓一沓的，所以我们只搜索一沓沓的东西，我从来没有想到他会拆开藏在这里面。"

霍克斯冲过去，把斯蒂尔森手中的地图抢过来。"警官，你来这里并没有带搜查证，你无权翻看这些东西。"

斯蒂尔森耸耸肩。"那是你们的钱，我并不想取走它。"他微微一笑，"除非你们给我酬金，感谢我帮你们找到这笔钱。"

"你是要求贿赂？"

斯蒂尔森警官不屑地说："我没有这个意思，我不是来这里找钱的。"

"那你来这里干什么？"海伦问。

"嗯，丽莎对你们提出了严重的指控，胡克太太。你在寻找这笔钱的时候，她想起你丈夫曾经向她抱怨，你调的酒味道不太对。"

"我早就知道他还一直和她联系！"海伦得意地说。

"丽莎小姐认为，你可能为了这笔钱将他谋杀了。"

"她胡说！"

斯蒂尔森点点头："我相信你，不过，我们打算申请开棺验尸。我知道，死亡证明书说他死于心脏病，但有些毒药也会产生同样的效果，再说，胡克太太，你又在医院工作。"

"随你的便，"她说，"开棺验尸，也不会查出什么。"她关心的是掉在地板上和地图里的钱，而不是开棺验尸的结果。

"我只想让你知道，"斯蒂尔森说，"在验尸结果出来之前，请你不要出城。"

"我哪儿也不去，除了送你出门。"

当她回到书房时，霍克斯坐在胡克生前常坐的那张旧扶手椅上，盯着地上的钞票。

"帮我把钞票收好，"她说，"快点！"

"海伦——"

"什么事？"

"海伦，我们出事了。"

她开始自己捡钞票："你是说这些钱的所得税？ 我想那个警察会报告给局里，但他并没有看清有多少钱。"

"不是所得税问题，是验尸问题。"

她抬头看着他："我告诉过你，我没有下毒，他死于心脏病。"

"我知道你没有下毒，但我得知你下不了手时，我就给他打电话，装成一个对房地产有兴趣的人，说我叫哈里，我和他见面两次，一起喝酒。"

"霍克斯！"

"下毒的不是你，是我，海伦。"

丈夫的赌注

这家汽车旅馆有两层楼，U 字造型，全都由红木、铝和玻璃建成，格外的豪华气派，在二楼的阳台上，可以俯瞰下面的大游泳池。

下午一点钟，罗伯特夫妇下飞机打的来到这里。 莉莎抓住他的手臂。 "罗伯特，这儿景色真好，对不对？"她微笑着说。

"是的，非常美。"罗伯特比莉莎大二十岁，他们结婚八年，莉莎现在是三十二岁。 十年前，罗伯特的第一位妻子去世后，一直到和莉莎结婚，他一直独自养育两个儿子。 他欣赏她的开朗活泼，一看到她就高兴。

他们在房间里换上游泳衣，他亲吻她说："这回又对了，来这儿玩真好。"

他们的婚姻，一开始许多人都反对。 他的那些朋友说："罗伯特，你不会娶一个说不清来历的女人吧？"

在一个下雨的晚上，罗伯特开车经过一座桥时，看见莉莎正爬越桥的栏杆，准备跳河自杀。 那时，她二十四岁，对人生已然绝望，想一死了之。

但是，罗伯特拦住了她，他费尽口舌，劝她不要自杀。 他告诉她，自己是个很寂寞的男人，希望她能跟他结合，充实自己的生活。

罗伯特的爱，给了她温暖和安全感，让她又快乐起来。 他们愉快地过了八年。 他认为，她比刚结婚时更可爱了。

过去几个月里，莉莎看出她丈夫工作压力很大，因此坚持要出来度假。 那种紧张是有原因的，他已经五十二岁了，总担心自己会破产，他的生意经营不善，在这种时候出门去玩，似乎并不明智。 但是现在，他很高兴听从莉莎的建议出来玩，他被莉莎的乐观开朗感染了。 他们离开房间，朝游泳池走去，这时，在旅馆二楼的阳台上，出现了一位金发男子。 他高大魁梧，身材健美。 他高声喊道："莉莎，亲爱的！"喊完后，向游泳池跳下去。 在那个瞬间，罗伯特发觉，莉莎脸上有一丝惊恐。

"怎么了？"他问，"你脸色惨白。"

"没什么。 我认识他，十年前我在佛罗里达生活过一段时间，如果你愿意的话，我们可以离开。"她又补充了一句，"我认为，我们最好尽快离开。"

"不，我们留下来，我们不能逃避了，莉莎。"他温和地说。

那男人爬出游泳池，浑身滴着水。他全身肌肉结实发达，皮肤晒得黑黝黝的，一头金色长发，好像古代北欧的海盗。

他向莉莎走过来，好像昨天还见到她一样，一手将她的手臂抓住："莉莎，亲爱的，你去哪儿了？我一看见你，马上就认出来了。"他虽然和她说话，眼睛却看着罗伯特。

"这是我先生，"她说。罗伯特感觉到太太很不安。"我先生罗伯特。"她强调说，"我不记得你是谁。"

金发男人叉开双腿站在那儿，两手放在臀部上，自信满满的样子。"你忘记我的名字，那是很自然的，莉莎。"他微笑着说，"我叫莱尼，我们很久没见了，你那时认识很多人。有没有香烟？"他不经意地问。

罗伯特给他一支香烟，并且为他点着。

莱尼直勾勾地看着她，咧着薄薄的嘴唇笑起来。"好久不见，再次见面真让人高兴，你真是非常漂亮，"他看着她，笑着说，"你好像胖了一点，我记得那时你很瘦。"说着向罗伯特伸出手说："你很幸运。"

罗伯特听出莱尼语含讥讽，不过他还是很有礼貌地回答说："谢谢你，我也这么想。"

莱尼转向莉莎，"你看到我跳下阳台，有点儿吃惊吧？每次我那么跳，总会让很多旅客很吃惊，他们没有想到，有人从那么高的台上跳下来。"他向她眨眨眼睛，"记得我吗？莉莎，我喜欢跳水。"

"是的，"她说，"我记得你。"

他用一只大手拍拍肚子，"身材还不错，"他又指指阳台，"我在上面 15 号房间住，我早晨起来，就像鸟儿一样从上面跳下来，从不走楼梯。　你们准备在这儿待多久？"

"一个星期。"罗伯特说。

莱尼弹弹烟灰："你们两位今晚来我的房间，我要举行一个宴会，有些是本地人，有些是旅客，我们要举行一个舞会，你们穿什么都可以，短裤、泳衣或礼服，爱穿什么就穿什么，只要舒服。我呢？　我穿泳裤。"

"我想我们恐怕参加不了，"莉莎说，"我们刚到，又是长途旅行……"

"啊，别这样，"莱尼高兴地说，"莉莎，我们要叙叙旧；先生，你也会玩得很开心的。"他对罗伯特说。

"我相信会的，"罗伯特回答说，"我们会参加的，谢谢你，我们很乐意去。"

"太好了，"莱尼说，"我们十二点左右才开始，你知道，这儿的人不爱睡懒觉。"

当他离开时，罗伯特盯着他健壮的背影。

"我不想去。"莉莎轻声说。

"我们不一定非去不可，"他和气地回答，"但是我觉得，我们最好去参加。"

她的脸红了："你也看见他怎么看我了。"

他缓缓地摇摇头："他错了，他只看到过去。"

"他只记得过去。"她抓住他的手肘，"罗伯特，我们不要非待在这儿，好地方多的是。"

"每个地方都大同小异，重要的是你。"

"那么我们从这儿离开，罗伯特，说真的，我想离开这里，留在这儿，对你很不公平。"说着，她转过脸，平静地说，"我认识他时，我很脏，你听见他说的话，你看见他瞧我的眼神，他让我觉得自己很脏。"

他摇摇头："我们还是留下。"那男人讽刺的语调刺痛了他的心。

"你想证明什么？"莉莎生气地问。

"我根本不想证明什么，问题是，我们没必要证实任何事。"

"谢谢你。"她说，勉强笑了笑，这微笑让他觉得很同情。

"罗伯特，他不会满足的。"

他清醒地摇摇头。 他个子不高，但很结实。 "他不知道他和谁打交道，我却知道。"

"我爱你，罗伯特。"她简洁地说，快步跑开，一个猛子扎进游泳池，她游得很好。

过了一会儿，他也跳入池中。 几分钟后爬出来，躺在池边晒太阳。 他听着游泳池边人们的谈话和喧闹，还夹杂着孩子们的尖叫声。

他直直地躺在椅子上，闭起眼睛。 一个浑身是水的孩子跑过来，碰了他一下，他这才睁开眼睛，看到游泳池对面，莉莎和莱尼并排在游泳池边坐着，两脚放在水里，男的在纵声大笑。 虽然隔了一段距离，罗伯特还可以看见，莉莎脸上的表情很痛苦。

罗伯特在心里对自己说：你真勇敢，一位英雄，你五十二岁了，居然把她送给一个年轻男人。

他看到莉莎对莱尼笑了笑。

罗伯特又问自己，你已经娶了她，并且过着幸福的生活，你还能求什么呢？ 如果你现在跑开，不正好承认不相信她吗？ 那不是正摧毁两个人之间所建立的一切感情吗？

饭后，罗伯特和莉莎散了一会儿步，然后回到房中。他们俩都很累，她提议睡一会儿，他先倒在床上休息。起先他听见她在房中走动，然后听见淋浴的声音，过了一会儿，他听见她从浴室出来，在梳妆台前坐着梳头。

罗伯特睡着了，醒来时，房间一片漆黑，只有空调的嗡嗡声，屋里只他一个，莉莎已不见踪迹。他可以感觉到，心在怦怦乱跳，躺在那里很痛苦。

然后，他听到钥匙开门的声音，不知为什么，他闭起眼睛假装睡着。她蹑手蹑脚地走进来，他觉得床动了一下，然后，听到她呼吸很急促。在黑暗的房间中，他觉得自己全身无力。过了一会儿，她起床穿衣服，他一定又睡着了，等他被摇醒时，他才明白，已经是晚上十一点四十五了。

她身穿一件闪亮的白色礼服，头发梳得非常漂亮，脖子又白又嫩，嘴唇红扑扑的。

"走吧，"她微笑着说，"我们要参加舞会去，你可能要披上一件夹克。"

他们到达时，舞会已经开始了。莱尼过来迎接他们，罗伯特可以看出莱尼眼中的不怀好意。房间里大约有十五个人，穿什么的都有，罗伯特看到，舞会上有些可爱的女人，但没有一位比他妻子更可爱的，他心中突然涌出一种说不清的悲哀。

客人们随着录音机播放的音乐翩翩起舞，莱尼和所有的女人跳舞，后来他和莉莎跳，把她紧紧抱着，还不停地在她耳边低语。

到了凌晨三点，客人大都有了酒意，一位黑发女子喝醉痛哭，说她爱她的老板，可是老板爱的是他的太太。

罗伯特看着太太和莱尼跳舞。他看见太太对男主人说的话频频点头，然后她快步离开男人，回到他身边，她的脸色苍白，衬得她的蓝眼睛非常大。

"我要回房间一下，"她轻轻说，"我要去拿一样东西，我要去补妆。"

"好，"他说，"好。"

他又倒了一杯酒给自己，可是他知道，就是把这里所有的威士忌喝下去，也不能解他的愁。莱尼站在房间中央，突然装出一副喝醉的样子，实际上他可能还很清醒，他跌跌撞撞地叫道："再见，残酷的世界！"说完，爬上打开的窗户，做好跳下去的准备。

从他的屋里传来一阵惊恐的叫声，那些尖叫的人都没有见过他跳水，见过他跳水的人则笑起来。

罗伯特看到莱尼脸上那种嘲弄的神情，现在一切都明白了：莉莎先走一步，现在莱尼借跳水要跟过去，他们要到一个地方去幽会。罗伯特下的赌注现在输了。有生以来，他从来没有觉得这样累。

莱尼越过阳台栏杆，向游泳池跳下去，这是他惯于当众表演的特技。有些客人冲到窗前，一个女人尖叫起来，但那是含着嘲弄的尖叫。她旁边有好些客人都很安静。

突然，下面游泳池边，传来一个女人的尖叫声，那叫声打破了夜的安静。于是，四处的灯光都亮了起来。

男人们从周围跑过来，他们把莱尼从池子里拉起来，把他平放在地上，等着救护车。他还活着，不过双臂折断，头上有重伤，脸再也不会像以前一样英俊了。

一位把他从水中拉起来的男人说："他很幸运，深水区还有三尺深的水，如果没有这三尺水，他就完了。"

警车响着警笛赶到，他们调查事故原因，结果发现，不知谁出于玩笑，把两边的排水盖全打开了，因此，池子里的水漏得差不多了。

"这一定是早些时候打开的，"旅馆经理说，"从水平线漏到这个程度，需要经过好几个小时。"

罗伯特慢慢回到他们自己的房间。池子里的水要经过几个小时，才会漏到这种程度，那大约是晚饭后他睡着时的事了。

罗伯特悄悄地走进房间，室内亮着一盏小灯，他可以看见正在熟睡的妻子，也许是幻想，他看到居然有一抹淡淡的微笑在太太的嘴角上。

罗伯特弯腰亲吻妻子，心中充满了胜利的兴奋感。

天价殉葬品

有些人认为金钱万能，他们追逐金钱，甚至不惜代价。通过辛苦劳动获得金钱，无可厚非。但如果想不劳而获，大发横财，那么他最后肯定会付出巨大的代价。

这几天来，我一直心神不宁，时不时地就想起了我的弟弟。我经常感到对不住他，但我确实为他的死把一百万花掉了。

那一百万的殉葬品，使我实在不想再去提起令人痛苦的记忆。可我又不想让那段不堪回首的往事就这样过去，现在我把它提出来，只想告诫一下……

父母早亡，我和弟弟凯利两人自幼相依为命，感情一直很好。人的天分不同，虽然我和凯利是一母同胞，可是凯利比我更聪明。

记得很小的时候，凯利就是我们那一片的孩子王，连我这个大 5 岁的哥哥也甘愿听他的话。　不幸的是，后来父母相继去世，我们两个没有人管教，再加上生计问题，就染上了小偷小摸的坏习惯。

贼这一行也分三六九等，像凯利就属于上等窃贼，碰到什么难事，都会很快地被他搞定。　我可差远了，恐怕连个做贼的资格都没有。　贼不好做，没有两下子是干不成的。　我笨手笨脚，只好找些工作做着，有时给凯利帮帮忙，出去打打野食。　凯利一直有野心，他老想做场大买卖，一夜暴富，过上豪华的生活。

正因为这样想，再结识上手段毒辣的费林斯，就这样把他一步步推向死亡的边缘。　他年纪轻轻就死了，为他的梦想付出的代价如此惨重。

凯利在"梦幻酒馆"喝酒时，经朋友介绍和费林斯认识了。之后，两人接触密切。　我见过费林斯两次，他大约三十岁，比我们大。　他穿一身裁剪合体的西装，脚上踏着一双油光锃亮的鳄鱼皮鞋，不知道的都认为是哪里来的有钱人！其实他也是干我们这一行的，要不，怎么能与凯利一拍即合呢？　他肌肉发达，金色头发，蓝眼睛，普通身材，高颧骨下的面颊塌陷，给人印象最深的倒是他那双眼睛颇为与众不同，上眼皮垂下，肥肥的、软软的，经常细眯着，一看就不是好人。

一天，凯利回来时喝醉了。　我问他干什么去了，他说和费林斯喝酒去了。　我以前曾劝诫过他，不要跟费林斯这种人交朋友。

"我不是不让你跟费林斯来往吗？"我将他扶到床上，一边给他收拾，一边对他说。

"我知道，科伦。　费林斯有桩最大的'买卖'，需要找两个人帮忙，我就把你和我算上了。"凯利努力想要坐起来。

"你干吗拉我入伙？"我不满地吼道。

"别着急。他告诉我，我们两人各得 2 万 5 千元。难道你不心动吗？"他问。

2 万 5 千元，我连见都没见过。面对这么多钱我不能不动心，同意去干那极具冒险性的"活儿"。

第二天，凯利带着我去见了费林斯。他把一些注意事项讲给我们听，并一再强调不要出现什么差错，因为这活儿很重要，再说活儿也不是很难的。

我不耐烦地打断他的话："什么都不要说了，我们早就听明白了。再说你又跟我们在一起，假如我有什么不对的话，你可以随时指正嘛。"

他盯着我好久，好一会儿说，"好，今晚没事了，我在停车场对面给你们租了房间，202 号。这是钥匙，你们可以回去了。记住，喝酒误事，不准喝酒免得误事。"

"那好吧！"我们起身告辞，快走到门口时，突然一阵有节奏的敲门声传来，像是暗号一样。费林斯快步冲上前，把门打开。

门口有位漂亮的女人在那里站着，她高挑的身材，一头金发飘散在肩上。她上身穿着薄薄的纱衣，下身紧身裤紧紧裹住那浑圆的臀部，更显得美丽动人。

我看看费林斯："哼，他妈的，不让喝酒，难道让玩女人？"说着拉起凯利出去。

在路上，凯利咕哝着："她从哪儿冒出来的！"

"管他那么多，只要搞定这桩'买卖'，就可以了。"我说，"凯利，我对费林斯还是不信任，总怕他以后找麻烦，我真想退出。"

正说着，我们已经穿过停车场，上了二楼，在租的房间门口站定。 凯利掏出钥匙，弯腰打开房门。 嘿，这屋子还挺不错的，各种家具电器一应俱全。 我们俩一屁股坐在沙发上，凯利说："别这么说，科伦，你想想2万5千元，我们加在一块儿是5万元，我们什么时候才能挣到这么多钱呢。 钱暂且不说，重要的是看看这些大师们干的活儿，我们要珍惜时机，尽量地学习。 明天他不是安排你和他在一起吗？ 你一定要留心观察，好好学。 看看他是怎样把这桩活儿连接在一起的，那小子并不是很聪明，只不过他年纪大些，经历过些世面，有朝一日，说不定我们会比他更厉害。 以后我们就可以单独干，自己策划，自己行动，也可以雇用别人，自己留大部分，别人分小头儿。"他说着哈哈大笑起来，"科伦，如果我们能把一桩大买卖搞定的话，那时，我们可以到迈阿密、洛杉矶、纽约，或者到海外尽情享乐了。"

　　我担心凯利过于信任费林斯，最后被他利用了。 我在外间屋调了调冷气，回来后，我告诉他我的想法："凯利，我还是有点儿不放心。 以前，在这一行，我们根本没见过他，甚至都没曾听说过。 你看，这其中是不是有诈呢？"

　　"你放心好了。 干我们这一行的，难道可以让人随便见到吗？ 费林斯是干大'买卖'的，更是不轻易出头，这便是人家的高明。"凯利蛮自信地说。

　　"但我们必须提防啊！"

　　"我有所防备。"凯利咧着嘴笑了，从他的行李袋中，翻出一支点四五的手枪，递给我，"你看，这行吗？"

　　"但愿平安无事。"我担心地回答。

　　第二天上午，费林斯又召集我们，给每个人都分配了任务，让凯利去搞辆大拖车。

中午，我们很早把饭吃了。

快下午一点的时候，我和费林斯就出发了。 我在费林斯的汽车里坐着，看着我们两个的穿着，心里就发笑。 他身穿黑色西装，又贴上一小撮八字胡，头发又分成中分，给人的感觉确实是不同凡响。 我的模样更滑稽了：头戴黑色的长假发，加上一副墨镜，让人看起来就像一个三流歌星。

"不知凯利弄到拖车了吗？"他突然问了一句。

"早就搞到了。 你上午吩咐了以后，他在十一点多给我打了个电话，说已经搞到拖车了。"

"那太好了。"

不到半个小时，费林斯在市中心广场上停好车。 一个女子走过来，探身问道："路上还顺利吗？"

"一切顺利。 你现在可以开走车了。"他对那位女子说，又转向我，"科伦，我们该下车了。"

我心里很纳闷儿，就问："费林斯，难道对这件事她也参与了？"

"先下车，别问那么多了。"费林斯不耐烦地说。

我们下车后，她上车把车开走了。 她从我们身边经过时，我闻到一股浓浓的香水味儿。

"费林斯，你为什么不告诉我们，这件事还有别人也参与了？"

"我觉得没必要。"他有点儿蛮横地说，"我总得有个人把车开走吧。 如果我们把车停在这里，过不了多久别人就会发现。 我要她把车开回停车场，再换一部来。 你的车让凯利给开走了，那我们坐什么？　难道走回去吗？"

"呃，我没想过。"

"当然啦！"他得意地说。

他领着我向南走，拐了两三个弯，来到一条宽阔的大街上。

这就是昨晚费林斯介绍的那条以"珠宝市"闻名于世的大街。这条大街因每一个商店都做珠宝批发生意而得名，这也是我们今天的行动目标。我紧跟着费林斯，而眼睛仔细观察着两旁的商店。两旁都是高楼大厦，最底层装潢豪华，专用于对各类珠宝玉器批发零售，楼上各层大都是店主居住、办公的地方，也有外地来的大小批发商在这里住着。这里人来人往，看来生意挺兴隆的。听费林斯讲，光钻石这一行，每年都有数百万的收益。这里的顾客不仅来自全美各地，而且还有不少外国客商远道而来。

有些人会认为，这里一定会有很多抢劫案发生吧！其实不然，这里，人的防护意识和防护方法都特别高。每户商店的门几乎都是半关着的，进入商店，高高的柜台迎面而来，俨然类似于中国以前的当铺。可不同的是，柜台底下透过玻璃，可以观察到摆放在里面的珠宝玉器。你可别小看了这玻璃，这用特殊材料制成的玻璃，连手枪子弹都穿不透。柜台下面旁边开有小门，只有老主顾和有身份证明的人可以进入，进入后，店中还安有防盗装置，有什么意外的话，只要一按响警铃，不出几分钟，警察就会将这条街封锁，让作案者插翅难逃。由于这条街如此完备的防护措施，除了偶尔在街上有经销品被抢外，强盗没有抢劫过任何一家商店。

我被费林斯带进一幢古老的、典雅的大厦，来到三楼最西面的房间。门上面贴着"专营钻石——聚宝行"的匾额，字很不错。

费林斯弯腰将房门开开，走进去了。我随后跟了进去，这房间太小了，而且房间里没有任何摆设，除了扔在地板上的一个小厚纸箱和一个大柜。我心想，这就是费林斯给我们所描述的办公室？我对自己的耳朵简直不敢相信。我扭头看到东北角还有一部电话，旁边放着电话簿。看来，费林斯在这儿是常住租客。

在我向四处打量的时候，突然费林斯冲着我大嚷："科伦，你怎么不带上门？"

唉！我怎么忘了这件事，费林斯不喜欢让同楼住客看见"聚宝行"这个合法注册的公司到底是什么模样。我赶快关上门。

费林斯在房间里来回徘徊，而且时不时地瞥几眼手表。看他那模样，我知道我们的"行动"就要正式开始了。我第一次参加这样的行动，心里的紧张是难免的，总担心万一哪一环节考虑不周，或某一方面出了差错该如何收场？

我正在胡思乱想，突然传来清脆的敲门声。费林斯收住脚步，抬起头，"好的，终于来了。"他快步走到门口，把门开了一个缝儿，问来人："你们很准时。我想看一下你们的证件。"

"好的。"说着，那人把一个证件从门缝里递进去，他迅速看了看，还给来人："请进吧！"

门打开后，两个穿制服的人走进来。他们头戴大盖帽，身穿灰色配有"安全服务"标记的制服，腰部挎着宽宽的枪带，胸前别着闪闪发光的徽章，非常威风。

待第二个人一进门，我"啪"的一声关住门，用手枪狠狠地顶住了他的腰部。自然，他乖乖地举起了双手，半转过头，脸上满是恐惧。我为自己的表现而高兴。

第一个人看情况不好，扔掉手中的文件夹，刚想掏枪。费林斯一个箭步冲上去，把胳膊肘朝他后脑勺上一击，他便倒地了。

费林斯从小厚纸箱里翻出两双薄手套，扔给我一双："待会儿，记得戴上手套，不要留下任何指纹。"他弯身从倒地的那位腰部拿出支手枪，也扔给我，然后把那位双臂弯后，戴上了手铐，用胶布粘住嘴。他又从厚纸箱里将一根绳子抽出来，以活结套住那位的双脚，拉住双脚向后弯，将绳子那头系在手铐上，和捆猪一样，最后一把抓住那人的手臂，把他在旁边的柜子里放好。

我把被我看住的那位向前推，费林斯从他枪套里将手枪扯出来。趁此机会，我赶忙带上薄手套，把费林斯扔给我的那把枪捡起。无意中，我发现费林斯把我看住那位的枪里的子弹给退了出来。

费林斯用枪敲击那人的额头："你给我老实点，押送车上还有别人吗？"

那人点点头。

"那好。"费林斯对他说，"你和我一块儿下楼去，我就在你身后，要是不听话，你知道后果会怎样。"

那人只是不住地点头。

费林斯继续说："我不管你怎样喊，只要能把你同伴喊下车就可以，你明白吗？如果你要滑头，我就先毙了你。我这位伙计，"他用手指了指我，"也不会放过柜里那家伙。如果我们好好合作，我保证不伤害你一根汗毛。你们又可以回来尽情地喝酒，又能给别人吹嘘你们的历险经历，为什么不这样做呢？"

"我……我一定听你的。"那人颤抖着说。

"那咱们就下去。不过，你不要这么害怕，就装着什么事都没发生。记住，一定不要露出破绽。好，走吧!"他拿手枪的那只手在衣服外套里面插着。

他们下去后，我到窗户前面仔细观察街上的动静。

一辆押送车在这栋大厦楼口停着，一位安全人员在车旁来回地走动。

一会儿，费林斯和那位安全人员出现了。 那位安全人员不知和同伴聊了些什么，然后那两位安全人员在前，费林斯在后，他们朝楼上去了。

我高兴起来，费林斯的计划快要成功了，后面就看我的了。

我猜他们快到门口了，就走上前去，打开门，放他们进来。两位安全人员在前，他们刚走到房间，我就把门"啪"的一声关住了。 "你们别动。"我拿出手枪对准他们，他们乖乖地把手举起来了。

费林斯上前，将第三位的手枪扯下来，然后分别给他们上了手铐，用胶布粘住嘴，像对付第一位那样，把他们用绳子捆起来。

费林斯扯下他们身上的枪带，并搜出证件和汽车钥匙，然后粗暴地把他们拖进柜子里，和先前昏死过去的那位关在一起。

那厚纸箱简直成了宝箱了，真没想到里面工具应有尽有。 费林斯从里面掏出两套制服，和安全人员身上的一样，扔给我一套，又丢给我一条枪带，"赶快换上它。"我赶快换上衣服，看看身上穿着的制服，顿时感觉变威风了。

费林斯换好衣服后，把从第二位安全人员腰际夺过来并退去子弹的手枪扔进厚纸箱里。

"喂！科伦，给我你的枪。"

"好，你接着。"我又把他先前扔给我的手枪给了他。

"科伦，赶快收拾一下身上。"他递给我一个警章，"别上这个，这还有一个证件。"他又将一个证件递给我。

我接过后，仔细瞧一瞧，这证件是塑料胶套封的，上面还贴着照片，只是这是张粗糙的照片，不仔细看真伪很难分清楚。

我把警章别上，心想我这样也是安全人员了，也该威风一下了。这时，费林斯已别上警章，扯下八字胡，用眼狠狠盯着我："你还不快点收拾掉头上那东西。"我只顾威风了，竟忘了扯下假发、墨镜。

费林斯从我手中要过假发、墨镜，连同那小撮八字胡，统统扔进厚纸箱。

费林斯真不愧为一把好手。他扯断电话线，把电话线也丢进厚纸箱，彻底清查了房间。他用手套擦去有可能留下指纹的地方，看一切都检查完了，他指了指厚纸箱："科伦，带着这个。"

我搬着厚纸箱，走在前面。费林斯紧跟着走出房间，用手套擦了擦门柄。他一手持着第一位安全人员扔下的文件夹，一手持着枪，跟在我后面，就好像我抱的东西很贵重，他在保护我一样。

我们走下楼，来到押送车旁。费林斯打开车门，我爬进去，把纸箱放在后排座位上，他也爬上来，在司机的位置上坐下。

从楼上下来到现在，任何人都没碰到。即使碰到了，他们也会认为我们这些安全人员在搬送什么贵重东西呢。这种事情在这个地区人们已经习以为常了。

"科伦，坐好，要开车了。"费林斯开始发动卡车了。

"费林斯，我有点担心，他们会不会给我们找麻烦？"我用手指了指三楼，不无忧虑地说。

"我想，他们不会的。"他说，"因为他们不必自找麻烦。他们只不过是我用'聚宝行'的名义请来搬运钻石的，无非让他们从这里搬到那里。现在既然没有钻石，卡车上自然是空的，他们总不会让生命冒险，为了一辆值不了几个钱的空车而反抗。 科伦，如果换成你，不会这么蠢吧？"

"我当然不会。 不过，费林斯，"我说，"你真的那么肯定他们不会？ 人是很难捉摸的。"

费林斯鼻子"哼"了一声，说话时很是不满："你也太小瞧我费林斯了！ 我曾经系统地研究过心理学，知道人在特殊情况下，会想干些什么，不想干些什么。 如果我不懂这个，还敢做大'买卖'吗？ 科伦，这点你还得学。"

"好吧！ 我相信你。"我不情愿地说。

费林斯抬手腕看了看表："这么长时间，你弟弟按理说应该完成了那份任务。 他不会……"

"我看你用不着替他担心。 他人聪明精干，不会有事的。"我说。

"科伦，我并不是担心他的能力，"他摇摇头，接着说，"难以预料一些事情，说不定会发生人难以控制的情况，那么他就无法完成任务。 如果情况真是那样，我们别无选择，只好取消原计划，扔掉卡车，采取第二套方案。 他应该给我们打手机，把事情进展通报一下。"

"那你租办公室的钱，还有买制服和租车的钱，不就统统白白浪费了吗？ 那我们这两天来的心血不是白费了吗？"

费林斯耸耸肩，摊摊手："你说的这些钱只是小部分，我在这件事上的投资比你想象的不知大多少倍。 如果真出了事，我们还这样鲁莽干下去会蹲大牢的，少说也得判十几年。 你说哪个值得？ 这就如同炒股，如果我买下的那种股票不升反跌，我宁可赔也要抛出它，然后重新开始。 我们可以重来，如果能好好把握机会，再加上你的聪明才干，很快就会捞回先前的损失，而且还能赚来更多的利润。你慢慢就会明白这些道理的。不是有句古话'舍不得孩子套不住狼'，你不要目光短浅，眼睛只看到这么点儿钱，否则，你永远赚不到大钱。如果你被抓进大牢，十几年出不来，时间你是永远也赚不回来的。做贼很简单，谁都可以办到，但监狱里所关的那些人纯粹是蠢货、傻蛋。高手是永远不会被抓住的，因为他们不会被眼前的利益所迷惑，没有把握能绝对逃脱，是不会轻易下手的。"

听了他这一番高论，我心中佩服极了，看来，他可比凯利聪明多了，我可得好好向他学习。

"坐好，科伦。"他开始发动卡车，将卡车开到一条单行道上，排在车队里。我心里还是有点儿不放心，就向他提出："我担心，柜子里的那三个家伙说不定会闹出动静儿，惊动同楼的住客，如果他们报了警，我们就麻烦了。"

费林斯笑着说："你怎么了？难道还不知道我费林斯的大名吗？我向来会很利落地办事，从来不留下任何线索。告诉你吧，前几天我一直在那房间里敲敲打打，故意发出很大的响声，还告诉同楼的好多人，这两天我在准备装修。"

我从驾驶室的反光镜中看见费林斯脸上得意扬扬，心想："这家伙可真够聪明的，怪不得他能干大事呢！"

卡车继续向前行驶着，可我的心一直没有放松下来，凯利现在情况不明，我好替他担心。

突然，车上的无线电嗡嗡地响起来了，有什么事呢？我刚想拿话筒，费林斯动作可比我快多了，先我一步抄起话筒，并用眼瞪了我一下。

"通讯员，什么事？请讲。"他说。

"我们情况不太妙，西环路交通阻塞，一个大笨蛋把拖车给坏在路中心了，我们会晚到一会儿，通知一下客户。"

"好，我会照办的。"费林斯回答道。

他把话筒放下，冲我咧嘴笑了："你弟弟干得不错，他完成任务了。下面就看咱们的了。"

听说凯利完成了任务，我终于放下了悬着的心。

卡车进入了一条偏僻的路。费林斯把车停在路边，他说："咱们下车吧!"

我们跳下车来。费林斯带着我由人行道来到街道对面。他指着面前的那幢大厦："看这就是银行，这个地方我们就会发财。"

"费林斯，通讯员会不会通知银行，押送车被阻要迟到……"我很担心。

"别管它，你跟着我就是了，一切听我的。"

正说着，我们已经走上了银行大门前面的台阶。两个双手背后、穿着制服的安全人员正在旋转门两侧站着，费林斯冲他们点了点头。我们走进旋转门后，来到大厅。这大厅豪华宽敞。在大厅的东面，开着一个小门，门上写着"内部人员专用"。我和费林斯径直走向那个小门，费林斯伸手按了按门左旁的电铃。

不一会儿，门"吱"的一声打开了，走出来一位身材高大的警卫，他看看我，又瞧瞧费林斯："你们是哪儿的？我怎么没见过你们呢？"

费林斯咧着大嘴"哈哈"地笑起来，"干什么的？"他用大拇指和食指作势，"抢银行的，砰砰。"

"开什么玩笑。"那位警卫也笑了，"你们看着很陌生，证件？"

我和费林斯递给他证件。 他瞧了瞧证件上的照片，又看了看我俩，"好，你们随我来。"便把证件还给了我们。

我们接过证件，彼此会意地笑了。 多亏了照片粗糙，没想到银行检查也这么草率。

那位警卫在前面走着，我们跟在后面。 路上，费林斯抱怨个不停："平时来的那部车遇到麻烦了。 为了能准时赶到，公司临时换上了我们俩，可没有时间再去找第三个人了。 这完全不合'一部车要配三个人'的明文规定，我要向公司抗议，出事的话责任谁负。 到时，你还得帮我们作证啊！"

"别发牢骚了，"那位警卫说，"我可管不了那么多，运走东西就不错了，不是吗？"

"那我们公司清点过了没有？"费林斯问道，"如果没有的话，我可不敢签字。"

"放心好了，老弟。"那位警卫说，"别人早就查验过已装袋封口了，而且封口处已经有你们公司的印打下了。"

"那我们可就容易多了。"费林斯笑着说。

"你们小心点，我们要下地下金库了。"

我一瞧，我们走的甬道尽头，有通向银行地下金库的台阶。

警卫说："你们等着，我去开灯。"

那位警卫顺着台阶小心地下去了。 不一会儿，从下面看到了黯淡的灯光。 "你们下来吧！"下面警卫的叫声传来。

我和费林斯小心地沿着台阶走下去，台阶大约有三十级之多。

下来后，我看到地下是一条比上面宽敞得多的通道，直接通向地下金库大门，两旁还亮着灯。

我们随着警卫来到金库门口，外面的门虚掩着，可里面不锈钢的大门紧紧关闭着。

"把门打开。"那位警卫冲里面喊了一声。

一会儿，从里面传来沉重的脚步声，一个胖胖的警卫在大门的那一头出现。他朝外看了看，瞧见那位警卫，便立刻把门打开了。

我们随着他俩进入金库。我以前只是听说过储蓄贵重物品的金库，可从来没有看见过这些东西。我不敢四处呆头呆脑地乱看，因为昨晚费林斯告诫过我，不要东张西望的，以免使别人怀疑。

"看，这是所有的货。"领我们进来的警卫说。

顺着他手指的方向，我发现前面不远处有七八个灰色的大帆布袋堆放着。看来，那就是我们梦寐以求的钞票啊！

费林斯弯下腰，将每个口袋的封口都仔细检查了一下，摸摸每个口袋。

"不信任我们？"那位大腹便便的警卫不满地说。

"干这一行的，谨慎总没有错。"费林斯大声地嚷着，"这次是我负责的，出了差错，公司让我负责任。"

"这没什么，小心点没什么不对。"那位带我们来的警卫说。

"好，我看没什么问题了。"费林斯说，"这么多袋子，帮忙给弄一辆小推车吧！"

"这好办，老弟。"那位带我们进来的警卫爽快地答应了。

不到两分钟，他就把两辆小推车推了过来，帮着我们把这七八个袋子分别装在小推车上面。

费林斯笑着说："多亏你们了，单据我现在就开。"说着，拿出文件夹，撕下一张单据，飞快地签了名字（当然，名字是证件上的名字），递给警卫，"你们看，这张单据可以吗？"

"当然满意啦！"警卫接过单据，仔细瞧了瞧，笑着说。

费林斯冲我说："咱们也该出发了。"我就拉动其中一辆小推车，费林斯拉另一辆，在警卫的帮助下，出了金库，来到外面的通道。

费林斯停下来，对那位高个警卫说："帮忙帮到底，还有件事，得麻烦你帮忙。"

"别客气，有什么需要，我会尽力而为的。"高个警卫回答。

"等我们装货到卡车上的时候，麻烦你派一个警卫站在我们车旁边放哨。当然，我相信，只有胆大的傻瓜才敢在银行门前抢劫。不过，那样我们会好看些。老兄，下次我让他们来的时候要好好酬谢你们。"

"我这就去安排。"警卫转身找人去了。

费林斯吩咐我原地看着袋子，他要到对面把卡车开过来。

几分钟后，我们把东西装在押送车的后车厢里，上了锁。我们和警卫人员告别，爬上押送车，昂然而去。

我真的不敢相信，我们就这样得手了。这个费林斯可真不简单，怪不得凯利要我多向他学习呢！

费林斯把卡车驶入汽车行列里，加快速度行驶。银行大厦被抛在身后，最后消失在视线之中。

"让那帮小子犯浑吧！他们做梦也想不到，这么多钱在他们眼皮底下，就这么轻易让我们搞到手了。"费林斯咧着嘴大笑起来，笑声刺耳又可怕。

我好奇地问："我一直担心通讯员会通知银行他们要晚点的事

情。 在银行金库时，我的心就怦怦跳个不停，总担心银行会把我们扣在那里。 如果那样，我们绝对跑不了。"

"这就是我的高明之处。 我先前就告诉你，不要管它，我都安排好了一切。"他得意地笑着。

这时，我才恍然大悟，公司选派车辆的人员之中，他的人肯定也安排进来了。 费林斯这个家伙可真够神通广大的，我太傻了，怎么没想到这一点呢?

从内心来讲，我根本就不喜欢费林斯，甚至可以说，我十分厌恶他。 但不服高人有罪，我非常佩服他如此周详的设计。

钞票装满了那七八个帆布袋，我可从来没有见过这么多的钱。我用手指了指后面："费林斯，袋子里有多少钱?"

他冷冷地回答："里面有你们哥俩五万元，这你放心好了。我不会亏待给我干活的人。"

卡车继续飞驰着，可我心中仍有不少疑团。 我趁此机会，得好好问问费林斯，凯利可是让我留心观察学习，日后我们也要自己谋划大'买卖'的。

"费林斯，再多找一个人，冒充押送车的人，这样不更显得真实些吗?"

"那样就弄巧成拙了。 既然我们是临时选派的，公司一时不可能凑齐人，再说他们也会认为，由于缺少一个人手，老板的开销也可能会减少! 相反，如果是歹徒的话，押送车上是不可能少一个人的。 你现在明白了吗? 干大'买卖'的，尽可能多动动脑子，钱才会源源不断地到手。"

我真佩服他如此透彻的分析，怨不得他干大"买卖"屡屡得手呢!

到了十字路口，费林斯转动方向盘，汽车在左边一条宽阔的大街上行驶着。经过三个街口，他又转动方向盘，开到右边一条偏僻的小街道。由于地处郊区，这里的房子都很破旧，很少有人在此居住。

费林斯把卡车在一个破旧院子的外面停好："你下去，把门打开。"

我爬下卡车，走近一看，原来这扇大门是上下推拉型的。我弯下腰，把钥匙往锁孔一插，将锁打开了，使劲用力往上推，门帘"吱吱"地卷起来了。我朝费林斯摆了摆手，他把卡车开了进去。

进去后，我放下大门。这个院子以前是个汽车修配厂，现在厂子倒闭，没人管理，院子里长满了野草，满地是杂七杂八的东西。我没有来过，可凯利来过，因为费林斯要他完成交通阻塞的任务后，立刻集合于这里。

费林斯爬下车，走到旁边一间旧房子的破门前，捣鼓几下，将头顶上的灯扭亮。可这灯光只够照亮方圆两米的地方。

"科伦，咱们把货搬到这儿来。"费林斯指着灯照亮的地方说。我跳上车厢，往外搬运帆布袋，而费林斯则把东西先放在地上。没多长时间，总算将帆布袋都搬过来了。我们刚往灯光下搬了一条帆布袋，外面突然传来有节奏的喇叭声，显然这暗号是约好的。

"科伦，你去打开门。"费林斯从门缝瞧了瞧，让我把门打开。我刚把拉门推上去，一辆灰色轿车开进来，滑到我身旁。从车上下来的竟是刚才那个女的。

我再次把门拉下。我心里琢磨，按说凯利也该到了，即使他不能当场抛车的话，也总有地方抛车吧，然后坐我那辆停在市中心的车，驶到这里会合。 我只想尽快把五万元取走，快点儿从这里离开，跟这么多钱在一起，太不安全了。

那位女子将轿车的后厢盖打开，取出两个特制的大皮箱，叫我帮忙提到灯光底下。 我和费林斯把剩下的那几条帆布袋搬到灯光底下。 费林斯又开过来那辆卡车，将车灯也对准这个地方。 这下，灯光比刚才亮多了。 帆布袋都是特制的，袋口都是用熟皮制成，而且折叠两次，用一只钢打的大扣环扣住，再用公司专用的、结实的铁丝穿过其中，末尾再用铅封口。 这种钢丝特别坚硬，除非用钢剪才能剪短，而这对经常干大"买卖"的费林斯来说，简直是小菜一碟。 那位女子从轿车里面拿来一把牛耳尖刀，递给费林斯。 这尖刀很锋利，他用刀在帆布袋上轻轻一划，口袋上面就露出一个大口子，他提起口袋，把钞票倒在地板上，然后理好一捆捆钞票，放在带来的那两个特制的大皮箱里。 第一袋弄完了，他又划开第二袋……

这时，地板上、箱子里、帆布袋里以及我的眼中全是钞票。在我脑子里晃来晃去的全是这一捆捆的钞票，使我眼花缭乱。 这么多钱——这是我生平第一次看到，心中怦怦跳个不停，不知是惊喜，还是害怕。

正在我心神不宁、胡思乱想的时候，突然传来男子说话的声音。 我心想："莫不是走漏了风声？"刚想掏枪，可费林斯反应更快，手枪早已对准了来人："什么人？"

"别这样，费林斯。"原来是凯利，我放心了，把枪又压在腰里。

费林斯的枪还没有放下。 凯利笑嘻嘻地走过来，当看到这么多钞票时，他也惊呆了，惊了半天，最后笑着说："费林斯，我们成功了。 你把我们那份儿给我们，我们坐外面的车走。"

"你说可能吗？"他冷笑着，把手枪对准了我和凯利，"我早就说过，我办事向来干净利落，不留任何罪证。 这次并非我贪心，不就是五万吗？ 我不在乎，可我不想留下活口，免得到时有人指证我。"

说着，他猛然扣动扳机。 只听到一声清脆的枪响，接着传来人倒地的声音。 当时，我给吓傻了，赶快闭上双眼，心想，这次凯利完蛋了！

待我睁眼瞧时，发现不是凯利中弹，而是费林斯。 这时，我明白了，费林斯用的是我递给他的第一位警卫的枪。

凯利要我尽量观察，向他学习。 为了尽量和费林斯一致，在他下楼去找第三位警卫的时候，我学他的样子，将第一位警卫手枪里的子弹给退出来了。 他没有注意到枪里没有子弹，这真是报应！凯利在他开枪时，也扣动了扳机。

我赶快跑过来，抱住了凯利："你没事吧？ 凯利。"我的眼泪流下来。

"没事，别怕，我很好。"凯利安慰我。

突然，他一把把我推开，"快闪开，科伦。"原来我们拥抱在一起时，那个女人用枪瞄准了我的后背。

一声震耳欲聋的枪声后，我被凯利推开一边，而凯利却没闪开，倒在血泊之中。

凯利忍着剧痛，朝那女子也开了一枪。

我吓呆了，一段时间都说不住话来，凯利是我唯一的亲人，我真不愿意他离我而去。

我跪在他身边，用手抱住他的脑袋，只见他面部已扭曲变形，但似乎还勉强在笑。看到这样，我心如刀绞。

　　"凯利，振作点儿，"我带着哭腔说，"你一向很聪明，不会……"我悲愤得说不出话来，接着放声大哭。

　　"不要安慰我了，"他几乎是耳语，"我都明白。"

　　"你必须振作。"

　　"我看，我们没机会做大买卖发大财了。"他说。

　　"不，咱哥俩已经拿到钱了。走，咱们回家。"

　　他大声咳嗽起来，接着又大声喘气："你拥有了这一切，科伦。"

　　"我不要，"我哭着说，"我只想，我们俩可以平安过日子。"

　　他苦笑起来，那简直是比哭还难看，"一切都完了……科伦，你并不傻，千万不要重蹈覆辙……"

　　他没有把话说完，头一歪就死去了。我悲伤极了，感到浑身在颤抖，我心爱的弟弟再也不会回来了……

　　好久，我才清醒过来，用手合上他那不肯闭上的双眼，把他放在地上。我出去把我的汽车开过来，轻轻地把他抱上前座，给他系上安全带，好像他睡着了。然后，我把外面地上散落的钱都装进那女子带来的皮箱里。我把钱箱以及没有划开口的四条帆布袋，统统装在后座上。我用费林斯给我的那双薄手套，小心地擦拭着任何可能有我指纹留存的地方。我又把地上的手枪捡起来，小心地擦了擦，然后放在费林斯的身旁。这个可得让警察花很长时间去破解吧！那我就不管了。

　　一切都准备好了，我把身上穿的制服脱下来，换上箱子里自己的衣服。 然后，我又学着费林斯在办公室的样子，对四周彻底地检查了一下。 我不想让现场留下我兄弟俩的痕迹，待一切准备好了，我就把车开出了院子。

我在汽车上又回头看了看现场：暗淡的灯光下，那女子的尸体不远处，费林斯的尸体在那里横躺着，旁边扔着手枪，四周一片狼藉，划开的帆布袋、尖刀……有谁又能想到，刚才还活生生的 3 个人，怎么会转瞬死光了？ 这是为什么？ 都是为了钱。 钱是个好东西，有钱了，人可以衣食无忧；可是有的人为了钱，竟然不惜自己的生命，铤而走险……有错的不是钱，而是人。

我不想再待在这充满血腥的地方，这让我伤心的地方。 我发动汽车，头也不回地离开了这里。

经过警察局的时候，我用路旁的公用电话报警了。 我告诉他们，赶快到"聚宝行"的办公室和郊外那个汽车修配厂去检查，那里有命案发生。 说完，我就"啪"的一声挂断了电话。

我在警察局旁边静静等待。 不出两分钟，四辆警车拉着警笛，从警察局疾驶而出。 他们刚开走，我也离开了，打算找一个偏远的殡仪馆，好好安葬凯利。

两小时后，我来到了一个名叫奥尼斯的僻远小镇把车停下。我以前听说这儿有个殡仪馆，兼管火葬和存放骨灰。

还是钱好使，我塞给他们两张百元大钞，一切事情都搞定了，给开了一张心脏病突发的证明。

我要他们准备一个上等的棺木，赶快把凯利入殓，连夜火化掉。

等把凯利收敛完了，我放声大哭，过了一会儿，我止住哭声，掏出一张 50 元的钞票："你们先出去喝点儿酒吧。 我想单独陪弟弟一段时间。"

他们很乐意地接过钱，出去了。

趁此机会我把汽车上的钱在凯利棺木里放好，然后盖上盖儿。

我静静地守在棺木旁边，心中念道："凯利，你安心地去吧！我留给你那一大堆钞票，这本来就是你一直想要的。 今天，你的愿望实现了……"

过了一个小时，那些人喝醉回来了，他们没有注意棺木里放了些什么。 我催他们赶忙把棺木火化掉。

一切都完了，我捧着凯利的骨灰盒，把它安放好："凯利，安息吧！我会经常来看你的。"

我缓步走出殡仪馆。 外面的风好冷，但我的心一直久久不能平静。

我该走了，到另外一个地方去，重新开始我的生活——不——我们的生活。

我数了数口袋里的钱。

一共只有 200 元。

我已经很知足了，我要去干我已经熟悉的工作……

现在，我已经成家立业，有一个幸福的三口之家，我花自己的劳动所得，心里无比踏实。